落ちこぼれ治癒聖女は
幼なじみの騎士団長に
秘湯で溺愛される

第一話

その夜――フィアはいつもと同じように、ぼんやりと月を見上げながら人の気配のないあぜ道を歩いていた。

フィア＝オルクドールはルミリアス帝国における女神信仰の一柱、大地の女神を崇《あが》める〝ノーザリア神殿〟に仕《つか》える聖女の一人だ。

ルミリアス帝国は現皇帝レイモンド＝ルミリアスが小国を束《たば》ねて統治する大国で、周辺諸国を少しずつ取り込んでは国土を拡《ひろ》げて国力を蓄え、あと数年のうちに大陸全土を掌握するだろうと囁《ささや》かれている。多様な人種や民族を内包するルミリアス帝国の礎《いしずえ》は、大地の女神・天空の女神・大海の女神の力を授かって築かれたと伝承されるため、現皇帝の一族は皆、三女神を信仰している。

そのうちの一柱〝大地の女神〟が眠るとされる〝聖なる高峰ノル・ルミリアス山〟を守るのが、聖都ノーザリアおよびノーザリア神殿だ。

聖都ノーザリアが大地の女神の安らかな眠りを守り続ける代わり、この地に生誕する娘達の中には時折、女神から〝聖なる力〟を授かった者が現れる。この特別な力を扱える娘達が〝聖女〟と呼ばれる存在だ。

通常、聖なる力が開花するのは娘達が初潮を迎える十二歳から十八歳の頃である。そこから特別な力が枯渇して消えるまで、あるいはどうしてもその聖女がほしいと希《こいねが》う者が現れ、彼らが女神に与えられし試練を乗り越えたと神殿に認められるまで、聖女はノーザリア神殿に仕《つか》え続けることとなる。

そして自分でも痩《や》せすぎていると思うほど細い身体と金色の長い髪を持つ、二十二歳になったばかりのフィア＝オルクドールも、その聖女の一人だった。ただしフィアは多くの聖女の中でも最下位級にあたる〝第十級聖女〟である。

聖女の中でも特に強大な力を持つ大聖女や高位聖女は、聖都ノーザリアから帝都ルミフェゴールの教会に身を移し聖職者として叙任されることや、皇帝の妃として城に輿入《こしい》れすることもある。位が高い聖女は貴重な存在ゆえノーザリア神殿内に大きな部屋が与えられ、それ以下にも力の強さ――階級に応じた部屋がそれぞれ用意されている。

だがフィアは最も位が低い第十級聖女のため、神殿内に自分の部屋さえ与えられていない。だからフィアは、毎日のように住宅街の外れにある古びた実家からノーザリア神殿までの道のりを徒歩で通っているのだ。

街の高台に位置する神殿には光の魔法による美しい明かりが煌々《こうこう》と点っているが、夜間人の往来がない参道には光源など置かれていない。それでも月明かりさえあれば道も周囲の様子もよく見える……と、のんびり歩いていたフィアの足元に、ふと見たこともない魔法陣が浮かび上がった。

「えっ……!?」

初めて見る青白い魔法陣の存在に気がついてハッと視線を下げる。だが夜空を見上げていて反応が遅れたせいか、避けることもどこかに掴まることも、それどころか声を出すことさえ適わない。目線がカクンと下がったと感じた次の瞬間、フィアはあっという間に地面の中に引きずり込まれた。

最初は暗闇に飲み込まれたと思ったが、数秒も経たないうちに空中に放り投げられた。しかし解放された場所は水場のすぐ上で、肺に新鮮な空気を取り込む暇もなく今度は水の中に落ちてしまう。うつ伏せに着水した直後、フィアは溺死する恐怖に襲われて必死に手足をばたつかせた。

けれど『溺れ死ぬ』と思ったのはほんの一瞬だけ。

それよりも全身に纏わりつく灼熱感が強く、咄嗟に『焼け死ぬ』と錯覚した。

強烈な熱さを全身に感じながらじたばたもがくフィアだったが、懸命に手足を動かしているうちにふと指先が下に触れることに気がつく。慌てて水底に手と足をついたフィアは、使える力をすべて出し切る勢いで、水の中にがばっと立ち上がった。

「ぷぁっ……！　けほっ……ごほっ……！　うっ……ううッ」

近くにあった大きな岩にへばりついて身体を支え、懸命に咳と呼吸を繰り返す。

——生きている。……死んでいない。

突然の出来事に理解が追いつかないうちに水……というよりお湯を大量に飲み込んだので、てっきりこのまま溺れ死んでしまうかと思った。だが幸いなことに死んでいない。助かった。フィアはまだ、ちゃんと生きているようだ。

「こほっ……ふ……はぁっ……はあ……！」

飲み込んだお湯を少しでも吐き出そうと、何度も咳込む。そして自分の身に起きた状況を把握するために、必死に思考を働かせる。荒い呼吸を繰り返しながら周囲の様子を確認してみると、フィアが立っている場所は全く見覚えのない水の中——ではなく、お湯の中だった。

足元に感じるのは熱い温度。深さはフィアの太腿の真ん中あたり。お湯と外気の間に温度差があるせいか、水面からは無数の湯気が立ち上っている。鼻先にツンと感じるのは、金属を含んだような強い鉱物の匂い。

「温泉……？」

そう。フィアも幼い頃に何度か入った経験があるからわかる。

おそらくこれは〝温泉〟だ。

「ここ、どこ……？」

地下から湧き上がるお湯の中に鉱物や魔法物質が高純度に溶け込む温泉は、一般的には扱いが難しい代物《しろもの》とされている。フィアが温泉に入った経験があるのは、聖都ノーザリアの北にあるノル・ルミリアス山の中腹に、今は亡き祖父が秘密の温泉を掘っていたからだ。しかし昔は帝都で皇帝に仕《つか》えるほどの大魔法使いだった祖父だからこそ扱えていたが、管理が難しいため現在聖都ノーザリアの街中で邸宅に温泉を引いている者はいないはずだ。

つまりここは、聖都ノーザリアではない場所なのだろう。

先ほどの青白い光と見たことのない魔法陣は、おそらく召喚魔法か転移魔法の一種だ。物品の運搬に転移魔法を使う様子を見たことはあるが、生身の人間を移動させるなんて普通の魔力量では考えられない。だが現実として、フィアは今、見知らぬ場所に移動している。

ならば一体、どこに転移させられたのだろうか。

一見すると温泉は聖都の市場通りにある大噴水ほどの広さがある。湯船の周りはゴツゴツとした岩石で囲われており、岩場の奥には隙間なく均一に植えられた丸太の壁がそびえている。高さはフィアの身長よりもうんと高く、簡単には飛び越えられそうにない。

見ず知らずの場所に突然移動してしまったが、時間はあまり経過していないようだ。木の壁からさらに視線を上げて夜空を眺めると、月の高さや満ち欠けにはあまり変化がないように思う。いくらなんでも、この一瞬で一日以上が経過して翌日の夜まで時が進んだ、なんてことはあるまい。

「ん……」

第十級聖女で、家が貧しいフィアの身なりなど、最初から立派なものではない。薄い布でできた質素な服が、肌にぺたりと張り付く。その感覚が正直言って気持ち悪い。

熱風を起こす風や炎の魔法を使って服を乾かそうと考えたフィアは、ずぶ濡れになった服を少しでも身体から引き剥がそうと裾を摘まんで布を持ち上げる。

「おい」

その瞬間、背後から男性の低い声が聞こえてきた。

突然話しかけられたフィアは、驚きのあまりその場にびくんっと飛び上がってしまう。

「お前、俺の邸《いえ》の浴場でなにをしてる？」

怒気を含んだ男性の声に驚いて振り返ると、いつの間にか少し離れた場所に佇《たたず》んでいた影がぺたぺたと足音を立てて傍まで近づいてきた。さらに二、三段ほどの石の階段から湯船の中に入ってきた影が、お湯と湯気をざぶざぶと蹴り分けてフィアの近くに大股で歩み寄ってくる。

「あ……あの……私……っ」

怪しい者ではない、と主張するため、近づいて来た相手に向かってあわあわと声をあげる。

しかし傍までやってきた裸の男性を見上げた瞬間、フィアはその場で固まってしまった。

「女……？　なんなんだ、お前。どうしてここにいる？」

「ぐ、グレン兄さま……？」

「は……？　なんで俺の名前を……」

フィアを見下ろした男性があからさまに不機嫌な声を発する。その声にはあまり馴染みがない。

それもそのはず、フィアが彼の——グレンの声を最後に聞いたのはもう十二年も前のこと。フィアが十歳、グレンが十八歳の頃の話だ。そのときはグレンも変声期を終えたばかりで、まだ少年のような幼さが混じった声質だった。だから問いかけてくる声に面影こそあれど、成長して完全な大人の男性になった声はあまり聞き慣れない。

それに姿も。昔の彼は栄養失調を疑わせるほどに痩せ細り、髪もぼさぼさと伸ばしっぱなしで手入れが不十分、瞳には常に虚ろな色をたたえ、表情もどこか悲しげだった。

だが今フィアの目の前にいる彼の身体は、細身だがしっかりと鍛えられ、胸にも腕にも脚にもほど良い筋肉がついている。髪は襟足こそやや長いが表情がちゃんと確認出来るほどの短さに整えられ、目つきは相手を威圧するほどに鋭く、表情からは自信と威厳が感じられる。

一つ一つを比較すれば、あまりにも違う。

それでもフィアには直感で分かる。艶のある漆黒の髪とアヤメのような濃い紫色の瞳――そして幼い頃にフィアを庇《かば》ってできた左肩の傷痕が、フィアの家の近所に住んでいた青年グレンだと物語っている。それに名前を呼んだら本人がちゃんと反応したのだから、間違っているはずがない。

「……アルバートめ、また余計なことをしたな」

しかし懐かしい再会のはずなのに、グレンはひどく不機嫌だ。フィアに対してだけではなく、知らない名前の男性にも露骨に不快感を抱いているのがわかる。

「とにかく、ここは俺の浴場だ！　得体の知れない女を入れるつもりはない……出ていけ！」

「ま、待ってください、グレ……」

「気安く俺の名前を呼ぶな」

どうやらグレンは、目の前にいる相手が幼なじみのフィアであることにまったく気づいていないらしい。忌々しそうな表情でお湯を蹴ってフィアの傍に歩み寄ってきたグレンは、手首を掴むとそのまま強引にフィアの身体を引っ張り始める。いつの間にか凜々しく逞しい青年に成長したグレンに見惚れている暇もない。

「さっさと来い！」

「やっ……ま、待ってくださ……！」

体格から予想出来る通り、フィアの手を引くグレンの力はかなり強い。泉質のせいか、それとも履いている靴が質素だからか、荒々しく腕を引っ張られるとお湯の中でつるりと滑って転びそうになる。

(グレン兄さま、私がわからないの……？　十二年も経ってるから……？)

心の中に生まれた疑問は声にならない。グレンが纏った空気に強い苛立ちが含まれていることと、自分でもあまり状況を理解していないことがあいまって、勢いよくフィアを引っ張る彼にどんな言葉を口にすればいいのかわからないのだ。

「い、いたいっ……！」

しかし手を引かれるまま強引に階段を上《のぼ》らされて岩風呂から出たところで、フィアの身体に異変が起きた。屋内――おそらく脱衣場と思われる場所に近づくにつれ、全身に鋭い痛みが走り始めた。

「いやっ……痛い！　いたいいたいっ……！」

グレンに引っ張られる手から全身に向けて、バチバチッ、ビリビリッ、と鋭い痛みが襲い掛かってくる。まるで雷の魔法に打たれて感電したように、全身に強烈な電流と灼熱感が走る。しかも一歩一歩と扉へ近寄るたびに痛みが増すので、フィアの全身からドッと汗が噴き出てくる。

これ以上その扉に近づくのは危険だと本能が教えてくれる。強い警告が痛みとなってフィアの全身を蝕む。その扉が生命の境界線であると知らせるように、身体が激しい拒否反応を起こすのだ。

「やだ、やだぁっ……いたいっ！　やめてッ……！」

フィアが異常なまでに痛みを訴える様子に気づいたのか、歩みを止めて振り返ったグレンがハッと目を見開いた。

「……くそ、結界か」

舌打ちをしながら呟いたグレンの言葉さえ、感電の恐怖から逃れることに必死なフィアにはうまく理解出来ない。

フィアの恐怖と絶望の表情に怯んだのか、次の瞬間腕を掴むグレンの力が少し緩んだ。その隙を見計らってグレンの手を強引に振りほどくと、そのまま瞬間的に数歩後ずさる。本当はもっと遠くへ離れたかったが、足まで痺れていたらしく、痛みを回避する最低限の場所までしか気力を保っていられなかった。

「おい、大丈夫か？」

フィアがその場にへなへなと座り込むと、近づいてきたグレンが視線を合わせるようにその場にしゃがみ込んだ。涙が出そうになるほどの恐怖感をぐっと自制して視線をあげると、罰が悪そうな表情をしたグレンと目が合う。

「悪かった。結界が張られていることを忘れていた」

「結界……？」

聞こえた言葉を反復すると、グレンが困ったように低く頷いた。

「ああ。立場上、嫌がらせをされたり命を狙われることがあってな。入浴中は無防備になるから、俺以外の人間が通過出来ないよう浴場の入り口と周辺に結界が張ってあるんだ」

グレンの説明を聞いたフィアは、驚きのあまり声を失いその場に硬直してしまう。

(命を……？　グレン兄さまが……？)

「ここは俺の邸だが、結界を張ったのは俺じゃない。だから結界を張った魔法使いが来るまでは入り口を通過出来ない。悪いがお前は……ここからすぐには出られない」

「えっ……？」

今度は確実に声が出た。

この大きな温泉は個人の邸宅内にある露天風呂らしい。しかし浴場から『出られない』と告げられても、フィアはただ困惑するしかない。

「まあ、確かにその細い身体で俺を殺しに来たとは思えないか」

「!? や……っ」

ふむ、と自らの顎を撫でて独りごちたグレンに、フィアもやや間を置いてその言葉の意味を理解する。今のフィアは薄着でずぶ濡れ状態、身体のラインまではっきりと分かる姿だ。

しかもフィアの身体はお世辞にも魅力的とは言い難い、肉付きの少ない痩《や》せた体型である。見て楽しいものではないだろうし、見られて嬉しいものでもない。

座り込んだ石畳の上で濡れた衣服の隙間を必死に合わせて背を向けると、フィアの態度を見たグレンが呆れたように肩を竦《すく》めた。ハアと零した大きなため息が、湯けむりに紛れて岩肌へ吸い込まれていく。

「とりあえず、そのままだと風邪を引くだろう。服を脱いで湯に浸かれ」

「えっ？」

「俺もさっさと風呂に入りたいんだ、お前も早くしろ」

グレンが猜疑と警戒の空気を解き、怒りの感情を引っ込めてくれたことはありがたい。しかし立ち上がって背を向けた彼の提案を聞いたフィアは、驚きの声と共に首を横へ振ることしか出来ない。

「け、結構です！」

「うるさい、いいからさっさと脱げ」

「嫌ですよ！」

「なんだ、無理矢理引き剥がされたいのか？」

濡れた石畳を進んで岩風呂に戻りかけていたグレンがその場でくるりと振り返った。グレンの表情には再び怒りの感情が含まれており、苛立ちの言葉と感情を向けられるとフィアは思わずたじろいでしまう。

（もしかして、グレン兄さまじゃない……？）

フィアの目に映る男性は、髪の色や目の色、顔立ちといった特徴はもちろんのこと、仕草の面影や声の印象もフィアが知るグレンの姿と一致している。しかし昔のグレンは自分よりか弱い人や動物を守るような、心優しい少年だった。困っている女性に衣服を脱げと強要したり、無理矢理引き剥がすような乱暴が出来る人ではなかったはずだ。

（優しいグレン兄さまなら、こんなことは言わない……はず）

そう考えながらグレンの姿を見上げたフィアは、目の前に飛び込んできた驚愕の光景に、直前まで考えていたことも忘れて思わず悲鳴をあげてしまった。

「きゃああっ！」

「な、なんだ？」

「か、かくっ……隠して下さい！」

目の前に仁王立ちになったグレンの姿につい大絶叫する。

個人の邸宅とはいえ、ここは屋外にある露天風呂だ。服を着たまま入浴する人はいないだろうから、やってきたグレンは当然のように全裸である。つまり座り込んだフィアの前に腕を組んで堂々と立たれると、見てはいけないものが丸見えになってしまう。湯けむりに紛れてはっきりとは見えなくても、タオルの一枚も巻いていないとなれば大事なところがすべて見えてしまうのだ。

必死に目を閉じ、顔を背《そむ》け、自分の腕で視界を遮蔽する。だがグレンはフィアの様子にはお構いなしだ。しゃがみ込んでフィアの腕をぐっと掴むと、そのまま強引に視界に入り込んでくる。

「あっ、あの！　離れてください……！」

「なんだ、もしかして誘ってるのか？」

「さそ……？」

愉しそうに問いかけてくるグレンの言葉にそっと目を開く。だがずぶ濡れのフィアと全裸のグレンの状況はなにも変わっていない。相変わらず薄着と全裸の状態、周囲には温泉から立ち上る湯気と鉱物を含んだ金属質な香りが漂っているだけだ。

その湯けむりに紛れて、グレンの腕がフィアの腰へ回ってくる。ゆっくりとした手つきで背中から腰のラインを撫でられると、指の動きがくすぐったくて思わずふるっと身震いする。

小さな震えの原因は服を着たままお湯の中に落ち、その後外気に晒《さら》され続けていたから――だけではない。身体の芯から痺れるように身体が震えるのは、グレンが熱の籠《こも》った視線でじっとフィアを見つめて敏感な場所を撫でるせいだ。

「ぐ……グレン兄さま……っ！」

グレンの瞳に含まれる微熱と緩慢な指遣いに驚き、また大きな声を上げてしまう。するとグレンの瞳に宿る熱が、突然スッと温度を下げた。

「……兄さまはやめろ。その呼び方をしていいのは、ミルシャとフィアだけだ」

「！」

フィアの腰から手を放して寂しげな表情で息をついたグレンに、フィアもハッと我に返る。グレンの言葉を耳にした瞬間、確証が持てず曖昧だった疑問が突然正解に導かれた気がした。

「やっぱり、グレン兄さまなのですね！」

「お前、人の話聞いてるのか？」

「私、フィアです。フィア＝オルクドールです。覚えていませんか？」

「……フィア？　お前が？」

先ほどからいまいち噛み合っていなかった会話がようやく成立する気がして、捲し立てるようにフルネームを名乗る。

彼がグレンではない別人、またはフィアの存在を完全に忘れているようなら、いくらフィアが真実を訴えても話は平行線のままだろう。しかし彼は今、自らフィアの名前を口にした。その名前こそがお互いの存在を認識し合える糸口となるように思えて、フィアは必死に首を縦に振り続けた。

「嘘をつくな。お前はフィアじゃない」

しかしフィアを見つめるグレンの瞳は未だ疑念に満ちている。フィアの言い分をまったく信じていない様子だ。

「確かにお前はフィアと同じ青い目をしてる。だがフィアはもっと小さい少女だった」

「グレン兄さまがノーザリアを離れてから、十二年の歳月が流れています。成長するのは当然です」

「……」

フィアの説明にグレンが一瞬目を見開いて言葉を失う。まるで十二年という歳月を忘れていたかのような驚き方だ。

「いや……それだけじゃない。俺が知っているフィアは、金髪だった」

だがグレンがフィアを疑うのは、単に自分の記憶よりもフィアが成長しているという理由だけではないらしい。身長や顔つきといった時間とともに変化する特徴だけではなく、生まれたときから変わらないはずの特徴まで変わっていると言われてしまう。

しかしその言葉に驚いたのは、フィアのほうだった。

「え？　私の髪の色は金色ですが……？」

「はあ？　お前、俺を馬鹿にしてるのか？　いくら暗くても髪の色ぐらいは識別出来る。お前はどう見ても銀髪だ」

「……え？」

グレンがよくわからないことを言い始めるので、思わず気の抜けた声が出て首も傾《かし》げてしまう。

確かに今はとうの前に陽が落ちて夜も更けた時間帯で、ここには浴場全体を照らすほどほのかな灯りしかない。だがそのマリーゴールド色の灯りだけでもお互いの姿は十分に確認出来るし、もちろん髪の色だって認識出来る。陽の下で確認する場合と比較すれば多少の差異はあれど、金髪を銀髪に見間違えることはないだろう。そう疑問に思いながら腰まで伸ばした長い髪を首の後ろで掴まえる。

昔から痩《や》せ細っていて、美人でもなくて、性格も特別明るいわけでもないフィアには、自慢出来るものが少なかった。だが金色の長い髪だけは、滑らかで美しいと褒められてきた。まるで黄昏刻の大河のようだと称賛されてきた長い髪に視線を落としたフィアは——想像もしていなかった状況を目の当たりにして、思わず驚愕に目を見開いた。

「う……嘘……!?」

フィアの髪が、まるで色素が抜けてしまったような白に近い銀色に変わっている。

つい先ほど神殿を出たときは間違いなく金色だった。神殿内にある水鏡の前を通り過ぎたとき、そこに映った自分の姿はいつもと同じ金色の長い髪だったはず、なのに。

(どうして……?)

困惑のあまり言葉を失うフィアの耳に、グレンの深いため息が届く。

「それにフィアはもっと大人しい性格だった。他人の邸の浴場に忍び込んで男を誘惑するような不埒な女じゃない」

「そ、それは不可抗力です……!」

「……いいからさっさと湯に浸かれ！　風邪でも引かれたら迷惑だ！」

「⁉」

自分でもあまり理解していない現状をどうにか納得してもらうために、グレンの言葉を否定しようとした。しかしフィアが言葉を発する直前に逞しい腕に再度身体を掴まれ、そのままひょいっと抱きかかえられてしまう。

驚きで声も出せなくなったフィアを抱いてお湯の中へ続く石段を下りたグレンは、そのまま岩風呂の奥まで進んでいくと、広い場所に勢いよくしゃがみ込んだ。ざぶん、と二人の身体がお湯の中に沈むと、そこから生じた大波が岩の堤を越えて湯船の外へ大量に流れ出ていく。溢れたお湯はどこかへ自然排出されるらしく、ザアァァという豪快な流水音がどこか遠くで聞こえている。

フィアの身体を抱きしめたまま、熱いお湯の中でグレンが長い息を吐いた。逞しい身体に抱かれたまま、しかも服を着たまま湯に浸かるというのは奇妙な感覚だったが、不思議と気分が悪いものではない。

（やっぱりグレン兄さま、変わっていないわ……）

先ほどは別人かもしれないと感じて怖いとも思ったが、やはりフィアの良く知るグレン本人であると確信する。

なぜなら彼はこんなにも優しい。

確かに身体は立派に成長しているし、薄暗いお湯の中で見上げる表情は怒っているのかと思うほどに険しい。だが本当は、濡れたまま外気に晒《さら》されていると風邪を引くかもしれない、その結果体調不良になって寝込んでしまうかもしれない、それなら一度温まったほうがいい、と目の前の女性のことを気遣ってくれる。だからこそこうしてフィアの身体を温めて、なにも言えず困惑していることを察して、多少強引な手段になっても現状で最善だと思う方法を選んでくれるのだ。

そんなグレンの表情をじっと見上げたフィアは、やはり今一度事実を伝えたいと考える。

大丈夫。グレンは人の話を頭ごなしに否定する人ではない。外見は成長しても、根底にある優しさはきっと変わっていない。そう信じてグレンの胸に手を添えると、彼の横顔を真剣に見つめた。

「あの、グレン兄さま……私、本当にフィアなんです」

「まだ言うのか？」

「……あなたは聖都ノーザリア出身の、グレン＝ブライアリー」

「！」

「幼い頃に両親と妹のミルシャを火事で亡くされ、今から十二年前……十八歳のときに、帝都で騎士になると言ってノーザリアを離れました」

「どうしてそれを……」

フィアがぽつぽつと始めた説明に、グレンが驚いて目を見開く。

どうしてそれを、知っているか――

知っているに決まっている。なぜなら近くの食堂から発生した火事の延焼でグレンの家まで焼けてしまったとき、フィアもその状況をこの目で見ていたのだから。家を留守にしていたグレンが一人生き残ってしまった辛さも、その悲しみを抱えて葛藤する姿も、親戚の家をたらい回しにされてだんだん感情を失っていく様子も、ずっと近くで見てきたのだから。学も家柄もないが帝都に行って騎士になれば衣食住に困ることはないはずだと言って、聖都ノーザリアを出るつもりだと彼が相談してくれたのも、フィアだけなのだから。

「本当に、フィアなのか……？」

「はい」

「大人しくていつも泣いてばかりだった、あのフィア？」

「うっ……そ、そうです……」

グレンはにわかには信じられないといった様子だったが、それでも昔の話を口にしたことで信用してくれる気になったらしい。フィアの顔を覗き込んで一瞬不思議そうに顔を顰めたものの、温かいお湯の中でじっと見つめ合っているうちにようやく彼も信じる気になったようだ。

「本当にフィア、なんだな」

「……はい」

今度はしっかりと確認されたので、フィアも強く頷く。改めて目を見ればわかるのは、きっとお互いさまだ。年齢は八歳も離れているが、幼少期は毎日のように一緒に過ごした仲なのだ。

聖なる高峰ノル・ルミリアス山に眠る女神の加護により、聖都ノーザリアには裕福で恵まれた家庭が多い。その中で貧しい家に生まれ育ったフィアとグレン、そして彼の妹であるミルシャは、同年代の子ども達の中ではひどく浮いた存在だった。だがそれゆえにフィアとミルシャはグレンを強く慕っていたし、グレンもフィアと妹を存分に可愛がった。三人の結束力は固かったのだ。

苦々しくも懐かしい記憶を辿りながら見つめ合う。グレンは昔と変わらない優しい笑顔を見せてくれたが、ほどなくして彼の視線がフィアの顔からお湯の中……胸元へ移動したことに気がついた。

「……成長したな？」

「できれば顔を見て言ってくださるとありがたいのですが……」

残念ながらフィアは手足と胴の長さが伸びただけで、女性らしい豊満な身体には成長しなかった。もちろんまったく育たなかったわけではないが、貧しさと元来の食の細さゆえか、多くの男性が好むような豊かな胸や魅力的なお尻には恵まれなかった。

それを自覚しているので、身体を見て「成長した」と言われるとお世辞を並べられている気がしてならない。恥ずかしさと申し訳なさから黙り込むと、グレンがそっと話題を変えてくれた。

「ところで、なんでフィアが帝都にいるんだ？」

「て、帝都……？　やはりここは帝都なんですか？」

「他にどこがあるんだ？」

フィアの戸惑いの声にグレンが驚いたような顔をする。だが驚きたいのはフィアのほうだ。

ルミリアス帝国の政治と経済の中枢である帝都ルミフェゴールは、広い帝国のほぼ中央に位置する。一方フィアの住まう聖都ノーザリアはルミリアス帝国の最北に位置する街で、聖なる高峰が隣国との国境にもなっている。国の中央にある帝都と国の端にある聖都の距離は、夜明けから日没まで日に何度も馬を変えながら走り続けたとしても、十日はかかるほど離れた場所にある。本来なら一瞬で移動出来るような距離ではないのだ。

聖都を出た現在のグレンが帝都に自分の邸宅を持っていることにも驚いたが、それ以上に遠く離れた場所まで瞬間移動してしまったことに驚く。どうして突然こんな状況に……と困惑するフィアは、ふとここにやってくる直前の出来事を思い出した。

「あの……おそらく私、転移魔法か召喚魔法を使われたのだと思います。ノーザリア神殿からの帰宅途中、急に地面に魔法陣が浮かんでそこに引きずり込まれてしまったので……」

「転移……召喚魔法？」

お湯の中でグレンの逞しい腕に抱かれたまま説明すると、グレンの語尾がわずかにあがった。

遠く離れた距離を一瞬で移動する方法など思い当たらない。直前の状況を考えてみても、その可能性が一番高い気がする。フィアにそれほど大がかりな魔法は扱えないが、帝国には移動の魔法を得意とする魔法使いが存在するし、自分以外の生命体の召喚や送還を専門に扱う魔法使いも存在する。目的は不明だが、フィアはその魔法を使われてここへやってきた可能性が高い。

「ってことは、やっぱりアルバートか」

「？　アルバート？」

「悪かった、フィア。それはきっと俺の友人の仕業だ。遠く離れた聖都から人を呼び寄せて強力な結界の中に放り込む荒業が出来る奴なんて、あいつぐらいしか思い浮かばない」

フィアが首を傾《かし》げる様子を見て、グレンが盛大なため息を吐く。どうやらグレンには、この状況の原因を作った人物に心当たりがあるらしい。

「できればすぐにノーザリアへ戻してやりたいが、今夜は難しいかもしれない」

「え？　な、なぜですか……？」

「さっきも説明したが、裸で無防備になるこの浴場には俺以外の人間の出入りを制限する結界が張ってある。これを解除しなければアルバートも中に入ってこれないし、フィアも外に出れない」

グレンの説明を聞いたフィアは、先ほど突然身体が痛んだことを思い出してごくりと唾を飲み込んだ。扉に近づくほど皮膚が強く刺激されて激しく痛むのは、結界を通り抜けようとする者への警告だ。臨界面に近づけば近づくほど痺れや痛みが強くなり、それでもなお先へ進もうとすれば、感電して意識と身体の自由を奪われる。結界とはそういうものだ。

「残念だが俺は魔法はまったく使えないし、そもそも結界は張った魔法使いにしか解除出来ない。この浴場に結界を張ったのはイザベラという友人なんだが……実は彼女、最近子どもが生まれたばかりなんだ」

「ええっ……？」

「だから今夜、急にここへ呼び寄せるのは難しいと思う」

「……」

どうやらこの状況はグレンの友人達によって作り出されたものらしい。一人は強固な結界魔法を扱える者、もう一人はその結界の中に他人を喚び寄せる召喚魔法を扱える者だという。グレンの友人ならば彼に害を与える意図があってやったわけではなさそうだが、グレンの呆れた表情を見る限り迷惑な友人であるらしいことはわかる。特に後者は。

グレンは魔法が使えないというが、フィアもさほど得意ではない。まして第十級聖女という落ちこぼれ中の落ちこぼれに、結界魔法へ干渉出来るほどの魔力などあるはずがない。

しかしこの場所から出られないのも困ってしまう。もう夜も更けているので仕方がないのかもしれないが、ここから出られないとなればフィアは温泉に浸かったまま夜を明かすしかないということだ。

「フィア、晩飯は食べたのか？」

「え？　あ……そういえば、まだ……」

グレンに問われてハッと気づく。

神殿からの帰り道で突然召喚されてしまったため、夕食はまだ食べていない。

「そうか。じゃあなにか食べるものを用意しよう」

「こ……ここで食べるんですか……？」

「仕方ないだろ、出れないんだから」

浴場は身体を清める場所であって、食事をする場所ではない。フィアとしては一食ぐらい抜いたところで死ぬことはないと思う。だがフィアを抱いていた腕を解いてお湯の中に解放してくれたグレンは、本当にこの場に食事を用意するつもりらしい。ざばざばとお湯の中を逆戻りして脱衣場へ向かっていくグレンの背中は、至って本気だった。

「なにか着替えと……毛布も用意させるか」

「ここで寝るんですか……？」

「仕方ないだろ、出れないんだから」

ついでにずぶ濡れになったフィアの着替えと、夜を越すために毛布を用意するというグレンに再度驚きの声が出てしまう。しかしその返答は先ほどと全く同じもの。

「あと用を足すときは、そこの陰で……」

「こここ、ここでですか……っ⁉」

「仕方ないだろ、出れないんだから」

「嫌です……！」

さらに思い出したように提案されたが、それについては本気の拒否の声が出た。そこの陰もここの陰もない。人様の邸で用を足すことすら気が引けるというのに、まさか温泉の片隅で用を足すことなど出来るはずがない。絶対に無理だ、と首を振ると、グレンがフッと表情を緩めた。

「まあ、今日のところは諦めてくれ」

本気とも冗談ともつかない様子で肩を竦《すく》めたグレンに、フィアは頭痛を覚えてしまう。

その結界を扱うという友人が呼びかけに応じて一刻も早く到着してくれることを切に願うが、おそらく赤子を抱える母親だという女性には難題だろう。ならばフィアは、どうにか一晩我慢するほかなさそうだ。

「フィアの家にも連絡が必要だな」

「そう、ですね……」

浴場を出ていこうとしたグレンの呟きに、歯切れ悪く返答する。

「でもそれは、急ぎじゃなくても大丈夫です。きっと私が帰っていないことにも、気づいてないでしょうから」

「……そうか」

消え入りそうな声と曇った表情で説明するフィアの様子を見ただけで、グレンはすべてを察したらしい。それ以上はなにも言わず、困ったように頷くと岩風呂からざぶざぶと出て行った。

グレンの裸体を極力見ないように入り口に背を向けて、大きなため息をつく。彼は今の一言だけでフィアの置かれている状況を正確に把握しただろう。

グレンの父は成果が得にくい魔法研究職に就いていたため収入が少なく、母は足が不自由で満足に働けなかったためブライアリー家は昔から裕福ではなかった。だがそれを感じさせないほど、いつも笑顔が絶えないあたたかな家庭だった。

聖都ノーザリアには裕福な家庭が多かったのでグレンの一家は周囲から浮いていたが、グレンとミルシャは志が高く心の優しい両親の間に生まれ育った、素直で家族思いの兄妹《きょうだい》だった。

それに比べ、フィアの家庭は本当にひどい有様だった。

そもそもフィアの実の両親はフィアが幼い頃に馬車の事故で亡くなっており、現在フィアが身を寄せているのは母の兄夫婦の家である。しかし家事が得意で心優しかった実母や手先が器用で魔法を使った工芸品作りが得意だった実父と異なり、フィアを養子として引き取った義両親はどちらも怠惰な性格だった。健康体であるにも関わらず定職に就いていないし、働き口を探そうという気概さえ感じられない。フィアを迎えた直後から家事は幼いフィアに任せきりで、自分達は清掃や森に出没する野生動物の駆除で日銭を稼ぎ、その日のうちに自分達の酒と食事にすべて使ってしまう。

聖女としてノーザリア神殿に仕《つか》え始めてからはフィアにも多少の給金が出るようになったが、それらは家賃や税の徴収にすべて消えていく。

そんな調子の家族なので、フィアが家に帰らなくて困るどころか、フィアがいないことに気づきもしないだろう。

フィアの義両親の体たらくは昔から一切変わっていないので、当時のグレンもその様子を見聞きしている。フィアよりも八歳も年上のグレンならば、十二年経った今もその状況が変わっていないことなど想像に容易いはずだ。

住まいと家族の有様は、フィアにとっては自らの貧相な身体以上に知られたくない現状だった。だが浴場に戻ってきたグレンが仔細を問いかけてこなかったので、フィアもその話にはもう触れないことにした。

再び浴場に現れたグレンは全裸ではなく薄いガウンを羽織っており、手にはパンとフルーツとチーズを載せたプレートを持っていた。

「不便をかけさせて悪いな」

「いいえ、とんでもないです」

グレンの言葉に慌てて頭を下げると、お湯の中にある岩が平らになった場所に腰かけて、軽食の載ったプレートを受け取る。そこに座ると腰より下は浸かってしまうが、極力それも気にしないようにした。

プレートに載ったブドウの房から実を一粒ずつ千切って口に運ぶ。しかし朝食を食べて以降なにも食べていないのでお腹が減っているはずなのに、不思議なことにあまり食欲が湧かない。

「口に合わなかったか？」

「いえ、そうではなく……」

隣に腰を下ろして様子を窺《うかが》ってくるグレンの問いかけに、ふるふると首を振る。

「どうしても……身を清める場所で食事をする気になれなくて」

「それはまあ、そうだな」

浴場は洗髪や洗身を行い、身体の疲れを癒すための場所だ。もちろん食事をしたり、服を着たまま呑気に話をする場所ではない。すぐに出れないのだから仕方がないとはいえ、ここで食事をとるにはやはり衛生面や倫理観が気になってしまう。とても味などわからないし、満たされるほど食も進まない。

どうにかブドウの実を五粒とチーズを一かけらは食べることができたが、ドライフルーツ入りのライ麦パンや他のフルーツは食べる気になれなかった。せっかく用意してくれたグレンには申し訳ないと思ったが、結局フィアは残りの食事を下げてもらうことにした。

食事の後片付けで一度浴場を後にしたグレンだったが、先ほどよりも短時間で戻ってくると、今度は大きな毛布と女性ものの衣服を手にしていた。

「とりあえず、身体を拭いてこれに着替えろ。急いで用意させたから体型に合っているかはわからないが、ずぶ濡れの格好でいるよりはいいと思うぞ」

「ええ、っと……？」

そう言って彼が手渡してきたのは、身体を拭くためのタオルと薄手のナイトワンピースだった。誰にどう説明して用意させたのだろうか、と疑問に思ったが、ずっと濡れたままの服を着ていて気持ちが悪かったのは確かだ。だからその厚意をありがたく受け取ることにする。

グレンに後ろを向いてもらって、少し離れた大きな岩の陰まで進み、そこでぐしょ濡れになった服を脱ぐ。下着をどうすべきかと一瞬迷ったが、折角乾いた衣服を用意してもらったのに濡れた下着の上に重ねたら意味がない。それに濡れた下着の感覚も気持ち悪い。

貸してもらったワンピースを広げてみると肌が透けそうな生地ではなかったので、こうなったらもう腹を括るしかない、と諦めて下着も脱いでしまう。それから大急ぎで身体を拭いてナイトワンピースを身に着けると、またグレンがいる場所まで戻っていく。

「着替えたか？」

「はい……ありがとうございます」

「よし、じゃああとは寝る場所だな。ここに天幕を張ってもいいが、洗い場の広さしかない。どのみち寝るには適してないから、悪いが今夜はこれで我慢してくれ」

グレンがそう説明しながら毛布を広げてフィアの身体を包み込む。そのままぐっと引き寄せられると先ほどお湯の中で抱きしめられたときと同じ体勢になるが、次に座った場所はお湯の中ではなく、岩が平らになっていて石の柱に背中を預けられる場所だった。

フィアが戸惑っているうちに、毛布ごと身体の位置を調節される。どうやらグレンはフィアの身体を抱きしめつつも、座っていて痛みや違和感がない位置を探してくれているらしい。

「って、グレン兄さまもここで夜を明かすのですか……？」

「浴場に一人で放置するわけにいかないだろ」

「で、でも……、あの……その」

腕の中にフィアの身体を抱くグレンに、なんと言っていいのかわからず困惑してしまう。

確かに慣れ親しんだ故郷から急に召喚されて、右も左もわからない状況で突然放置されるのは困る。とはいえ数年ぶりに再会した、以前は兄のように慕っていた幼なじみに抱きしめられたまま夜を明かす状況にも狼狽えてしまう。仮に同じ場所で夜を明かしてくれるとしても、別に抱きしめる必要はないと思うのに。

恥ずかしい――そう思っていたフィアだったが、グレンに身体を抱かれているうちにぽかぽかと体温が上昇して、少しずつ緊張が解れてくる気がした。

（……あたたかい）

このじんわりと身体が火照《ほて》っていく感覚は、きっと温泉がもたらす効能や効果によるものだけではない。人の優しさ、人肌の温度、人との自然な会話――それらはどんなに望んで手を伸ばしても、落ちこぼれ聖女で穀潰しの義娘であるフィアには手に入らないものだった。

殴られたり罵声を浴びせられたりすることはない。ただ義両親は、血の繋がらないフィアに対してどこまでも無関心だ。聖なる力が開花して聖女として神殿に仕《つか》えることになったと報告しても、彼らの口から出る台詞はお金に関することばかり。フィアの能力を褒める言葉はただの一つも出てこない。

そしてそれはノーザリア神殿でも同じ。同時期に聖女として仕《つか》えるようになった娘達はみな裕福な家庭に生まれ育ち、高い魔力や美しい外見を併せ持っている。ただ聖なる力が開花したというだけで、特別強い魔力を秘めているわけでも、特別美しいわけでもないフィアと仲良くしてくれる娘などほとんど存在しない。

だからこうして人に触れ合うこと自体が久しぶり。女神に与えられた力が開花しても能力の低いフィアでは役に立たないことが多いので、怪我をした騎士や魔法使いを癒す機会さえ与えられない。落ちこぼれの聖女では、人のぬくもりさえ簡単には手が届かないのだ。

「フィア？　お前、魔法が使えるのか？」

「え……？」

両親には気づかれないかもしれないが、聖女達を管理する神官には明日の朝にでも気がついてもらえるだろうか——なんて考えごとをしていると、ふとグレンが不思議そうに問いかけてきた。

どうやら知らない間に内に秘めた力が溢れて、グレンになんらかの影響を与えてしまったらしい。

「あ、えっと……治癒の力を少し」

「そういえばさっき、神殿から帰る途中だと言ってたな。そうか、ノーザリア神殿に仕《つか》えているってことは聖女になったんだな？　すごいじゃないか」

誰にも認められない聖女フィアを褒めてくれたのは、久しぶりに会うグレンの大きな手のひらだった。顔をあげるとグレンが昔と同じようにぽんぽんと頭を撫でてくれる。

「……そんなことはありません」

優しい触れ合いが恥ずかしくなってそっと視線を下げる。

グレンの褒め言葉は嬉しいが、フィアは素直に喜べない。

「グレン兄さまが聖都を出たあとに、私にも聖なる力が開花しましたが……実は能力が安定しないんです。十五歳で神殿に仕《つか》えてからずっと第十級聖女のままで、位もまったく上がっていません。……落ちこぼれなんです」

ぽつぽつと話しているうちに、自分の言葉に自分で打ちのめされてしまう。

そもそも聖女が持つ大地の女神に与えられし聖なる力には、疫病や災いなどから身を守る〝加護の力〟と、自然治癒力を高めて回復を促《うなが》す〝治癒の力〟と、身体能力を活性化させて強化する〝祝福の力〟の三種がある。大抵の聖女はこの三つのうちどれかが突出して優れているか、あるいはこの三つのすべてをバランスよく扱える者がほとんどだ。

しかし十五歳の頃に聖なる能力が開花してからすでに七年が経過しているのに、フィアの能力は未だに低水準でどれも安定しない。一応どの能力も扱うことは出来るが、力を使う機会を与えられないせいかまったく成長出来ていないし、先ほどのように必要のないときに聖なる力が溢れてしまうこともある。それでは使い物にならないと言われ、聖女としての役割をまったく与えられない。今のフィアは、完全な悪循環に陥《おちい》っているのだ。

「そうなのか？」

しかし落ち込むフィアの身体を包み込むグレンはあまり納得していない様子だ。俯くフィアの顔を覗き込み「いや、そんなはずはないだろう」と不満そうに唇を尖らせる。

「俺はこうしてるだけで癒されるけどな」

「……っ！」

優しく笑うグレンの表情を腕の中から見上げたフィアは、だんだんと自分の顔が熱く火照《ほて》っていく心地を感じていた。その恥ずかしさと照れは温泉の熱さによるものだと必死に自分に言い訳をしてそっと視線を落とす。

ふとグレンが身に着けているガウンの隙間から、彼の胸元が垣間見える。薄暗い灯りのもとではわかりにくいが、目を凝らしてみると昔よりほんの少しだけ日焼けした肌に、いくつかの小さな切り傷や擦り傷がついている。それによく観察してみると、胸だけではなく首や腕にも小さな傷があるようだ。

「グレン兄さま……怪我をされてらっしゃるのですか……？」

「ん？」

フィアが一度逸らした視線をあげてグレンの顔を再度見つめると、視線に気づいたグレンが低く頷いた。

「大したことはない。騎士として毎日訓練していれば、このぐらいの傷は日常茶飯事だ」

「！」

小さな笑顔を浮かべるグレンの表情を確認したフィアは、その言葉一つでほっと安堵した。

（グレン兄さま……騎士になる夢を叶えたのね……）

十二年前、当時十八歳だったグレンは『帝都で騎士になりたい』と言って聖都ノーザリアを旅立った。

幼いフィアは兄のように慕っていたグレンと離れるのがなによりも辛かった。だが火事で大切な家族を失って以来、三年の月日を孤独に生きてきたグレンがようやく自分の夢を見つけて歩き始めたのだ。決意を固めたグレンを止められず、当時十歳だったフィアは結局、グレンと離れ離れになった。

グレンに手紙を出す宛がなかったフィアは、グレンやミルシャとの思い出を胸の奥に大切にしまい込んだ。ときどきグレンを恋しく思うこともあったが、故郷の風景にグレンの姿を探しても絶対に見つからないことはわかりきっていた。

だからグレンがこの十二年間をどう過ごしてきたのか一切知らなかったフィアだが、彼は夢を叶えて騎士になったらしい。帝都にはいくつかの騎士団が存在すると聞いているので、そのいずれかに所属して立派に勤めを果たしているのだろう。グレンの身体の逞しさや肌についた小さな傷が、彼の努力と騎士としての過酷な日々を思わせる。

「グレン兄さま、目を閉じてくださいますか？」

ガウンの上からグレンの胸板に手を添え、そっとお願いごとをする。

突然の要望に一瞬目を見開いたグレンだったが、すぐにフィアの意図に気づいたらしい。首を上下させて同意を示すと目を閉じてくれたので、フィアも同じように目を閉じて意識を集中させた。

先ほども治癒の力を使ったフィアだが、無意識で使うよりも意図してコントロールした力のほうがより丁寧で質の高い治癒の効果が得られるだろう。

そう考えてグレンの呼吸に自分の呼吸を合わせる。息遣いと鼓動を同調させるように精神を集中して、グレンの内に巡る力の流れを掴まえる。そこに自分の中に循環している力を寄り添わせ、少しずつ治癒の力を織り交ぜていく。

魔法使いや聖女と呼ばれる特殊な力を扱う者は、自分と相手の波長を同調させることで相手の魔力に干渉することが出来る。特に大地の女神から授かった聖女の力は、人や馬や狼など己の足で地を駆ける生命に対して高い効果を発揮するとされている。

ふ、とグレンの意識から自分の意識を切り離して、そっと目を開ける。顔をあげるとフィアの身体を包んでいたグレンが驚いたように目を見開いていた。

先ほどまでガウンの隙間から胸元に見えていた細かい擦り傷や切り傷が消えている。聖なる力で自然治癒能力を活性化させると、このぐらいの小さな傷であればすぐに消えてしまうのだ。

「成長したんだな」

驚いたような表情をしていたグレンが、フィアの目を見て優しく褒めてくれる。その笑顔が自分に向けられていると気づいたフィアは、失いかけていた自信を少しだけ取り戻した。

＊　＊　＊

小鳥がさえずる声が遠くから聞こえた気がして、夢の世界からそっと覚醒する。いつの間にか眠っていたらしい。そろそろ起きて朝食の準備をしなければ毎朝の礼拝の時間に遅れてしまう……。

そんなことを考えながらうとうとと目を開けたフィアは、視界に飛び込んできたグレンの姿に驚いて思わず身体を硬直させた。

十二年前に故郷を離れて以来一度も会えなかった懐かしい人が、フィアの身体を抱いて座ったまま眠っている。この状況に陥《おちい》った経緯を一気に思い出し、フィアの思考が急速に冴えていく。

突然見知らぬ秘湯に召喚され、さらにそこから出られなくなってしまったフィアのために、グレンもフィアの傍で一夜を過ごしてくれた。本来ならば毛布だけ貸し与えてあとは放置してもよかったところ、グレンはフィアを守るように一晩中抱きしめてくれていたらしい。

丸太でできた壁の向こうでは、徐々に空が白んできている。夜明けの時間が近い証拠だ。

フィアが現在いるこの場所は、グレンが住む邸宅内にある浴場とのこと。露天風呂には頑丈な囲いと屋根があるため、ここから正確な建物の大きさや敷地の広さはわからないが、ただの騎士にしては随分大きな邸に住んでいるような気がする。騎士の仕事はそれほど実入りがいいのか、それとも聖都と帝都では土地や邸の値段が大幅に異なるのか、今のフィアにはよくわからない。

ただし一つだけ、確実に理解出来ることがある。それはノーザリア神殿で毎朝行われる礼拝の時間に、今朝のフィアが絶対に間に合わないということだ。

「あの……グレン、兄さま？」

フィアを抱きしめたまま寝息の一つも立てず静かに眠っているグレンに、そっと声をかける。

フィアは彼の今日の予定を一切把握していないが、一晩中フィアにつきっきりになったせいで、昨晩本来すべきだった用事をまったく済ませられていない可能性がある。ならば早めに起こしたほうがいいかもしれない。そう考えて声をかけると、ほどなくしてグレンの瞼がゆっくりと開いた。

「ああ……おはよう、フィア。寒くなかったか？」

「は、はい……」

覚醒したグレンが朝の挨拶と共にフィアの様子を確認してきたので、ぎこちないながらもこくこくと頷く。フィアの仕草に「そうか」と呟いたグレンは、毛布ごと抱きしめていたフィアの身体をようやく解放してくれた。

ずっとグレンの体温に包まれていたので、急に離れると寒さと寂しさを感じる。だが今は寂しがっている場合ではない。フィアから離れたグレンは、お湯の中をざぶざぶと進んで石の段差を上がると、脱衣場と思われる扉へ進んでいく。そのグレンが、ふと振り返ってフィアを手招きした。

「フィア、こっちに来れるか？」

問いかけられた通りグレンの導きに従おうとするが、やはり数歩近づくだけで動きが止まってしまう。浴場の出入り口へ足を向けると、なぜか背筋に鋭い悪寒が走る。大きなガラスがはめ込まれた扉に近づこうとすると、嫌な気配が全身に纏わりついてきて身体の自由を奪っていく。

それでもなお無理に近づこうとすると、身体に痛みと電撃が走って足から力が抜けてしまう。それに実際には近づいていなくても、意識を向けるだけで身体の力を吸い取られる感覚に陥《おち》いるのだ。

ただの扉に対して異様な嫌悪感を抱いてしまう気持ちは、一晩経ってもなにも変わっていない。

「い、いやです……こわい……」

「そうか。やはり結界を解かなきゃ、近づけないようだな」

「……申し訳ありません」

「フィアが謝る必要はない。どう考えても悪いのはアルバートだ」

グレンが困ったようにため息を吐く。その姿を見て申し訳ない気持ちになるフィアだが、グレンは「もう少し待とう」と呟いて先ほどまで座っていた場所に引き返してくれた。

大きな岩を削って磨いた平らな場所へ腰を下ろすと、二人並んで沈黙する。

フィアは結界のせいでこの浴場から出られないが、グレンは普通に通過することが出来るはずだ。だからもし彼がいつも通りに過ごしたり、仕事やなにか他の用事があるのなら、自分をこの場に残して行ってくれても構わないと思う。しかしグレンはまだフィアの傍にいてくれるらしい。

昔の思い出話や離れてからどんな風に過ごしてきたのか、騎士としてどんな仕事をしているのか、フィアには話したいことも聞きたいこともたくさんあった。だが夜が明けて周囲の様子がはっきり見え始め、今いる場所の細部やお互いの姿を正確に把握出来るようになると、言葉も発せず沈黙してしまう。

「昨夜は暗かったからよかったが……。……目のやり場に困るな」

「！」

実はグレンもフィアと似たような感情を抱いていたらしい。足を組んで膝の上に頬杖をついたグレンが、視線を外してそっぽを向いたままぼそりと呟いた。グレンの独り言が耳に届くと一気に顔が熱く火照《ほて》る気がして、フィアはさらに低い位置へ視線を落とす。

「あの、グレン兄さま……」

もし自分に話しかけているのだったら返答をしなければと考え、とりあえず口を開く。だが二の句が継げずにあわあわしていると、ふとこちらへ振り向いたグレンが、険しい表情のまま重い口を開いた。

「フィア、その呼び方なんだが……」

「え……？」

「これから会う者達の前で『兄さま』と呼ぶのは止めてほしい」

「あ……ご、ごめんなさい」

「いや、別に謝る必要はないんだが……」

気まずそうな表情で呼び方を改めるよう願われたフィアは、少し遅れて昨晩も同じように言われていたことを思い出した。

フィアにとっては少しだけ悲しいお願いごとだが、グレンがそう望むのは当然のことだ。グレンとフィアは八歳離れた幼なじみとはいえ実際の兄妹《きょうだい》ではないし、お互いもう子どもではない。木に登り、野を駆け、水浴びをするフィアとミルシャを見守って遊び相手をしてくれていたあの頃のグレンとは違う。お互い、大人になったのだ。

「わかりました……気をつけます」

グレンの希望を受け入れたフィアは、一抹の寂しさを覚えながらも静かに頷いて同意を示す。

その後再び沈黙が落ちたが、結局なにを口にすればいいのかわからない。フィアがじっと俯いていると、グレンも気まずさを感じたのかそっと話題を変えてきた。

「もうすぐイザベラが来るはずだ」

「イザベラ……？」

「ああ。この浴場に結界を張ってくれた魔法使いで、彼女も俺の友人なんだ。繊細な魔法を使うようには見えない豪胆な女性だが、腕は確かだぞ」

「そうなのですね」

フィアの知るグレンは口数が少なく物静かな男性で、基本的に自分のことをあまり語りたがらない性格だった。故郷である聖都ノーザリアにいた頃は貧富の格差のためか同年代の者達とは話題が合わず、その代わりいつもフィアとミルシャが遊ぶ様子を近くで見守ってくれていた。

その後、両親とミルシャを火事で亡くして心を閉ざしてからはさらに周囲との交流が減っていたので、大人になったグレンが口にする『友人』という言葉に、フィアは密《ひそ》かに感動を覚えていた。

悪態をつく割には信頼をしているらしい『友人』の存在を想像するフィアに、グレンがふと思いもよらない言葉をかけてきた。

「それまでの間、もう少し抱きしめさせてくれないか？」

「えっ……？」

グレンの望みを聞いたフィアの動きがピタリと停止する。聞き間違えたのかと思って隣に座るグレンの顔を見上げると、そのままゆっくりと首を傾《かし》げる。

「あの……？　えっと……」

十八歳の頃に故郷を離れて十二年の歳月が経過しているのだから、現在グレンは三十歳のはず。

大の大人であるグレンの思いがけない要望に困惑の表情を浮かべると、ハッと我に返ったグレンが罰の悪い様子でそっと視線を逸らした。

「別に、嫌ならいいんだ」

「あ、いえ……嫌ではないです……けど」

「……フィアに触れると体力の回復が速いみたいだ。今日は頭もすっきりしているし、座って寝たはずなのに身体も痛くない」

「！」

大胆な要望の理由を聞いたフィアは、昨晩使ったほんの少しの聖なる力が、思いのほかグレンの身体に大きな影響をもたらしたことを理解する。彼は不埒な目的でフィアを抱きしめたいと口にしたのではなく、ただ聖なる力の恩恵を望んでいるだけなのだ。

もちろんフィアは、グレンの要望を撥ね退けてその誘いを断ることも可能だった。だが唐突に結界を張った浴場に現れてグレンの入浴の邪魔をした挙句、一夜とはいえ衣食住の面倒を見てもらったというのに、フィアには恩を返す当てもない。だから今ここで彼の要望を受け入れることが迷惑をかけたことに対する謝罪と謝礼になるのであれば、グレンの要望を受け入れることもやぶさかでない。力を使えばフィアも体力を消耗するが、グレンが望むなら多少の無理は辞さないつもりだ。

「そういうこと、でしたら」

「……なら、ここに座ってくれ」

提案を受け入れるために承諾の言葉を紡ぐと、顔をあげて微笑んだグレンから太腿の上へ座るよう指定されてしまった。

グレンは一応ガウンを羽織っているが、平らな岩に座ったグレンは脚がほとんど露出した状態になっている。素足の太腿をぽんぽんと叩いてフィアに座る場所を示すグレンに、どうしても恥ずかしさと照れを感じてしまう。

昔からの知り合いとはいえ、フィアとグレンは昨晩再会したばかりで、それまでの十二年間は一度も会っていなかった。そんなグレンの脚に座るなんて恥ずかしいことこのうえないが、一度提案を受け入れた手前やっぱり嫌だとも言いにくい。仕方がないと覚悟を決めてグレンの太腿にお尻を乗せ、そのまま横抱きになるように体重を預けると、顔の距離がぐっと近づいた。

昨夜抱きしめられて眠ったときも顔が近いと感じたが、明るい場所で再び同じように座ってみると、改めてその近さに驚く。自分の顔の真上にグレンの顔があるという状況と恥ずかしさから、視線も上げられない。

「軽いな。フィア、ちゃんと飯は食ってるのか?」

「っ……た、食べてます……!」

太腿に座るとフィアの肩をグッと抱いたグレンが耳元で小さな質問をしてきた。

わざとではないかと思うほど低くゆっくりとした声で訊ねられ、身体がびくっと硬直する。問いかけ自体は普通の内容なのに、まるでフィアの心を覗き込むようにじっくり観察されている気分になる。さらに甘く掠れた声が耳朶をくすぐると、それだけで背中がぞくぞくと震える気がした。

ほどよく筋肉がついた太腿は、フィアが座っても十分に安定している。だがグレンとぴったり密着したフィアは、身体を預けた場所よりも心のほうが不安定になった。

沈黙すればドキドキと高鳴る心音がグレンに聞こえてしまう気がする。かといって楽しくお話しする話題はなにも思い浮かばない。

「グレン、さま」

「……っ」

だから間を持たせるためにグレンの名前を——呼び方を改めてほしいと言われていたので、単純に〝兄〟という言葉だけ除して彼の名前を呟くと、グレンが静かに息を呑んだ。

動揺を感じ取ったフィアが顔を上げると、グレンがこちらをじっと見下ろしている。恥ずかしさを誤魔化すための呟きがさらに恥ずかしい空気を作ってしまった気がして、もうなにを口にすればいいのかもわからなくなる。

照れて気まずい状態で視線が合わないよう顔を背《そむ》けていると、フィアの肩を抱いていたグレンの手が、ふと指を伸ばして顎の先に触れてきた。

突然グレンの指先と肌が触れ合う感覚に、思わずぴくん、と身体が跳ねる。

「ん……っぅ」

くすぐったいようなもどかしいような繊細で優しい触れ方に、思わず小さな声が漏れた。

「フィア……変な声出さないでくれ」

「だっ、て……グレンに……さまが……！」

また〝兄さま〟と呼ぼうとしていることに直前で気づき、慌てて軌道修正する。しかし微妙に言

い間違えてしまったこととフィアが身を捩る様子が面白かったのか、喉の奥で笑ったグレンが、

「気持ちいいか？」

と意地悪に問いかけてきた。

口の端を上げてにやりと笑うグレンの笑顔は、フィアの知らない表情だ。幼い頃もフィアとミルシャの話を聞いて優しげな笑顔を浮かべたてくれたり、二人で迷子になったときは後から盛大に笑われたりしたこともあった。

だがこの表情は知らない。女性の肌を愛おしそうに撫で、からかうような笑顔を向け、撫でられた感想を聞き出そうとする意地悪な表情は、フィアの知らない男性らしい仕草だ。

「甘い香りがする。……温泉の匂いではないな」

グレンがぽつりと呟いて、フィアの身体をまたぎゅっと抱きしめる。しかも今度は髪の中に鼻の先を埋められて、すんすんと匂いまで確かめられる。

身体の近さと思いもよらないグレンの大胆な行動の数々に、だんだん脳が混乱して判断力が低下してくる。一体自分の身になにが起こっているのだろう……と、召喚魔法を使われて温泉の中に落とされた直後よりも激しく混乱する。

「フィア、本当に第十級聖女から昇級してないのか？　これほどの魔力を扱えるのに？」

ぐるぐると悩みすぎたせいでまた力が溢れてしまったのかもしれない。顔を覗き込んできたグレンが不思議そうに問いかけてくるが、フィアにはもうなにがなんだかわからない。

それに甘さこそないが、フィアが思うにグレンは自分よりもよほどいい匂いがする。彼の肌から

は瑞々しく爽やかなハーブと洗練された色気を含んだウッディな香りが感じられ、その大人びた匂いに包まれていると頭がぼんやりしてしまう。寝ている場合じゃないのに、温かい指先に撫でられているうちに安心して身体から力が抜けていく。

「そんなこと言われたの……はじめて、です……」

「ッ……！」

ぽうっと火照《ほて》る身体から熱を逃すよう、ぽつりと呟く。フィアの能力を褒め称える直前の台詞を思い出して返答すると、彼がまた息を詰まらせて動揺する気配がした。

さらに陽が昇ってきたのか、辺りがどんどん明るくなっていく。壁が高いのでまだ太陽の姿は見えないが、朝日の中で見つめ合ったグレンの少し困ったような表情ははっきりとわかった。

しかしフィアはグレンの表情よりも、何気なく動かした手の下に違和感を覚えた。

（え、なに……？　なにか、固いものが……）

グレンに強く抱きしめられたせいで、先ほどから彼のお腹と自分の身体の間に腕が挟まったままになっていた。そこから手を抜こうとして肘を引くと、ふと手首の辺りに固いなにかが当たった気がしたのだ。

騎士になったというグレンだが、今の彼が纏っているのは寝間着と思わしきガウンのみ。身を守る武具や装備品を身に着けていないのなら、この固いものはなんだろう……と視線を下げる直前、肩を抱いていたグレンの左手が突然フィアの右耳に触れてきた。

「ふぁっ……！」

今度はくすぐったいだけではない。敏感な耳を優しく撫でられると、首から背中、臀部に向かってびりびりと不思議な感覚が走り抜ける。結界に近づくたびに感じる感電の恐怖とは違う、甘く痺れるような感覚に驚いて身を捩るのに、グレンの手はフィアをからかうように執拗に耳朶を撫で回す。

「ん……んぅ」

「フィア、恋人がいるのか？」

「え……？」

甘美な悪戯に拒否の言葉も出せずにいると、フィアの反応を見ていたグレンが声のトーンを下げて意外な問いかけをしてきた。

「女神の試練を乗り越えて神殿に認められれば、聖女でも結婚出来るんだろう？　数年前から旧アルクイードの騎士団がノーザリアの守護を任されていると聞いている。フィアもアルクイード騎士団の中に、恋人がいるんじゃないか？」

「そんな……恋人なんて、いません……」

グレンの発想は当然といえば当然かもしれない。

ノーザリア神殿に仕《つか》える〝聖女〟と呼ばれる娘達は、聖なる力が枯渇するか、愛する者と女神の試練を乗り越えることで聖女の任から離れることが許される。しかし実際のところ、位の高い一部の聖女達を除けば神殿を離れる理由の大半が後者の場合だ。

それはつまり、恋をした聖女が結婚という人生を選ぶことを意味する。だが普段から神殿に籠《こも》りきりの娘達と接する機会を得られるのは、聖女の祝福を受けられる者——すなわちノーザリア在住者か、ノーザリア周辺に拠点を置く騎士団に所属する者しかいない。

グレンのいうアルクイード騎士団はルミリアス帝国に与する以前の小国アルクイードが擁していた騎士団で、現在は皇帝の勅命により帝国の北側の国境警備とノーザリアの守護を担っている。それゆえノーザリア神殿に仕《つか》える聖女はアルクイードの騎士と恋に落ちる可能性が高い、というのがグレンの言い分のようだ。しかし残念ながら、それもフィアには関係のない話である。

「第十級聖女の私には、騎士団の方へお祈りすることも出来ないんです……」

なぜならフィアは、落ちこぼれの聖女だ。聖なる力が開花しても能力が安定せず、まともな治癒の力も加護の力も与えられない。力をコントロールできず位も上がらないフィアではノーザリアを守る騎士達に十分な祝福を贈れないだろう、というのが神官達の考えで、ゆえにフィアはアルクイードの騎士とは会ったことすらないのだ。

おそらく神官達も、フィアの負担を考えて無理をさせない配慮をしてくれている。ならばわがままを言ってはいけないと思うが、本当は期待に応えられない情けない自分に落ち込んでいる。

「それならフィア、俺が——」

「あーっ！　グレンが可愛い子に手出してる！」

「!?」

グレンがなにかを言いかけて口を開いた瞬間、浴場の入り口から明るい男性の声が聞こえてきた。聞き覚えのない声に驚いたフィアがびくっと肩を震わせると同時に、グレンが深いため息をつく。

「アルバート……」

グレンがフィアを太腿から下ろして肩に毛布を掛けてくれたので、肌を隠すように布の隙間をいそいそと合わせる。

ざぶざぶとお湯の中を進んでいくグレンの視線の先には、青に近い紺色の短髪に空色の瞳を持った青年がひらひらと手を振っていた。さらにその後ろから、栗色の長い髪を首の後ろで一つに結んだ赤い瞳の女性がひょっこりと顔を覗かせる。

「ごめんね、グレン。娘が熱出しちゃって、来るのが遅くなったわ」

「イザベラ……いや、こっちこそ朝早くから悪かったな」

どうやら紺色の髪の男性が召喚魔法や転移魔法に長けたアルバートという友人で、栗色の髪の女性が結界魔法を得意とするイザベラという友人らしい。グレンが浴場にいることを把握し、案内を通さずここまで直接赴いてくれたことが、彼らの信頼関係を思わせるなによりの証拠だ。

「むっつりスケベ」

「……うるさいぞ」

それにグレンに軽口を叩くアルバートの様子や、戯言を一蹴するグレンの姿からも仲の良さが窺《うかが》える。その様子を遠くから眺めたフィアは、これでようやくしかるべきところで用を足せることになによりも安堵を覚えていた。

＊　＊　＊

浴場から救出されたフィアは、裾が濡れた衣服からまた別の服を借りて着替えを済ませると、使用人と思わしき年配の男性の案内で談話室へ通された。フィアが入室するとアルバートと呼ばれていた男性が一目散に駆け寄ってきて、両手を合わせてフィアに謝罪の意を示してくれる。

「フィアちゃん、お湯の中に落ちちゃったんだって？　びっくりしたでしょ、本当にごめんね」

「い、いえ。大丈夫ですよ」

初対面の男性に陳謝されたフィアは、戸惑いを覚えながらも手と首を振って過剰な謝罪を遠慮した。確かに急に聖都から帝都に召喚され、熱いお湯の中に落とされたことには驚いた。だがフィアは彼のおかげでグレンに会うことが出来た。恥ずかしい思いもしたし、神殿に仕《つか》える聖女の務めを無断で休むことにもなってしまったが、十二年ぶりに懐かしい幼なじみの顔が見れたのでアルバートには感謝している。

「本当はグレンのベッドルームに召喚するつもりだったんだけど。召喚場所に誤差があって、間違って浴場の中になっちゃったみたい」

「謝って済む問題じゃないだろ」

ただしグレンは大層ご立腹な様子だ。大きなソファに足と腕を組んだグレンは、フィアの感情と裏腹に不機嫌そのものである。

そんなグレンも夜着のガウンから、ボタンがたくさんついた黒い上衣と肌に密着するような細身の黒い下衣、銀細工の留め具がついたマント姿に着替えている。アルバートも同じ衣装に身を包んでいるところを見るに、おそらくこれがグレンの所属する騎士団の制服なのだろう。

凛々しい姿に見惚れていると、ふとグラスから口を離したグレンがアルバートを睨んだ。

「おい、アルバート……お前いま、俺のベッドルームに、と言ったか……？」

「あっ、やば……！」

自分の失言に気づいたのだろう。しまった、と慌てた表情で視線を逸らすアルバートだが、ソファの肘掛けに頬杖をついて自分のこめかみを押さえるグレンはどこまでも不機嫌だった。

そんなグレンの様子を見たアルバートが、突然意見を翻して呆れたように肩を竦《すく》める。

「でもグレンもいけないんでしょ。いつまでも結婚しないどころか、恋人も作らないいんだから」

「必要ないと言ってるだろ」

「グレンはそういうけど、みんな心配してるんだって」

グレンに睨まれて劣勢に立たされていたはずのアルバートが、鼻から盛大な息を漏らす。その態度と言葉に無言でそっぽを向いて黙り込む様子を見るに、この話題はグレンにとってあまり楽しくない内容……おそらく彼の急所なのだろうと察する。

そんな二人の会話内容から、現在のグレンが既婚者ではないこと、それどころか恋人もいないことを知ったフィアは、密《ひそ》かにほっと胸を撫で下ろしていた。

（……？）

直後になぜ自分がほっとするのだろう？　と疑問に思ったが、深く考え込む前に室内にいたもう一人の人物、結界を扱う魔法使いのイザベラが近寄ってきて、フィアの肩をぽんぽんと叩いた。

「ごめんね、フィアさん。男達のことは放っておいていいから」

「え、あ……はい」

イザベラが「こっち」とフィアに移動を促《うなが》すので、ああでもないこうでもないと会話をしているグレンとアルバートの背後を通り、部屋の奥にある大きな窓に面したソファに腰を下ろさせてもらう。

グレンの邸宅はレンガの塀に囲まれているため、一階にある談話室からは帝都の街並みを眺めることは出来ない。だが朝の光が差し込んできらきらと輝く庭の様子はよくわかり、しっかりと手入れされている芝生《しばふ》の絨毯《じゅうたん》と、瑞々しく咲き誇る青紫のアジサイのコントラストが美しかった。

「フィアさん、髪を梳こう。そのままだとボサボサだよ？」

「はい。あ、あの……フィアで構いません」

「そう？　じゃあ、フィア。私のこともイザベラでいいからね」

フィアの背後に回り込んだイザベラが、手にブラシを握って頷く。窓際の壁にはめ込まれた鏡に視線を向けると、金枠の中に映り込んだイザベラがフィアに向かってにこりと笑顔を作った。

グレンはイザベラを豪胆な女性だと評していた。確かに、下衣こそロングスカートではあるが、グレンやアルバートと同じ騎士の制服に身を包んだ姿には勇ましく凛々しい印象も感じられる。だがフィアの長い髪をひと掬《すく》いしては丁寧にブラッシングしてくれる手つきからは慈しみと母性が感じられ、フィアには優しくて親しみやすい朗《ほが》らかな女性に思えた。

「フィアは綺麗な銀髪だね。シルクの糸みたいで美しいよ」

「それが……実は昨日までは金髪だったんです」

「え？　どういうこと？」

そんなイザベラの褒め言葉を聞いたフィアは、自分の置かれた状況を思い出して昨日に引き続き今日もがっくりと落胆した。もちろんイザベラは、本心から偽りなくフィアの髪を褒め称えてくれたのだと思う。だがフィアの髪は、昨夜までは綺麗な金髪だったのだ。

フィアは美人ではないし、頭がいいわけでもないし、女性らしい体つきでもないし、なにより聖なる力が開花したはずなのに、目も当てられないほどの落ちこぼれ聖女だ。そんな特別な美点も存在感もないフィアが誰かに誇れるものは、長く美しい金髪だけだった。なのにその唯一の優れた特徴が失われてしまったことは本当に悲しい。

不思議そうな表情をしているイザベラにかいつまんで状況を説明したが、彼女の表情はさらなる困惑と疑問に染まるばかりだ。

「うーん？　アルバートの召喚魔法の影響なのかな？」

ブラッシングの手を止め、腕を組んで唸るイザベラの表情を鏡越しに見つめる。

「でも髪の色だけ元の場所に残して移動してくるなんて、聞いたことがないね」

「そう、ですよね……」

フィアの髪色の変化についてはイザベラにも原因がわからないらしい。ならば召喚魔法を使ったアルバートなら原因がわかるのだろうか……とイザベラと同時にアルバートへ視線を向けてみると、彼はまだグレンと不毛な言い合いを続けていた。

「だから僕が、グレンに結婚の良さを教えてあげるって」

「要らないと言ってるだろ」

足を組んで頬杖をついたグレンが「しつこいぞ」と文句を言いながらため息をついている。だがアルバートも引く気がないようで、グレンの目の前に仁王立ちになり頬を膨らませて反論を並べ続ける。

「グレンが恋愛ぽんこつのドヘタクソなのは、僕だって知ってるさ」

「ぽ、ぽんこつ……ドヘタクソ……？」

「けど陛下だって、グレンが身を固めなきゃ新騎士団には擁立出来ないって明言してるんだもん。いい加減グレンも腹括ってくれないと」

「……」

さり気なく悪口を混ぜつつ説《と》き伏せようとするアルバートに、だんだんグレンが押され始めている。二人の会話から察するに、グレンはアルバートから結婚を勧められ、しかもその事情には騎士団の未来がかかっているらしい。ちらりと聞こえた〝陛下〟という単語に一瞬引っかかるフィアだったが、それが明確な疑問に変わる前に、背後のイザベラが呆れたようなため息を漏らした。

「騎士団長があの調子だから、下についてる私達も心配してるんだけどね」

「騎士団長？　アルバートさまは、騎士団の団長さんなのですね？」

「え？」

イザベラの嘆息を耳にしたフィアは、部下のグレンが結婚しないと上官のアルバートにもなんらかの迷惑がかかるのだろうと考えた。だがフィアは大幅な見当違いをしていたようで、手を止めたイザベラが一瞬の間を置いて盛大に笑い出した。

「あは、あははっ……違う違う！　騎士団長はグレンのほうだよ」

「え……ええっ？」

思わぬ返答に今度はフィアの動きが止まる。イザベラが「どう考えてもアルバートが騎士団長には見えないでしょ」と笑うが、フィアの驚きの主点はそこではない。なんとグレンは夢を叶えて騎士になるどころか、現在騎士団の長まで務めているらしいのだ。

「グレン兄さま、そんなにえらい方なんですか……!?」

「……兄さま？」

「え？　……あっ」

フィアが問いかけると、それまで大笑いしていたイザベラが不思議そうに首を傾《かし》げた。

彼女の表情を見たフィアもすぐに自分の失言に気がつく。驚きのあまり彼の友人……しかも部下の一人だというイザベラに対して、ついグレンから禁じられていた呼び方を使ってしまった。

しまった、と慌てて訂正しようとするがもう遅い。

「へえ……ほぉ……ふうん？」

口元を緩めてにやにやと笑うイザベラはフィアがうっかり口走った言葉に興味津々のようで、フィアの顔をそっと覗き込むと、ふむふむと愉快げに頷いた。

「そういえばフィアは、グレンの故郷と同じ聖都にいたんだもんね。それじゃあ帝都の騎士団の事情はわからないか」

にこにこと笑顔を浮かべたイザベラの全身からは仔細を聞き出したくてたまらないとうずうずする気配が滲んでいたが、一応好奇心よりもフィアの疑問に答えるほうを優先してくれるらしい。髪を梳かしていたブラシを目の前のテーブルに置くと、自信満々に現在の状況を説明してくれる。

「ルミリアス帝国の現皇帝・レイモンド＝ルミリアス陛下は、帝都にあるいくつかの騎士団の中から、自分だけに忠誠を誓って自らの手足となる騎士団を選出しようとしている。それが新帝国騎士団なんだ」

「新帝国騎士団……？」

「そう。亡き前皇帝が作り上げた帝国第一騎士団は、あくまでレイモンド陛下の父親のための騎士団だからね。軍事的にも政治的にも力を持ちすぎたせいで自由に動かせない組織は不便すぎるってことで、それなら使い勝手がいい自分だけの騎士団を手駒に持ちたいというのが、皇帝陛下のお考えらしい」

ルミリアス帝国の頂点に君臨するレイモンド＝ルミリアスは、齢三十二の若き皇帝だ。父である前皇帝が逝去したのち、嫡男であった彼が派閥抗争を征し反乱分子を粛清したことで、後継者争いは瞬く間に終息を迎えた。そして即位から四年が経過した現在、前皇帝が進めていた周辺諸国の取り込みおよび国土の拡大を再始動させたレイモンドは、父を凌ぐ速さと勢いでルミリアスを巨大な帝国へと発展させた。

ルミリアス帝国にあるいくつかの騎士団は、みな当然のように若き皇帝に跪《ひざまず》いた。皇帝の意には決して背かないと絶対の誓いを立てることで、他国の脅威から帝国を守り、魔獣や魔物から民を守り、皇帝やそれに連なる一族を守護する役割を与えられている。ときに国の整備や災害時の人足としても重宝される民間の騎士団だが、レイモンドはその中から『自分だけの』騎士団を選出しようとしているらしい。

「その〝皇帝の剣〟の最有力候補として名前が挙がっているのが、グレン率いるブライアリー騎士団なんだ。他にもいくつか候補があるみたいだけど、グレンの腕とブライアリー騎士団の結束力……あとグレンの馬鹿正直で真面目なところを、皇帝陛下は大層気に入ってるみたいだね」

イザベラの説明にふむふむと頷く。フィアとしてはグレンが皇帝から認められているという事実も驚きだが、納得出来る部分もある。

グレン＝ブライアリーは物静かで大人しい性格ではあるが、弱き者に手を差し伸べる優しさと嘘をつけない正直さを持つ、真面目すぎるほど勤勉な人物である。彼は聖都という裕福で厳格で高尚――その反面、潔癖で閉鎖的な性質を持つ街の中では、異端ともいえるほど貧しい家庭で育ってきた。それゆえグレンの才覚は存分に発揮されなかったのかもしれない。

しかし自由で開放的、能力さえあれば身分や地位に捉われず皇帝直々に認められるこの帝都で、グレンは夢を叶えて騎士になった。今の彼は社会的格差のせいで周囲の者と馴染めなかった昔とは違う。気の合う仲間達と結束し、自らの名を冠する騎士団の長となり、皇帝に認められるほどの立派な青年になったのだ。年が離れているとはいえ幼なじみであるフィアは、グレンの目覚ましい活躍が嬉しくもあり誇らしくもある。

そしてグレンがさらなる躍進を遂げるまたとない機会が巡ってきている。それが新帝国騎士団と呼ばれる新しい組織への選出だが、誉れ高い指名を受けるためには、グレンにはもう一つ越えなければならない障壁があるらしい。それが〝結婚〟だ。

「騎士団長が未婚のままだと、いくら皇帝陛下でも年寄り連中を押し切れないらしいんだ。例えば皇妃や皇女に手を出すとか、敵国の色仕掛けに嵌って国防が疎かになるとか？　不安要素が多くて承認出来ない、って言い分みたいだね」

イザベラの説明を聞いて再び納得する。

グレンが当てはまるのかどうかはさておき、確かに騎士団の長が未婚であることは、皇帝や帝国を動かす人々にとって大きな懸念材料となるのかもしれない。そんな不安を解消するために、手っ取り早くグレンに結婚してほしい……というのが、皇帝レイモンドの願いのようだ。

「でも私やアルバートがグレンに身を固めてほしい理由は、実はそれだけじゃないんだよね」

イザベラがふと呟いた言葉に、フィアは「え？」と顔をあげる。

「それがどう飛躍すれば、浴場に他人を召喚する話になるんだ」

「いや、うん。それはごめん……グレンにはちょっと刺激が強すぎたネ」

未だ同じ話題で言い合いを続ける二人をちらりと見たイザベラが、ハァと深い息をつく。フィアの傍から離れたイザベラも、アルバートの隣に仁王立ちに並んでグレンをじっと見下ろした。

「私達は別に、グレンに結婚を無理強いするつもりはないよ」

「……イザベラ」

「ただグレン、エスメラルダが亡くなってから無茶な戦い方ばかりするようになった。自分を犠牲にして、一人で身体を張って、不要な傷を作ることが増えたじゃないか」

呆れと怒りと心配そうな表情でグレンを説くイザベラの姿に、これこそがグレンに結婚をしてほしい本当の理由なのだと察する。

確かに昨晩、温泉の中で触れたグレンの肌には小さな切り傷や擦り傷がたくさんあった。騎士として日々鍛錬に励み、皇帝の命に従って街や人を守るために働いていれば、多少の傷が出来るのもある程度は仕方がないこと。だが事実を聞いて改めて考え直してみると、部下を従え、彼らに指示を出し、組織の長として統率をとる立場の者があんなにボロボロになるとは考えにくい。ということはイザベラの言葉通り、グレンは常日頃から多少では済まない無茶をしているのだろう。

そしてイザベラの意見の中に、フィアが気になる言葉がもう一つ。

(エスメラルダ……?)

イザベラが『亡くなった』と口にしたのは、明らかに女性の名前だった。その女性が亡くなってからというもの、グレンは自分を顧みない無茶をするようになり、身体に傷を作ることも増えたという。

もちろんフィアには聞き覚えのない名前である。だがその名を聞いた途端グレンの表情が苦痛に歪んだのを、フィアは見逃さなかった。

「それにグレン、あれ以降、入団希望者に対してちょっと消極的じゃない？」

「いや……そんなことは」

「周りに遠慮することも増えたし、私としては寂しいどころの話じゃないんだけどなぁ～？」

「……」

イザベラの責め苦を受けて苦々しく視線を逸らすグレンの姿を見た瞬間、フィアの記憶は十五年前に引き戻された。

そう、グレンは大切な人を亡くす経験が初めてではない。彼は十五歳のとき、最愛の家族である両親と妹を火事で失っている。裕福な家庭が多いノーザリアでは珍しい木造の小さな家が燃え盛る様子を、外出先から戻ってきたグレンはただなすすべもなく見つめることしかできなかった。

その後の三年間、親戚の家を渡り歩いていた彼は、生気のない亡霊のように聖都の街を彷徨い続けた。時折グレンの話し相手になって彼の悲しみに寄り添っていたフィアは、後悔と苦痛に歪む表情に見覚えがある。今のグレンは、あのときと同じ表情をしているのだ。

「けど私達がなにを言ってもどうせ聞かないんでしょ。だったら少しでも傷を治せる人に傍にいてもらいたいと思って、治癒の魔法が使える子を探したんだよ」

「……」

イザベラやアルバートがグレンの昔の事情を知っているのかどうかは、フィアにはわからない。それでもイザベラはグレンを心底心配していて、その気持ちはグレンにもちゃんと伝わっているらしい。ふっと力を抜いてソファの背もたれに身を預けたグレンが、やれやれと息をついた。

「イザベラとアルバートの言い分はわかった」

「じゃあ……」

「けど急に召喚するのはさすがに問題なんじゃないか？　フィアはノーザリア神殿の聖女だぞ？」

「えっ⁉」

「う、うそっ⁉」

呆れたようなグレンの言葉に、今度はイザベラとアルバートが驚きの声を発した。

「聖都ノーザリアから……ってのは聞いてたけど、フィア……聖女さまなの⁉」

「え……えっと、はい……一応は」

聖女〝さま〟と呼ばれてしまうと頷いていいのかどうか迷うところだが、グレンの言うとおり、これでもフィアは大地の女神に与えられし聖なる力を扱うノーザリア神殿付き聖女である。ただし第十級というあまり名誉ではない階級ではあるが。

イザベラとアルバートの驚き顔を確認したグレンが、背もたれに身体を預けたまま腹の上で手を組み、視線だけでアルバートを見上げた。

「知らずに召喚したのか？」

「わかるわけないじゃん！　だって『治癒魔法が得意で、結婚願望のある未婚の女性を募集します』って触れ込みに、この子のほうから志願してきたんだもん」

「えっ？」

そして次はフィアに驚く番が回ってきた。

アルバートが当然のように言い放った言葉に、フィアの声がひっくり返る。

「ちょ、ちょっと待ってください！　私、そんなお話は知りません……！」

「え……へっ？」

フィアが必死に否定するとアルバートが驚きと疑問の声をあげた。だがフィアは彼のいう触れ込みの内容を知らないし、志願した覚えもない。もちろん幼なじみのグレンが治癒魔法を扱える者を募っていることも知らなかった。

「そんなはずはないよ。確かに召喚地点は少し間違えたけど、ちゃんと日付と時間を確認して、同意の署名ももらってるんだから」

「み、身に覚えがありませんが……！」

「え、ええ～……？」

フィアの否定を聞いたアルバートが困ったように後退る。顔の前に両手を立ててグレンの視線を遮蔽しようと必死なのは、無言で睨むグレンの表情があまりに怖すぎるからだろう。

しかもこれまでの話の流れから察するに、アルバートはただ治癒が得意な魔法使いを募ったわけではなく、騎士団長であるグレンの花嫁にもなれる相手を探そうとしていたのだ。もちろんグレンの許可を取らず、事後報告で済ませるつもりで。

状況を静観していたグレンが呆れたように鼻を鳴らすので、窮地に立たされたアルバートは困惑の表情のままなにもない空間を指先で撫で始めた。

「ちょっと待ってよ、同意書どこだったかな……」

ぽつりと呟いたアルバートが空中に呪文を綴ると、なにもない空間に青白い魔法陣が出現する。

昨夜フィアの身体を飲み込んだものと似た形状の魔法陣だが、大きさは昨日見たものよりかなり小さい。

　青白い光の渦に右手を突っ込んだアルバートはなにかを探るように手を動かしていたが、やがて目的のものを掴まえたらしく、「あったよ」と呟いてそこから腕を引き抜いた。その指先に握られている一枚の紙きれが、アルバートのいう『同意書』らしい。

　どうやら召喚魔法というものは、生命のある人間や動物だけではなく、生命を持たない紙などの無機物も任意の場所から呼び寄せたり移動させたりすることが可能のようだ。聖なる力以外の魔法があまり得意ではないフィアは、高度な魔法を悠々と扱うアルバートを純粋に尊敬する。しかし差し出された紙を受け取ってそこに目を通した瞬間、フィアの感動は一気にどこかへ消え失せた。

「こ、これ……お義母《かあ》さんの字です……」

　フィアの呟きを聞いたアルバートが再度困惑の声をあげる。グレンとイザベラも、目を丸くしてフィアの姿をじっと見つめる。

「え……？」

　一度深呼吸をしてから改めて書類を見つめてみるが、やはり記されている事実は変わらない。アルバートの言うように、その同意書には治癒の魔法を扱える未婚の女性を召喚する日時と、召喚先である帝都のとある場所――おそらくフィアが今いる、グレンの邸宅の住所が記されている。

　他にも召喚時の注意点や契約を取り消す場合の連絡方法なども記載されていたが、フィアが最も驚いたのは書面の中央に記されたとある一文だった。

「報酬も、支払われているんですか……？　先払いで？」

「……そうだね。一応は」

アルバートが気まずそうに頷く。

ここに書かれている〝報酬〟は治癒の魔法を使うことへの対価だ。つまり本来はフィアが受け取るはずのものだが、もちろんフィアは報酬の話も一切知らされていない。さらに契約者の名前は確かにフィア＝オルクドールとなっているが、字は義母ミアータのもの。そして契約保証者の名前は義父バートルのものになっている。

つまりフィアは、義両親の手により知らない間に身に覚えのない契約をさせられ、金銭と引き換えに他人へ差し出されたということになる。

(お義父《とう》さんもお義母《かあ》さんも、やっぱり私が邪魔だったのかな……)

もはや言葉も見つからない。義両親に愛されていないことは知っていたし、家に置いてもらえばフィアの生活費がかかるぶん、彼らに負担をかけてしまうことも自覚していた。

だがまさかフィアの意思を確認することもなく、見ず知らずの未婚男性の元へ送る契約に同意するとは思ってもいなかった。まして第十級とはいえ、フィアはノーザリア神殿に仕《つか》える聖女なのだ。神殿の意向も聞かず独断で召喚の契約に応じてしまうなんて、予想出来るはずもない。

(でもなんだろう……いつかこうなる気がして、心のどこかでは覚悟していた気がする)

しかし不思議なことに、驚きはしたがそれほど傷ついてはいない。突然見知らぬ場所に召喚されて郷里を離れるという状況に見舞われたが、真相を知って義両親の思惑を理解すれば、納得はしていなくても腑には落ちた気がするのだ。

それにフィアはもう二十二歳。近い将来、役立たずな聖女として神殿から追放され、義両親から望まない婚姻を強いられる可能性もゼロではないと思っていた。そう考えれば、偶然とはいえ幼なじみの元に送られたことはフィアにとって僥倖《ぎょうこう》でしかない。

「……フィア」

無表情で沈黙してしまったフィアの様子から、さぞ大きなショックを受けていると思ったらしい。名前を呼ばれたのでハッと顔をあげると、神妙な面持ちのグレンがこちらをじっと見つめていた。

「大丈夫か？」

「あ、はい……平気ですよ」

「あの、なんかその、ごめんね……？」

「いいえ、アルバートさまが謝る必要はありませんよ。私は大丈夫ですから」

アルバートもフィアが衝撃のあまり動けなくなってしまったと感じたらしい。おそるおそる謝罪されたので笑顔を作ると、フィアの表情を確認したアルバートがほっと息をついた。

そのやりとりを見ていたグレンがまた一つ大きなため息を零す。

「親はともかく、聖女を勝手に召喚したとなれば神殿が黙っていないだろう。アルバートはノーザリア神殿を敵に回すつもりか？」

「……いえ、その点についても大丈夫だと思います」

もちろんフィアもグレンの懸念は理解出来る。だがそれは、あくまでフィアが聖女として立派に務めを果たしていて、ノーザリア神殿側が『フィアを失うのは痛手だ』と感じている場合の話だ。

「私、聖女の中で最も位が低い〝第十級聖女〟なんです。十五歳で神殿に仕《つか》えるようになってからこの七年間、位は一切上がってませんし、聖なる力を他者に使う機会を与えられたこともありません。普段からまったく必要とされていないので、もしかしたらいなくなったことすら気づいてもらえていないかもしれません」

「……」

フィアが淡々と述べる内容に、グレンはもちろんのこと、アルバートとイザベラの表情もどんどん曇っていく。これまで一度も期待されたことのないフィアは今さらすぎて悲観もしていないが、フィアの境遇は三人の心を深く抉ったらしい。三者三様に違う方向を向いて目頭を押さえたり顔を覆ったりしている姿を見るに、フィアは『可哀想な子』だと認識されたようだ。

聖なる力を使う機会を与えられていないフィアは、誰かに見初められることもない。しかし力が開花して一度聖女として神殿に仕《つか》えると、途中で辞めることも出来ない。神殿側が一方的に切り捨てることも出来ず現状ではお荷物同然のフィアなので、使い道があると知れば神殿もむしろ喜んでフィアを差し出すかもしれない。

――と説明すれば、さらなる同情を誘いかねない。焦ったフィアはぐるぐると思考を巡らせ、どうにか三人を心配させない理由を絞り出した。

「それに聖女には、一時的に神殿を離れて別の街で聖なる力の恵みを与える、という任務もあるので……」

「それだ！」

フィアの説明にいち早く反応したのはイザベラだった。

パチンと指を鳴らしたイザベラが、ぐるんと勢いをつけてグレンの方向へ振り返る。

「フィアの力、グレンには効くんでしょ？」

「ああ……まあ、そうみたいだな」

「じゃあフィア、グレンの面倒見てあげてくれない？　ここにフィアの力を必要としてる男がいるんだからさ」

「は⁉」

気を取り直して笑顔で話の方向性を示すイザベラに、グレンが困ったような声をあげる。

「なにを言ってるんだ、イザベラ。フィアは自分の意思でここに来たわけじゃない。こっちの都合に巻き込んでいいはずがないだろ」

「なにを言ってるんだ、はこっちの台詞よ。今フィアを元の場所に返しても、この子が家で気まずい思いをするだけでしょ」

「そ、それは……そうかもしれないが……」

フィアの落胆と困惑に寄り添うイザベラに、グレンも一瞬躊躇する。その隙をつくようにニコリと笑ったイザベラが、フィアの傍まで戻ってくるとぎゅっと肩を抱いて頭を抱きしめてくれる。丈夫な制服を身に纏っている割に女性らしく柔らかな身体と体温に、フィアはじんと心を打たれた。

「ノーザリア神殿には私から連絡しておくわ。だから少しの間だけでもいいから、グレンの傷を癒してあげてほしいの」

至近距離で見つめ合ったイザベラに改めて依頼を受けたフィアは、自分を必要としてくれる嬉しい提案に即答してもいいのかどうかとほんの少しだけ躊躇した。

ノーザリア神殿に仕《つか》える聖女が他の街で聖なる力を使うという特例は、主に災害や戦争のときに認められるものなので、個人的な要望にも認められるものなのかどうかはわからない。

だがもちろんフィアは嫌なわけではない。これまで聖なる力を他者に使ったことがない自分が、そんな大役を与えられていいのだろうかと緊張はするけれど。

「……帰りたいなら帰ってもいいぞ」

「グーレーンー？」

フィアが困惑する様子を見たグレンがぼそりと呟くと、傍にいたアルバートが不機嫌な声でグレンを見下ろした。アルバートもフィアの残留に乗り気なようで、この場で唯一ゴネているグレンに対して不満を隠そうともしない。

だからフィアは自分の言葉で自分の意思を示す。

もし自分の希望を口にしてもいいのなら――フィアはもう少しグレンの傍に身を置きたい。離れてからこれまでの間、グレンがどんな軌跡を辿って、どんな風に過ごしてきたのか、どうやって立派な騎士になったのか、もう少しだけ知りたいと思う。そして幼い頃グレンになにもしてあげられなかったぶん、大人になった今、自らの手でグレンを癒したいと思うのだ。

「あの……グレン……さまの、ご迷惑でなければ」

「フィア……」

「少しの間だけでも構いませんので、ここに置いてください。両親が報酬を受け取っているなら、その分だけでもお役に立ちたく思います」

立ち上がったフィアがグレンに向かってぺこりと頭を下げると、それを見ていたグレンも諦めたように息を吐いた。部下であり友人でもある二人の説得と、フィアの気持ちが通じたらしい。

「……わかった」

静かに頷いたグレンの様子に、ほっと胸を撫で下ろす。イザベラがフィアを抱きしめてくれて、アルバートもお茶目なウインクを見せてくれる。なんの取り柄もない落ちこぼれのフィアをあたたかく迎えてくれることに感謝を覚えたが、嬉しさの反面少しだけ寂しいと思うこともあった。

(グレン兄さま……私達が元から知り合いだって、知られたくないのかな)

グレンの地位や立場を考えたら仕方がないことなのかもしれない。

だがここまでの会話の中で、友人達に自分を幼なじみだと告げずさり気なく関係を隠されたことを、密《ひそ》かに少しだけ寂しいと思うフィアだった。

第二話

フィアがグレンの元に召喚されてから一週間。

今日も邸の一階の奥にある大きな扉を開けると、羽織っていたローブを外して脱衣場を進み、さらにその奥にある露天風呂へ続く扉も開ける。

「グレンさま、入りますね」

「フィア」

「本日もお仕事お疲れさまでした」

すでに中にいるグレンへ労いの言葉をかけると、湯気が立ち上る薄暗い岩風呂の奥から「ああ」と返答が聞こえてきた。

アルバートとイザベラの求めに応じてグレンの邸宅に留まることを決めたフィアは、グレンのために聖なる力を使うことで、彼の体調管理を任されることになった。

魔法の効果は素肌を露出しているほうが得やすいはずだというアルバートの見解から、治癒の力は最初のときと同じく温泉露天風呂で使うことにしている。フィアとしても、グレンの寝室に立ち入って服を脱いだ彼に治癒の力を使うのは気まずいし恥ずかしいので、こうやって入浴中の時間を少しだけ借りるほうがいい。

グレンが裸で無防備になるため浴場の結界は今後も張り続けるが、そのままではフィアが毎回感電してしまう。それでは困るとイザベラに相談すると、彼女はすぐに『グレンしか通過出来ない結界』から『グレンとフィアしか通過出来ない結界』に条件を変更して結界を張り直してくれた。

万端のサポートを受けてグレンの専属治癒聖女となったフィアは、濡れても中が透けないようやや厚めの生地で作られたワンピースを与えられた。空気を纏うとふわりと広がる裾を揺らしながら脱衣場の扉を閉めると、そのまま石畳の上をぺたぺた歩いてグレンの元へ歩み寄る。

すでに洗髪と洗身を終えていたグレンは、お湯の中にある岩が平らになった場所に座ってフィアが来るのを待っていた。

「今夜も頼む」

「はい、お任せください」

グレンの依頼に応えるよう胸を張ると、岩の段差を下りたフィアもお湯の中を進んで岩が平らになった場所――グレンの隣に腰を落ち着けた。

入浴中のグレンは当然のように全裸だが、一応局部が見えないよう腰にタオルを巻いてくれている。とはいえ浴場は薄暗く、グレンが座っている場所はマリーゴールド色のほのかな灯りからもかなり離れているので、仮にタオルがなくてもグレンの裸体はほとんど見えないだろう。

それでもフィアに配慮してくれるグレンに感謝しつつ、いつものように深呼吸をしてから、グレンの大きな手に自らの手を重ねる。そのまま意識を集中させると、グレンの身体が淡い光に包まれて――すぐに元の状態へ戻った。

　たったこれだけでグレンの身体にある傷や怪我が消えてなくなり、一日の蓄積した疲労も軽減される。本当は昔フィアを庇《かば》ってできた左肩の傷も治すことが可能なのだが、なぜかグレンは『これは治さなくていい』というので、フィアは日常的な傷や疲労のみ回復することにしている。

　ふう、と一安心して息をつくと、グレンがふっと表情を緩めた。

「ああ、楽になった。ありがとう、フィア」

「どういたしまして」

　お湯の中にある岩が平らになった場所は、下半身が浸かった状態で上半身を冷ますことが出来る高さに調節されている。それゆえここに座ると腰から下はすべて濡れてしまうが、フィアが今身に着けているワンピースは濡れることを前提に作られたものだ。ぎゅっと絞れば水分が抜けやすく乾きやすい生地は、一般家庭の主婦や使用人に重宝されており、帝都で流行しているらしい。炎と風の魔法を通せばあっという間に乾き、着替えなくてもそのまま部屋へ戻ることも出来るという優れものだ。

　今日の任務を終えたフィアは、入浴でリラックスしているグレンの邪魔をしないよう、すぐにその場を離れようとした。だがお尻を浮かせる直前に、

「巻き込んで悪かったな」

　との言葉を耳にしたので、その場に座り直してグレンの横顔をじっと見つめてみた。グレンは裸なのに自分は服を着たままという状況が不思議な気がしたが、それよりも俯くグレンの姿とここに

来てからすでに何度も聞いている謝罪の台詞のほうがフィアにとっては不思議だった。

「グレンさまが謝る必要はないですよ。皆さま突然やってきた私にも優しく接してくださいますし、立派なお部屋まで用意していただいて感謝しかありません」

「そうか、それならいいが」

聖なる力が開花したことで聖女として神殿に仕《つか》えるようになったフィアだが、一般とは異なる治癒の魔法が扱えるというだけで、特別優れた能力を持つわけではない。一日のうちにたった数分しか役に立たないのは申し訳ないので、せめてもう少しなにかしたい、グレンの邸宅で働きたい、と申し出ると、皆フィアの希望を喜んで受け入れてくれた。

フィアが衣食住に困らないようすぐに衣服と空き部屋を整え、グレンの邸宅での家事のやり方、道具の置き場所から使い方までなんでも丁寧に教えてくれた。グレンもフィアに金銭を与え、新しい服と靴とシーツを見繕ってくれた。ここで過ごす当面の間フィアが困らないよう、すべての環境を万端に整えてフィアを迎えてくれたのだ。

自分にはもったいないほどの待遇に心を打たれていると、グレンが「ああ」と短い声を発した。

「そういえばついさっき、ノーザリア神殿から騎士団宛に書状が届いた」

グレンの呟きにパッと顔をあげると、そのままじっと見つめ合う。

フィアが召喚された翌日、アルバートとイザベラが『フィア＝オルクドールをブライアリー騎士団の元で預かりたい』とノーザリア神殿に連絡してくれていたので、その回答が届いたのだろう。

「一応はこちらの要望を受け入れてくれる旨が書かれていた……が」

「？」

フィアは役立たずで落ちこぼれの第十級聖女である。ならば帝都で活躍する騎士団が『身を預かりたい』と申し出れば、神殿は諸手をあげてフィアを差し出すことだろう。

——そう予想していたフィアは、グレンが困惑の表情を浮かべていることに小さな違和感を覚えた。

「フィアの位は、本当に第十級聖女なのか？」

「え？　どうしてですか……？」

「書状には『フィアの能力を使いすぎないよう約束してほしい』『フィアの能力を不特定多数の者に知られないよう注意してほしい』『帝都の騎士団の要望だから甘んじて受け入れるが、できればフィアを早めにノーザリア神殿へ返してほしい』と匂わせる内容が綴られていた」

「そんな……まさか」

グレンが淡々と告げる内容に困惑してしまう。

神殿の回答はフィアの予想からかけ離れていて、なにかの間違いではないかと思う。

「ただはっきりと要望されたわけではないし、明確な主張もされていない。いまいち要領を得ない内容で、正直俺にもアルバートにもイザベラにも神殿側の意図がよくわからなかった」

「私にもなにがなんだか……？」

フィアが首を傾《かし》げると、後ろにあったゴツゴツした岩に背中を預けたグレンも「そうだよな」と大きな息をついて同意を示す。災害場所や戦場に赴いて聖なる力を使うときのような〝特例〟が認められるかどうかはわからなかったが、神殿が拒否するとは――それどころか、フィアを返してほしいと言い出すとは思ってもいなかったのだ。

「聖女の任から離れて神殿を出るには、聖なる力が枯渇するか、女神の試練を受けて神殿に認められる必要があるんだろう。だが聖女としての力を認められて皇帝に召し抱えられたり、帝都の教会や他の土地で聖職者として叙任を受けたり、他にも特例があるはずなんだが……」

聖都ノーザリアの出身であるグレンは、ある程度神殿の規定を理解し、内情も把握しているようだ。だが回答の書状には違和感を覚えたらしく、険しい顔でぶつぶつと独り言を口にしている。

その表情を見つめたフィアは『もしかしてグレン兄さまは私を必要としてくれている？』と期待した。フィアの目にはグレンが神殿の回答を不服に思っているように感じられたのだ。

自分の顔を熱心に見つめるフィアの様子に気づいたのか、グレンがハッと顔をあげて首を横に振る。

「もちろん俺の治癒をするためにこの邸に身を置くことが、皇帝陛下の望みや教会の叙任と同等だとは考えていないぞ？」

直前の台詞を慌てて訂正するグレンの姿に、フィアも無言で我に返る。

第十級という位の低さゆえ自分には無関係すぎて忘れがちだが、本来〝聖女〟とは皇帝に求められたり、高い地位を持つ聖職者になれるほどの存在だ。ルミリアス帝国には大地の女神以外にも天空の女神と大海の女神が信仰され、それぞれの神殿で同じように聖女と呼ばれる娘達を有しているが、いずれも特別な存在として扱われている。グレンの言うように、本来は一般の民間人が独占していい存在ではないのだ。

「まあ、いずれにせよノーザリア神殿に仕《つか》える聖女の身を預かることには変わりない。だから実は、俺が女神の試練を受けても構わないとも伝えてあったんだ」

「⁉」

グレンがさらりと言い放った言葉に、今度は目玉が零れ落ちそうなほど驚く。

軽い調子で告げるグレンだが〝女神の試練〟というものは、聖女である女性を伴侶として迎え入れる際に行われる特別な審判のことだ。試練の詳細については箝口令が敷かれているため、実際に受けるまで細かい内容はわからない。だが試練を受けるということは聖女を花嫁に望むことを意味するし、二人で苦難を乗り越えて神殿に認められるということは、夫婦として互いに愛を誓うことと同意義だ。

もしかしてグレンには、フィアを花嫁として迎え入れる意思があるのだろうか。フィアを望んでくれるのか、それとも結婚さえ出来れば誰でもいいのだろうか、と妙な緊張感に固まっていると、グレンが不機嫌な声で鼻を鳴らした。

「だが『一時的に預けるだけなので、試練を受ける必要はない』ときっぱり断られた」

「え……？　そうなんですか……？」

フィアの緊張と胸の高鳴りが盛大に空回る。しかし驚くべきところは、グレンが試練を受けるかどうかではなく、神殿がグレンの申し出を断ったという点だ。それはつまり『ノーザリア神殿にはフィアを手放す意思がない』ことを意味している。

「神殿からの書状を見る限り、向こうは『聖女だから』手放したくないというよりも、『フィアだから』手放したくないと考えている印象を受けた。事を荒立てないよう穏便にフィアを連れ戻そうとしている印象、とでも言えばいいいか」

「……ありえません。神殿に大事にされているなんて……そんなこと」

グレンの見解にふるふると首を振る。

そんなはずはない。フィアがノーザリア神殿にとって使えないお荷物であることは、火を見るより明らかだ。

第九級以上に昇格すれば短時間かつ小規模でも〝聖なる力〟を使う機会が与えられるのに、フィアはこの七年間一度も昇格していないので、昇格の試験以外では聖なる力を使わせてもらえない。見習いと同じ扱いを受けながら掃除や花壇の世話などの雑用をこなすだけ。神殿内に部屋を与えられず家から徒歩で通ってくる聖女など、フィア以外には存在しないのだ。

さらに相応の年齢になった聖女は、聖都に住む青年や騎士たちに聖なる力を使う機会を積極的に与えられ、第五級以上の聖女になると貴族と面会することも許される。そうして皆どんどんと神殿を離れていくのに、二十二歳になったフィアは未だ空気のような存在だ。神殿が大切に扱っているとは思えない状況である。

「まあ、そうは言っても神殿の規定違反すれすれのことをしているのは、こっちだからな。強く抗議されたらフィアを返すしかないのが現状だ」

フィアの取り扱いはともかく、グレンは神殿の言い分にも一定の理解を示しているらしい。少し不機嫌な表情のまま長い息を吐くので、フィアも曖昧に頷いた。

「けどフィアが居心地の良さを感じてくれてるなら、もう少しここにいてほしい」

「はい……喜んで」

フィアにもあと少し、グレンの元に身を置く時間を与えてもらえるらしい。ならば今はグレンの決定を受け入れようと心に決める。

肩身が狭い神殿での務めや、空気のように扱われている家での暮らしを思えば、ブライアリー邸はあたたかく居心地がいい。フィアよりもうんと年上の使用人達も朗《ほが》らかで優しく、幼なじみであるグレンの活躍を傍で見聞き出来る。今のフィアにとっては、それがなによりも幸福だった。

「それにしても、グレンに……さまが、騎士団長になっているとは驚きました」

兄さま、と呼びそうになるのを懸命に堪えつつ、グレンに素直な称賛を送る。

強くなりたい、弱き者を守れる人になりたい――そう言って聖都ノーザリアを離れたグレンは、宣言通り夢を叶えて騎士になった。それどころか騎士と魔法使いを合わせて総勢五十名という、民間の騎士団にしてはそれなりの大所帯を率いる騎士団の長になっていた。

「騎士団といっても、今の俺達は傭兵団や自警団とそう変わらない。多少の功績があるだけで、特別に格式高いわけでも威厳があるわけでもない。勢いだけでのし上がってきた騎士風情だと誹《そし》りを受けることも多いからな」

「そんなことはありません。グレンさまは立派な騎士ですよ」

「ありがとう。まあ、最低限の品位を保てば自由にしていい、と言ったら本当に好き放題に勝手する奴らばかりで、俺も頭を抱えてるんだけどな」

呆れたような口調だが、表情はどこか楽しげなグレンの様子にフィアもくすくすと笑みを零す。

グレンの説明によると、十八歳で帝都に辿り着いた当初は別の騎士団に所属し、そこで剣や弓や槍といった武術、騎士としての心構えや立ち居振る舞いを学んだらしい。

その後高齢になった当時の団長が騎士団の解散を宣言したときに、グレンは仕事仲間としても友人としても親しいアルバートやイザベラと手を組み、他十名ほどの騎士や魔法使いと現在のブライアリー騎士団を創設したそうだ。彼らが上下関係を問わずに親しげなのは以前の名残で、グレンが団長になったのもアルバートとイザベラに代表役を押しつけられたためらしい。一応、他者の目がある場所では上下関係を明確に示す態度で接しているが、プライベートな場ではすぐに砕けた態度に戻るようだ。

そんなグレンたちの元に集う者は年々数を増し、現在は帝都にいくつか存在する騎士団の中でも三番目に人数の多い騎士団になったという。

「いつもこうして傷だらけになるんですか？」

「そうだな……体力はあるが筋肉や骨が太いわけじゃないから、咄嗟の俊敏性やスピードに欠ける。おかげで魔獣の討伐や盗賊の捕縛に行けば擦り傷や切り傷ばかりだ。まあフィアも知っての通り、元から騎士としての教養があるわけじゃないからな。仕方がないといえば仕方がないんだが」

つまりグレンは戦闘になると傷を負う可能性が極めて高いということだ。しかもアルバートやイザベラの説明を聞く限り、グレンは身体的な問題だけではなく身を犠牲にするような戦い方もしていると思われる。このままではいつか大怪我をするのではとハラハラするフィアの腰に、ふとグレンの腕が絡みついてきた。

「……フィア。俺がフィアに触れるのは、だめか？」

「え……？」

耳元に唇を近づけたグレンがそっと問いかけてくるので、一気に緊張して身体が強張《こわば》る。

しかしグレンに特別な意図はないらしく、少しだけ顔の距離を空けてフィアの顔を覗き込むと、

「最初のときがいちばんちゃんと回復出来た気がするんだ」

と言い募った。

グレンの要望に一瞬動揺したフィアだが、すぐに真意を理解する。そして変な勘違いをしてしまった自分に恥ずかしさを覚える。距離が近づいただけでこんなに緊張していることを知られないよう慌てて背筋を伸ばしたフィアは、無言のまま勢いよくこくこく頷いた。

「て、手を握るだけなら……！」

フィアの呟きを聞いたグレンはすぐに「わかった」と返答し、どこに置けばいいのかわからず空中で彷徨っていたフィアの手をぎゅっと握りしめてきた。

これまで聖なる力を使う機会を得られなかったフィアは、どのような形で力を使うのがグレンを最も効果的に癒せるのだろうかと考えた。せっかく治療や回復の効能を持つ秘湯があるのだから、とお湯の中に治癒の力を混ぜてみたり、逆に温泉で身体を温め、お湯から出たあと脱衣場で力を使ったりと、色々な方法を試してきた。

だがグレンが言うには、フィアと出来るだけ肌を重ねるようぴったりと密着することが、一番傷の治りも早いし、痛みも引くし、体力の回復も早いのだそう。他の聖女が聖なる力を使うときはどうだったっけ……？　と必死に思い出していると、フィアの指に自分の指を絡めるよう、グレンに手を握り込まれた。

「ぐ、グレンさまの手は……大きいですね」

「フィアが小さいんだ。もっとちゃんと飯を食え」

「ご飯を食べても手は大きくならない気がします」

指と指を絡ませて手を握るという状態がなんだか無性に恥ずかしくなり、しどろもどろに指先から意識を逸らす。手をしっかりと握ったままでグレンの親指がフィアの手をすりすりと撫でると、それだけで変な声が出そうになる。

恥ずかしさと気まずさを誤魔化そうと必死なフィアは、別の話題がないものかと薄暗い浴場内に視線を彷徨わせた。

「そ、そういえば……騎士団長さんになっていることも驚きましたが、邸宅に温泉があることにも驚きです」

フィアが手を繋いだまま話題を変えると、グレンが低く優しい声で頷いた。

「フィアの爺さまがノル・ルミリアス山に温泉を掘っていただろう」

「！　覚えてらしたんですか？」

フィアの問いかけにグレンがそっと微笑む。

「ああ。フィアとミルシャと三人で山を登って温泉に入りに行ったことを思い出して、この邸を建てるときに作らせたんだ」

大地の女神が安らかに眠るという聖なる高峰ノル・ルミリアス山の中腹に、フィアの母方の祖父が温泉を掘って一人穏やかに暮らしていた。実の両親が亡くなる前はフィアも何度か祖父の元を訪れ、よく家族で温泉に入っていたのだ。

しかし母の兄である義父は険しい山道を登ってまで温泉に入りたいとも実の父親に会いたいとも思わないらしく、両親が亡くなってからは祖父にも会えず温泉にも入れなくなった。

そんなある日、義両親の家で肩身の狭い思いをするフィアを元気づけようとしたグレンの妹ミルシャが、『本当の家族に会いに行こう』とフィアを祖父の住む高峰へ誘ってくれた。天真爛漫な提案に付き合わされてフィアとミルシャの登山を引率する羽目になったグレンも、そのときに一度祖父の温泉に入っていたのだ。

その思い出がグレンの中にあることを嬉しく思う。自分だけが昔の思い出を懐かしんでいるわけではないと知ると、フィアの胸に喜びが広がった。

しかし温泉は扱いが難しい代物《しろもの》だ。グレンの邸宅は帝都の中心地から多少離れているとはいえ、周囲に漂う独特な匂いや水質管理の問題もあるので誰もが易々と扱えるわけではない。

そんなフィアの疑問を表情から悟ったのか、グレンがにこりと笑みを浮かべた。

「俺は貴族じゃないからこの邸にも使用人は三人しかいないが、その中に鉱物や魔法物質の扱いに詳しい者がいるんだ。ベアトリスという年配の女性には、もう会ったか？」

「あ、はい。何度か会っています」

「彼女がこの温泉の泉質から温度の管理、掃除までこなしてくれている」

グレンのいうベアトリスという女性は、この邸宅に仕《つか》える三人の使用人の中でもっとも高齢の女性だ。栗色の髪にはかなり白髪が混じっているが、足腰はしっかりしているし、テキパキと動き回る姿や朗《ほが》らかな口調からは衰えを感じない。彼女がこの温泉を管理していると聞き、妙に納得してしまう。

「お掃除のときは結界を解くんですか？」

「ああ。日中の短時間だけ結界を解いて、その間に掃除をしてもらっている。けどベアトリス婦人はイザベラの祖母だからな。孫の張った結界なら、自由に通過して好きな時間に掃除をしているかもしれないが」

「……」

ベアトリスのはきはきとした語り口調や笑顔の印象にどことなく既視感を覚えていたが、イザベラの祖母と聞いてなるほど、と納得する。それと同時に、お茶目で快活な婦人が孫の張った結界をあっさり通過し、軽やかに掃除を済ませ、また結界を通って出ていく姿も想像出来てしまう。

グレンがこの浴場に結界を張っている理由は、裸で無防備な状態のときに嫌がらせをされたり、命を狙われることがないようにするためだと聞いている。確かにただの騎士ならともかく、騎士団の長ともなれば人から恨まれたり妬まれたりすることがあるのかもしれない。さらにグレンは魔法を使えないというので、なおさら対策が必要なのだろう。なのにそんなに曖昧でいいのだろうか、と思わないこともないが、グレンが許しているのなら問題ない……のだろう。

考えごとをしていると、繋いだ手に力を込めたグレンが突然フィアの身体をぐいっと引っ張った。油断していたフィアはバランスを崩したことに驚いたが、グレンの腕に抱き留められて距離が縮んだだけで、お湯の中で転倒することはなかった。

突然なにを……と焦るフィアに、グレンがにやりと笑顔を見せる。

「俺は魔法を一切使えないだけじゃなく、他人の魔法もほとんど効かない体質だ」

「え……えっ。そうなんですか？」

グレンの思いがけない告白に素直に驚く。ルミリアス帝国に生を受けた者は、扱える種類や能力に差はあれど、魔法を使えるのが一般的だ。フィアも聖なる力の他に、ランプに火を熾したり、風を生み出したり、軽いものを地面から浮かせるぐらいの魔法であれば当たり前のように扱える。

しかしグレンは魔法を一切使えない上に、他者の魔法も受けつけないという。元々の体質や怪我のせいで魔法が使えない者はたまに見かけるが、そういう人はむしろ他者の魔法の影響を受けやすい場合が多いので、グレンのような人はかなり珍しいと思われる。

ならば聖なる力の効果も得られていないのでは？　と思うが、フィアの身体を抱きしめたグレンはほっと安堵して穏やかな呼吸を繰り返す。

「だからアルバートとイザベラは、俺の体質に合う相手を頑張って見つけてくれたんだろうな」

「そうだったんですか……」

「それがフィアだったことには驚いたが。……けど、抱きしめるだけで癒される。ずっとこうしていたい……不思議な気分だ」

グレンの呟きは本当に静かな声で、少し離れた場所にある湯口からお湯がドポドポと出てくる音のほうがよく聞こえるぐらいだ。

それでもフィアの癒しを求める確かな声に、胸がきゅうっと切なく疼く。聖女としてではなく、一人の女性として求められているのではないかと錯覚してしまうほどに。

「……グレンさまは、恋人はいないんですか？」

「なんだ、フィアまで俺に結婚を勧めるのか？」

照れを誤魔化すように問いかけると、お湯の中でフィアを抱きしめるグレンの声が低い温度に変化した。グレンが不機嫌になったように感じたフィアは、少しだけ身体を離してグレンの表情をそっと確かめる。

「予定も願望もない。……俺はもう、大事なものは作らないと決めたんだ」

苦虫を噛み潰したように表情を歪めるグレンの様子から、これはきっと今のフィアが触れていい話題ではないのだと感じた。

そこでふと、先日イザベラが口にしていた女性の名前を思い出す。

グレンが亡くしたというエスメラルダという女性は、おそらくグレンの恋人だったのだろう。もちろん結婚していた相手という可能性も考えられる。

グレンの口振りから察するに、彼はその女性を心から愛していた。だがなんらかの事情で彼女を失い、自棄になったグレンは、イザベラの言うように無茶な戦い方をするようになった。不要な傷を作り、疲労の蓄積を気にせず、自分を顧みない仕事をするようになってしまったのだ。

しかし今のグレンにはそれを止めてくれる相手もいない。愛する女性を亡くしたことを後悔しているグレンは、きっとまだ悲しみから立ち直っていない。だからこそ、もう大事なものは作らないなんて悲しい言葉を口にするのだ。

グレンの失意を思うと切なさを感じるフィアだが、しゅんとするフィアに対してグレンは思いのほか積極的だった。

「フィア、もう少しこっちに……」

「わっ……」

突然腰を抱き寄せてきたグレンが、腕に力を込めてフィアの身体を持ち上げた。一瞬身体が浮いたことに驚くが、グレンはその困惑を気にせず、自分の太腿の上でフィアの身体を横向きにぎゅっと抱きしめる。

急に密着したことに驚くフィアだが、本当の驚きはその先に待っていた。右腕でフィアの身体を抱えていたグレンが、手の位置を変えてフィアの脇の下に指を差し入れてきたのだ。

「グレ……っぁ!?」

手を置く場所がさらに移動し、指先が胸の膨らみに触れる。それがわざとなのか偶然なのかはわからないが、際どい場所に触れられて驚いたフィアは、浴場に響き渡るほどの大きな声をあげてしまった。

慌てて手で口を押さえると、グレンがくすくすと笑う。その表情を見て、グレンの手が胸のラインを撫でたのは、偶然ではなくわざとだと気がついてしまう。

「ん……ん」

突然の恥ずかしい戯れを受けて頭が真っ白になったフィアは、身を捩ってどうにかグレンの手から離れようとした。だが常日頃から身体を鍛えているグレンに対し、フィアは陽の下に出る時間が少ないためか体力も腕力も平均以下である。軟弱な身体ではグレンの力に太刀打ち出来ず、さらに彼の左手がワンピースの上から脇腹に触れてくる動きもまったく止められない。

「グレン、にいさま……くすぐったい……」

「兄さま、はだめだと教えただろう」

「あ、ごめんなさ……っん！」

くすぐったさを感じて抗議の声をあげるが、その些細な反抗すら失敗してしまう。怒っているというほどではないが、強めの口調で呼び方を訂正するグレンの台詞に、フィアはさらに困惑して口を押さえるしかない。

「ん、ん……ぅん」

しかし口を押さえると謝罪の言葉も発せないし、呼び名の訂正も出来ない。

フィアが困惑しているうちに脇腹を撫でていたグレンの指がゆっくりと中央に移動し、ワンピースの上から臍《へそ》をなぞり始めた。そのたどたどしい指遣いに背中がふるっと身震いする。

（なんで、こんな触り方……！）

布の上からフィアの腹を撫でる手つきは、幼なじみの妹分をいい子だと褒めるものとは異なる。

グレンの手がどんどん下に降り、無色透明なお湯の中にちゃぷんと潜る。そのお湯の中でさらに下に進んだ指先が、脚の付け根を通過して太腿の上に到達した。

「……フィア」

「ふぁ……っ⁉」

徐々に際どい場所へ向かっていく指先に気を取られていると、少し身を屈めたグレンが耳元でフィアの名前を囁《ささや》いた。耳のすぐ傍で感じる吐息にびっくりして飛び上がる様子を、じっと観察される。低く掠れたグレンの声はフィアの反応を求めているようだ。

どきどきと心音がうるさい。視線をあげると至近距離にグレンの顔があることに気づく。あまりの近さに緊張して再び身を強張《こわば》らせていると、グレンの指が太腿の内側に滑り込んだ。

「あ……や、っ……！」

お湯の中で肌を辿る指が再び上昇してきていることに気づくと同時に、脇腹にあったグレンの右手がフィアの右胸をふわりと包み込んだ。明確に身体の形を確かめるような触れ方に仰天する。

あまりの恥ずかしさで言葉を失ったままふるふる首を振ると、グレンがくすりと笑みを零した。

「フィア？　声響いてるぞ？」

「ん、んん……やぁ……っ」

耳の傍で恥ずかしい言葉を囁《ささや》く唇と、胸に触れる右手と、太腿を撫でる左手がフィアの羞恥心を煽ってからかう。これまでの人生で異性と濃密な接触をしたことがないフィアは、グレンの行動の意味も対処法もわからず、ただひたすら大人びた悪戯を受け続けるしかない。

「塀があるから見えはしないが、音は普通に聞こえる。結界はあくまで人の出入りを制限するだけだからな」

「だめ……んっ……ん」

フィアの耳元でこの邸宅の環境を囁《ささや》くグレンだが、その情報を教えられてもフィアは余計に緊張するばかり。グレンの大きな手にそれほど大きくもない胸の膨らみを包まれると、冷静になろうとする気持ちに雑音が混ざって次第になにも考えられなくなっていく。

「ん、ふぁ……っ」

グレンの唇が耳朶に触れると、首の後ろに生まれた微熱が背中を通ってお尻の後ろへ走り抜けていく。びりびりと甘く痺れる感覚に怯えたフィアは、思わずグレンの胸に縋って涙声を漏らした。

「グレン、に……い、さま……っ」

「なかなか慣れないな」

「ご、ごめんなさ……っん」

再度禁じられていた元の呼び方をしてしまうと、口角を上げたグレンに失言を窘《たしな》められた。しかしグレンは本気で怒っているわけではない。フィアの反応を見て楽しそうに笑う姿を見るに、ただ意地悪をしてからかっているだけなのだろう。

(私の知ってるグレン兄さまじゃないみたい……)

フィアが幼い頃から知っているグレンという人物は、心優しく穏やかな青年だった。フィアのことも実の妹のように可愛がってくれたし、フィアも本当の兄のようにグレンのことを慕っていた。

だが今の彼の瞳にはフィアを見守ってくれていたときのような穏やかさは感じられない。フィアの身体の際どい場所や敏感な部分に触れ、その反応をじっと観察するアヤメ色の瞳には雄の本能と色欲の情が滲んでいる。喉を上下させてごくりと息を呑む音が、フィアの鼓膜を強く震わせる。

グレンの指先が、太腿の付け根を撫で始める。彼の手が動くたびにお湯がぱしゃんと跳ね、聖なる力を使うだけなら濡れないお腹の傍まで、ワンピースの生地が濡れて湿っていく。

「ふ、ぁ……っん」

恥ずかしい声が零れないよう、喉に力を入れて必死に耐える。全身を強張《こわば》らせて震えるフィアの様子に気づいたのか、太腿を辿る指先が足の付け根に到達する前にグレンの手がフィアの身体からフッと離れた。ようやく恥ずかしい戯れが終わったと知るが、羞恥心と緊張感からいつまで経っても視線をあげられない。

「グレン、さま……いつも、女性にこんなことを……？」

「……するわけないだろ」

フィアが俯いたまま訊ねると、それまで上機嫌に身体を弄っていたグレンが少しだけ後悔を滲ませた声でフィアの質問を否定してきた。

「フィアに久しぶりに会えて、嬉しいんだ」

「そ、それは……私も嬉しい、ですけど」

グレンの気持ちにはフィアも素直に同意する。フィアも兄のように思っていたグレンと久しぶりに会えて嬉しいし、今のグレンの役に立ちたいと思ったからこそ、ここに残る道を選んだ。

だがその先にこんな恥ずかしい戯れが待っているとは思わなかったし、どちらかというと物静かで優しかったグレンがこんな意地悪をするとも思っていなかった。

「フィアはあの頃と変わらないな」

グレンの変わり様を好意的に受け取るべきか、それとも拒否するべきかと思案していると、もう一度フィアの肩をゆるく抱いたグレンがじっと顔を覗き込んできた。

「私だと気づかなかったのに？」

「あはは、そうだな、悪かった」

フィアの成長に気づかず不審者扱いしたり誘っていると罵ったりしたグレンが、変わらない、とはひどい言い草だ。直前までの警戒を解いたフィアがむむっと頬を膨らませると、グレンが小さな笑みと共に謝罪の言葉を紡いだ。

その屈託のない笑顔を見ていると、変わらないと言ってくれたグレンの気持ちを裏切っている気がしてしまう。フィアは悪い意味でなにも変わっていないばかりか、本来なら変わらないほうが良かった部分だけが変わってしまった。

「申し訳ありません」

「ん？　なんで謝るんだ？」

「髪の色、変わってしまったので……」

「ああ、なんだそんなことか」

フィアの謝罪を否定するように、グレンがまた笑顔を向けてくれる。

「フィアは金の髪も美しかったが、銀の髪も似合っている。純粋で綺麗なフィアのままだ」

変わってても変わらなくてもいい、今この瞬間の姿がフィアに一番合っていると教えてくれるグレンの横顔が、フィアの目にはどんな宝石よりもきらきらと凛々しく輝いて見えた。

フィアに笑顔を向けてくれるグレンだったが、ふとした瞬間、彼の表情が曇った。逞しく男らしい表情から物憂げで悲しそうな表情に変わる様子に、フィアはつい身を固くする。

「俺は悪いほうに変わってしまった。失うことを怖れて……どんどん臆病になっていく」

そう呟いたきり無言になってしまったグレンに、フィアはかける言葉を見つけられなかった。

＊　＊　＊

「グレンさま……ち、近いです……」

「ん？」

今のフィアの役目は、グレンの怪我や傷を治癒して疲労を回復させることだ。温泉に入って出来るだけリラックスしている状態で治癒の力を使うのだから、多少の触れ合いがあることは仕方がないと思う。

だがこれは少し距離も近いし、触りすぎ……密着しすぎではないだろうか。

「嫌だったか」

「ち、違います……そうではなく！」

お湯の中で正面から抱きしめられると、男性と触れ合うことに慣れていないフィアは挙動不審なほどに慌てふためいてしまう。さらに首の後ろを支えるように後頭部を撫でられると、照れと恥ずかしさのあまり頬がじわじわと火照《ほて》ってくる。銀色に変わった長い髪がお湯に入ると不衛生だと考えて髪を結っているぶん、露出した首や後頭部が触りやすいのはわかるけれど。

（ううん、相手は幼なじみのグレン兄さまだもの。緊張なんてしてない、はず）

心の中で必死に『私は緊張していません』『全然どきどきしていません』と暗示をかける。

会えなかった期間でグレンはさらに背が伸びて、手足や身体に逞しい筋肉がついて、声も低く穏やかなものに変わって、魅力溢れる大人の男性になった。帝都で騎士として活躍し、皇帝に認められるほどの力をつけ、頼れる仕事仲間や友人もたくさんできた。そしておそらく、色んな女性とお付き合いもしてきたはずだ。

（でも……グレン兄さまには、忘れられない女性がいて……）

しかしグレンは愛する女性を失ってしまった。そして最愛の人を失った悲しみから、彼は今後一切大事な相手を作らないことを心に決めたという。

本当はそんな寂しい選択はしてほしくない。今はまだ辛いかもしれないが、グレンにはいつかまた幸せを見つけてほしいと思う。

（グレン兄さまの、悲しみや苦しみを癒せたら……）

心に負った傷を癒せないことがもどかしい。目に見える傷や身体に蓄積した疲労は癒せても、治癒の力や回復魔法は目に見えない傷は癒せないのだ。

「フィア？」

考えごとをしていると、頭を撫でていたグレンの手がゆっくりと停止した。名前を呼ばれてハッと顔を上げると、グレンが不思議そうにフィアの瞳を覗き込んでいる。

「え……あ、はい、なんでしょうか？」

「どうした？　のぼせたか、それとも疲れたか？」

「いいえ、平気ですよ」

フィアが否定するとグレンが「そうか？」と首を傾《かし》げる。フィアが体調不良ではないことはすぐに理解したが、それならどうして上の空なのかと心配そうな表情だ。

グレンの不安げな仕草を見たフィアの胸の中で、やはりどうにかして彼の悲しみや苦しみを和《やわ》らげたい気持ちが大きくなっていく。それは今この瞬間突然湧き起こった感情ではなく、この数日間グレンの物憂げな表情を見るたびに、毎晩少しずつ膨らんできているフィアの願望だった。

（もしかしたら、私はそのために喚ばれたのかもしれない）

フィアを召喚したのは確かにアルバートだ。しかし偶然が重なってグレンと再び巡り会えたことが、女神の導きに思えてならない。フィアがグレンの元へやってきたのは、グレンの心の傷を癒して彼を苦しみから解き放つための、運命的な巡り合わせのように感じてしまうのだ。

「あの、グレンさま。質問をしてもいいでしょうか？」

「なんだ？」

もちろんグレンの気持ちを聞いたところで、フィアがすぐに解決出来るわけではない。自分にそれほどの力が備わっていると分不相応に盲信しているわけでもない。話を蒸し返してグレンが辛い過去を思い出す可能性もあるだろう。

それでも今の感情を誰かに話したら楽になるかもしれない。フィアにも辛い気持ちを共有してくれるかもしれない。

「どうして結婚をしないと決めているのですか？」

だからフィアは、胸の中にあった疑問をそのまま素直に口に出した。お湯の中でグレンと向かい合ったまま、抱きしめられるような体勢と密着した状態に緊張しないわけではないが、今のフィアはそれを忘れるほどに必死だった。

「突然どうした？」

「……忘れられない女性がいるから、でしょうか？」

「は？　忘れられない女性……？」

しかしフィアの質問を聞いたグレンは、なぜかぽかんと口を開けて固まってしまう。意味不明だとでも言うように、眉間に皺を寄せて無言のまま首を横に傾ける。

「え、えっと……恋人を亡くされてるんですよね？」

「恋人？　……俺が？」

その表情に驚いたのはフィアのほうだ。少し前に聞いた話とほんの数日前に聞いた話を照らし合わせるに、グレンが大事な相手を作らないと決めていることと、結婚をしないと決意を固めていることになんの因果関係もないとは思えない。であればエスメラルダという最愛の女性を失ったことが、グレンが恋愛に後ろ向きな理由だと思っていたのに……違うのだろうか。

「いや、違うが」

「……え？」

答えを待つフィアにグレンがあっさり言い放ったのは、躊躇いのない否定の言葉だった。

グレンの断言に、思わずぱちぱちと瞬きをして固まってしまう。フィアの認識が誤りであると断言され、これまで感じていた悲しみへの共感と心配する気持ち、グレンを癒したいと思う決意がサラサラと砂のように崩れていく。

「で、ですが……エスメラルダさんという大事な方を亡くされていると……！」

「エスメラルダ？　……ああ……なるほどな」

フィアのほうから名前を出すことを申し訳ないと思いつつ、まったく話が嚙み合わないことが不安になったので、思い切って以前聞いた女性の名を告げる。するとと少しの間を置いて、グレンが急に納得したように首肯した。どうやらこのちぐはぐな状況をフィアより先に理解したらしい。

「確かに俺は数年前、美しい相棒を失った。けどエスメラルダは人間じゃない。森で保護したタカなんだ」

「え？　た……タカ？　って、鳥ですよね？」

「ああ、そうだ」

フィアの疑問に頷いたグレンが、ふっと息を吐いて笑顔を見せる。それから洗髪の名残で滴り落ちてくる水滴を払い退けるように前髪を掻き上げると、思い出に浸るように空を仰いだ。

「傷ついてもがいてるところを助けて、俺が傷の手当てをして介抱した。元気になった頃合いを見計らって森に還そうとしたんだが、何度放ってもこの邸に戻ってくるんだ」

美しい相棒についてぽつりぽつりと語り始めるグレンに、じっと耳を傾ける。昔を懐かしむようなグレンの笑顔から、彼がタカのエスメラルダをとても大事にしていたことを窺《うかが》い知る。

「騎士団の連中にも懐いていたし、俺も可愛がった。庭のねずみを捕ったり、遠征に連れていけばウサギや小鳥を狩ったり、エスメラルダは気高くて美しい相棒だった」

グレンの口振りと話の内容から、森で保護したエスメラルダはただのペットではない大事な存在だったのだと察する。彼女はグレンの相棒であると同時に、騎士団のシンボルとして皆に愛されて親しまれてきたのだろう。

「だがエスメラルダは、流行病に罹って死んでしまった」

騎士団に所属する医師がいうには、エスメラルダが罹患した流行病は鳥類にしか感染しない特殊な病気だったらしい。有効な治療薬も薬草もなく、回復の魔法も効かないまま、彼女は静かに息を引き取った。

当時のことを思い出したのか、グレンが寂しげな表情でため息をついた。

「本当は俺が保護しなくても、自力で怪我を治して森で元気に生きていたのかもしれない。自由に空を舞って自然の中で生きていれば、病気になんてならなかったかもしれない」

「そんなことは……」

「だからそれ以来、極力他人に深入りしないようにしている。大事なものも作らないようにしている。安易に手を差し伸べたばかりにエスメラルダを死なせてしまった俺には、恋人を作る資格も、結婚して家庭を持つ度量もないいんだ」

「……」

落胆の台詞を聞いたフィアは、そこでようやくグレンの真の想いを知る。

彼が結婚はしない、大事な相手を作らないと頑なになる理由は、単に親しい存在を失ってしまったからだけではない。グレンが心を閉ざして新しい人間関係を構築することをそれとなく避けている本当の理由は、『自分が心を向け、目を配り、手をかけた結果として相手が傷つくかもしれない』と恐れているからだ。彼にとっては、その相手が人間か鳥かは関係ない。

そしてその恐怖心がさらに悪い方向へ助長した結果、グレンはだんだんとアルバートやイザベラを含む友人や部下達からも距離を置くようになっているらしい。改めて状況を知ると、彼らが多少強引な手段を選んでもグレンに立ち直ってほしいと願うのも、当然のように思えた。

だが幼い頃に家族を亡くしたグレンの気持ちも痛いほどにわかる。辛い経験をしたグレンがさらに大切な存在を失うということは、簡単に癒えない傷にさらなる深い傷が重なることと同じだ。

「ま、そういうわけだ。浮いた話を期待させて悪いが、エスメラルダは恋人じゃない」

「い、いえ……！　こちらこそ、思い出させてしまって申し訳ありません……」

グレンの絶望を知って心を痛めていたフィアは、彼がふっと表情を崩した瞬間、それまで忘れていた自らの勘違いを一気に思い出した。

大切な存在を亡くしたと聞いたフィアは、グレンが恋人か妻と死別してしまったのだと思い込んだ。愛しい女性の温もりを失って悲しみに打ちひしがれているのだと信じ込んでいたが、実はそれはフィアの恥ずかしい思い違いだった。

だが確かに、今にして思えばイザベラも傍で聞いていたアルバートも、〝エスメラルダ〟が人間の女性であるとは一言も言っていなかった。大事な女性でありグレンが大きなショックを受けたのは事実だが、相手は恋愛対象にはなりえない存在だったのだ。

なんという勘違いを……と猛烈な羞恥を感じて縮こまっていると、首の後ろからするりと離れたグレンの手がフィアの頭をぽんぽんと撫でた。

「まったく成長してなくて、呆れただろ？」

「え？」

「騎士になって身体だけ鍛えても、中身はなにも変わってない。俺は……失うことを恐れて現実から逃げてばかりの、臆病な男なんだ」

湯口から熱湯が流れ出す音とグレンの切ない独白が重なり、二人きりの浴場に静かに響いて溶けていく。

紡がれた自嘲の台詞はきっと、グレンの自責の念だ。彼は美しい相棒だけではなく、大切な家族の非常事態に対しても無力だった。家の地下室で研究に没頭する父も、足の悪い母も、幼い妹も助け出すことが出来ず、一人だけ生き残ってしまった。その無念から目を背《そむ》けて辛い現実から逃げ出し故郷を離れたことを、彼は今でも後悔しているのだろう。

もちろん騎士として生計を立てつつ、組織をまとめあげて動かすなんて誰にでも出来ることではない。だからその進歩と功績は誇っていいと思うが、グレンは未だに失ってしまった命を想い、後悔と罪悪感に囚われている。誉れ高い栄光や名声よりも、大切なものを守れなかった悔恨がグレンの心を蝕んでいるのだ。

「本当はアルバートやイザベラの言うように、結婚して家庭を持つべきだとわかってる。陛下の要望にも応えられるし、皇帝直轄の騎士団になれば部下達の地位が安泰するのも理解している」

「グレンさま……」

そしてその苦しい感情が、新たな一歩を踏み出そうとするグレンの決意の邪魔をする。家族を失い、相棒を失ったからといって、また同じことが起こるとは限らない。それはグレン自身もわかっているはずなのに、周りがどんなに勧めても、グレンに合いそうな相手だとお膳立てしても、いざとなれば尻込みしてしまう。新たな関係を築くことを躊躇わせている。

グレンの傷は見た目以上に大きくて深い。きっと大聖女や高位聖女が万端の準備を整えて治癒の力を使っても、そう容易くは癒えないだろう。なのに落ちこぼれのフィアにどうにか出来るのだろうか。アルバートとイザベラに依頼されたとはいえ、グレンを癒したいだなんて軽い気持ちで引き受けるべきではなかったのではないか。

「愚痴を聞かせて悪かったな」

「いいえ……辛いお話でしたのに、教えてくださってありがとうございます」

グレンが話を閉じる言葉を紡いだので、フィアも礼を言ってその話題から降りる。

そうだ。エスメラルダが人間の女性ではなかったことに、ほっと安堵している場合ではない。

フィアが本当の意味でグレンを癒すためには課題が山積みだし、どのぐらいの時間が残されているのかも不透明な状態だ。可能性としては限りなく低いが、いつノーザリア神殿から帰還を強制されてもおかしくない。だからフィアは今の自分がグレンのために出来ることを、今一度しっかり考えなければならない。

（あれ……？　いま私……ほっとした？）

内心意気込むフィアだったが、ふとその直前に感じた自分の気持ちに妙な引っ掛かりを覚えた。

グレンの心の中にいる相手が今は亡き恋人か妻なのだろうと思い込んでいたフィアは、それが人間の女性ではないという事実を知って密《ひそ》かに安心した。だがどうしてフィアが安心するのか、自分でもよくわからない。グレンが大事な相手を亡くしたという事実は変わらないし、グレンに寄り添いたいと思う気持ちも同じはずなのに、彼の心に根付いたまま思い出だけを残して儚くなった女性が存在したわけじゃないと知って、安心している自分がいる。

無思慮な自分自身の感情に驚き、すぐに情けないと感じてしまうフィアだったが、グレンはフィアの心の変化には気づいていない。互いに向かい合わせだった状態から、グレンがお湯の中にフィアの身体を下ろしてくれる。

「フィア、俺はそろそろ出る」

「えっ？」

グレンが発した意外な言葉が耳に届き、パッと顔をあげる。

フィアは不躾な質問をしてしまったことでグレンを怒らせてしまったのだろうかと慌てたが、見つめ合ったグレンは怒るどころか優しい笑顔を浮かべてフィアを労ってくれた。

「湯に浸かっていけ。身体が温まるぞ」

「い、いいえ……っ！　私はいつものように、使用人の湯処をお借りしますので……」

「ここのほうが広くてのんびり出来るだろ。俺は先に出るから、フィアはゆっくり入っていけばいい」

そう言い残したグレンがお湯の中で勢いよく立ち上がる。するとザパッと豪快な水音を立てて起立したグレンの肌から、纏わりついていたお湯が一気に滴り落ちてくる。

外気との温度差で無数の湯気に包まれたグレンの身体をしっかりと確認することは出来ないが、腰に巻いているタオルが濡れているせいで、あまり近づけば見てはいけないものが見えてしまう気がする。

「グレ……グレンさま！」

フィアの制止も構わずざぶざぶとお湯の中を進むグレンは、岩の段差をあがるとそのまま脱衣場に向かって行ってしまう。あっという間に浴場に残されたフィアは、ランプの灯りとお湯が循環して流れ出る音の中で一人沈黙した。

フィアは正確にはグレンの使用人ではないので、本来ならば使用人が使う湯処を利用するのも少しだけ違和感がある。とはいえグレンの友人ではないし、グレンに望んで招かれた客人とも言い難いので、邸宅の主であるグレン専用の温泉を使うというのも不思議だ。だから最初はどうすべきかと悩んだが、結果として今は使用人用の湯処を使わせてもらうことで落ち着いている。

帝都随一の騎士団の長、グレン＝ブライアリーの個人邸宅は広くて頑丈かつ豪華な造りのため、使用人専用の湯処でもフィアの実家のさびれた湯処より何倍も大きくて綺麗で設備も備品も整っている。だからフィアは使用人としての入浴でも十分すぎるほど贅沢だと思っているが、なぜか今日に限ってグレンにこの浴場を使うよう勧められてしまった。

「せ、せっかくだから……」

きっとこれは、フィアに辛い話を聞かせてしまったグレンなりの謝罪の表われなのだろう。フィアとしては自分から聞いたのだからグレンが謝罪する必要はないと思うが、こうして温泉の話題を挟むことで気まずい空気になることを緩衝しようとしてくれたに違いない。

グレンの厚意をありがたく受け取り、今日だけはこの温泉を堪能させてもらうことにする。

そうと決まれば、と意気込んだフィアは、立ち上がってお湯の中を進むと一度脱衣場へ戻る。お湯に浸かってちゃんと身体を温めるためには、服を脱いで裸になる必要があるからだ。

扉を開けて脱衣場に戻ると、先に出ていたグレンの姿はすでに消えていた。着替えて自室へ戻ったグレンは、きっと今頃冷えた葡萄酒や麦酒を飲んでリラックスしているに違いない。そうやって辛い気持ちを少しずつ忘れていくうちにグレンが前を向けるようになってくれたら、と切に願う。

グレンの邸宅にある温泉は、自然の鉱物と魔法物質が半々の割合で溶け込む天然湯だ。十年ほど前にこの地区に住む商家の男性が源泉を掘り当て、そこから噴き出す温泉の半分を帝都の公衆浴場に、三割を懇意にしている伯爵家に、そして残りの二割をグレンに譲ってくれているらしい。細かい管理は温泉の扱いが可能な使用人ベアトリスに任せているが、帝都の郊外に住みながら毎日自由に温泉に入る贅沢を味わっている人など、そうそういないだろう。

浴場はゴツゴツとした岩に囲まれた大きな湯船が一つで、他には景観を作る植え込みがいくつかと洗い場が一つあるのみ。しかもその洗い場にも一組の桶と椅子があるだけで、洗身や洗髪に必要なお湯は湯口の下に桶を置いて自分で受けなければならない。

マリーゴールド色のほのかな灯りに照らされた岩風呂も立派だが、白い大理石の床と壁で統一された脱衣場も明るく綺麗な印象だ。裕福な家庭が多いが伝統を重んじる聖都の住まいと異なり、帝都の住まいは造りもデザインもインテリアも流行を上手く取り入れていて、都会的だと思う。

こんなに立派な邸宅を建てられるなんてすごい……と改めてグレンの偉大さを感じながら、ワンピースの胸元にあるリボンを解いていく。そのまま肩紐を外して衣服をストンと落としたフィアは、脱いだ服を畳んでバスケットの中へしまい込んだ。

(爺さまの温泉に入ったのもずいぶん昔だから、ちゃんと入るのはかなり久しぶりね)

毎晩のように秘湯でグレンに聖なる力を使うフィアだが、それはあくまでグレンのため。お湯の中で岩に座るので腰から下は湯に浸かるが、大きな湯船の奥にある水深のある場所で肩までゆっくりと浸かったことはない。裸になったフィアは浮かれた気持ちで浴場に向かおうとしたが、くるりと踵を返した瞬間、後ろでカタンと扉が開く音が響いた。

「えっ」

「!」

突然音がしたことに驚いて振り返る。

するとそこに立っていたのは、ガウンを纏って手にタオルを持ったグレンだった。

思わず思考が停止する。表情が凍る。

「ッ……きゃあぁぁっ！　んぅ、んむっ⁉」

「おい、フィア！　大きい声を出すな！」

「ん、んん……っ⁉」

全裸の状態をグレンに見られたと気がついたフィアは、腕で胸を覆ってその場にしゃがみ込もうとした。二本しかない腕で両胸と下半身、しかも前後を同時に隠すことは出来ないので、体勢を低くして身を丸くすることが今この場で最も適した身の隠し方だと、脳が超速で判断したのだ。

しかしそれで羞恥心がなくなることはなく、フィアは邸宅内の隅々まで響き渡るほどの大絶叫を上げかけた。だがその直前、素早い動きで近くにやってきたグレンの大きな手に口を塞がれた。あまりの力強さのせいで、その場にしゃがみ込むこともできなくなる。

(グレン兄さま……なんで戻っ……⁉)

羞恥のあまり涙目になりながらグレンと視線を合わせると、焦った表情のグレンが突然怒鳴り声をあげた。

「フィアが使うタオルを持ってきただけだ！　不埒な目的で戻ってきたんじゃない！」

夜中に叫び声をあげると使用人達が心配すると思ったのだろう。その気持ちはわかるが、普段穏やかなグレンから大声で叱られたフィアはただ驚くしかない。肩をビクッと震わせて悲鳴を引っ込めると、フィアが絶叫を収めたことに気づいたグレンが大きなため息を吐いた。

（お、怒らなくても……！）

その場に立ち尽くすフィアだったが、数秒遅れて自分が全裸なうえに身体を隠すことさえ忘れていると思い出す。顔にじわじわ熱が集中してきた頃にグレンの手も離れたが、フィアが改めて身体を隠す前に、顔を赤く染めたグレンがくるりと踵を返した。

「……悪かった」

ぽつりと一言謝罪したグレンが脱衣場を出ていく。しかしその場に残されたフィアは、突然の出来事を受け入れられず、頭が真っ白な状態で立ち尽くすしかない。

数秒ののち、自分の身に起きた恥ずかしすぎる珍事を細部まで思い出し、その場にへなへなと脱力する。あまりの恥ずかしさに再び絶叫したい気持ちになったが、実際は叫び声どころか小さな声さえ出てこない。

（グレン兄さまに……裸、見られた！　は、恥ずかしい……っ！）

泣きたい。恥ずかしい。穴があったら入りたい。だがどんなに後悔しても、後の祭り。時間は巻き戻らないし、グレンに裸を見られてしまったという事実は変わらない。

確かに脱衣場の扉には鍵がついていなかった。グレンもノックで合図をしなかった。フィアもぼんやりしていたし、グレンが戻ってくるかもしれないと想像もしていなかった。

今にして思えば回避出来ない要素が盛りだくさんだが、それでもちゃんと注意をしていれば裸を見られるという恥ずかしい状況は避けられたはずなのに。

「グレン兄さまも……こんな身体じゃ、なにも思わないかもしれないけど……」

羞恥と困惑と後悔が少しだけ落ち着いた頃、最初に思い浮かんだのはそんな感情だった。

もちろん裸を見られたフィアとしては、どちらにしても恥ずかしい。

だがどうせ同じ恥ずかしい思いをするなら、グレンが喜ぶような身体でありたかった。この小さな胸があと少しだけふっくらしていて、この色気のないお尻がもう少しだけ大きくて、特別に細くもない腰があとほんの少し引き締まっていたら。せめてもう少し女性として魅力のある身体だったら――グレンはもっと動揺したのだろうか。フィアの裸を見てしまったことに照れて、すぐさま踵を返して扉を閉めてくれたのだろうか。

そう思うと少しだけ悲しい。これまでの人生で一番フィアと距離が近く、一番親身に優しく接してくれたグレンに――男性としての魅力に満ちたグレンに、つまらない身体だと思われたら……

裸を見られた恥ずかしさから、久しぶりに温泉に入れるという浮かれた気持ちも忘れ一人意気消沈してしまうフィアだった。

第三話

フィアが帝都のグレンの元へやって来てから、ひと月ほどが経過した。毎日なにかしらの怪我をして帰ってくるグレンのために聖なる力を使うフィアだが、こうも傷だらけになってばかりではさすがに心配にもなる。

「小さいものばかりとはいえ、毎日こんなに傷だらけになるのはどうしてですか……？」

「む……すまない。気をつけてはいるんだが……」

お湯に浸かってリラックスしているグレンに向かって頬を膨らませてみせたのは、怒っているからではなくあくまで心配をしていることを示すためだ。その表情はグレンにも多少の効果があったらしく、申し訳なさそうに眉尻を下げている。

もちろんフィアは、グレンに仕事をするなと言っているわけではない。

怒りの態度を解いてグレンの隣に腰を下ろすと、

「今日はなにがあったんですか？」

と穏やかな声で訊ねてみる。

最近のフィアは、治癒の力でグレンの傷を治し終えるとそのままお湯の中に並んで座り、彼の仕事の成果を聞くのが毎夜の日課になっている。もちろん危険な討伐や要人警護などの機密情報が含まれる場合は詳細を聞いていないし、それ以外にもグレンが話したがらない内容を無理に聞いたりはしない。だが大抵の質問には答えてくれるし、フィアがわからないことを聞けばそれも丁寧に教えてくれる。

全裸に腰タオルが一枚のグレンと濡れてもすぐに乾くワンピース一枚のフィアが並ぶと、傍目にはちぐはぐな組み合わせに見えると思うが、どうせ誰も見ていない。だからフィアは兄のように慕っていたグレンとこうしてまた話せる時間が楽しくて、今日も温泉の中で彼の話に耳を傾けるのだ。

「トルアル運河を挟んだ二つの街で小競り合いがあって、それを止めに行ってきた」

「街同士の喧嘩の仲裁、ですか？」

「そうだな。一触即発状態のところに割って入ったら思いきり殴られた。アレは痛かったな、ははは」

「笑いごとではありません」

乾いた笑いを浮かべるグレンを諫めつつ、内心では彼に同情する。

以前グレンの口から『騎士団といっても傭兵団や自警団とそう変わらない』と聞いていたが、彼らの仕事内容を聞いていると本当にその通りだと思う。民衆の平和を守るという意味では喧嘩の仲裁も大切な仕事だが、フィアとしては騎士団の長が出動するほどの事態ではないように感じる。

そんな疑問の感情が顔に出ていたのか、フィアの表情をちらりと窺《うかが》ったグレンがくすりと小さな笑みを零した。

「どうも以前から舶来品にかける関税の算出方法で揉めていたようだ。自分達のやり方が正しいと互いに主張を譲らず平行線だったのが、今日になってとうとう爆発したらしいな」

「ば、爆発……」

「けど皇帝陛下の名のもとにルミリアス帝国としての基本指針は示してるんだ。それに従ってくれれば穏便に済む話なんだが……まぁ、そう簡単にはいかないか」

周辺諸国を掌握して国土を拡大し続けるルミリアス帝国は、まだまだ発展途上中だ。そのため規律や法律が周知されていない場合や上手く運用されていない場合もあるし、元々は別の国だったものが突然同じ国になることで諍いの火種になることもある。その揉め事を迅速かつ穏便に処理し、結果として国民や市民の平和を守るのも、グレン達のような騎士団の役目らしい。

「皆さま大変ですね」

「まあ、民衆の反感を買うのが怖いのか、こういう仲裁は帝国第一騎士団も他の騎士団もやりたがらないからな。その点、俺達は陛下の命令さえあればなんでもやるから、使い勝手がいいんだろう」

ブライアリー騎士団、というよりグレンが皇帝に可愛がられているのは、どうやら本当の話らしい。フィアは皇帝であるレイモンドには会ったことがないが、グレンの口振りから察するに、グレンとレイモンドはある程度親密な関係を築いて意思の疎通がとれる状態にあるのだろう。それゆえブライアリー騎士団は他よりも信頼されて優遇されているようだが、その見返りに面倒事を押しつけられることも多々あるようだ。

「それに民衆のほうも、皇帝陛下が目をかけている騎士団が対応すれば『皇帝が自分達の話に耳を傾けてくれている』と感じやすい。そういう意味では魔獣の討伐よりも説得や仲裁のほうが難しいうえに、人を選ぶのかもしれないな」

「……なるほど」

グレンの説明にフィアも納得して頷く。

ブライアリー騎士団は皇帝から直々に目をかけられているという事実を武器にすることもあるし、逆に皇帝が騎士団に与えた地位や立場を利用して民衆を動かすこともあるようだ。ということは、皇帝はその騎士団の長であるグレンに戦闘能力の高さだけではなく、臨機応変に民衆や敵国の騎士、場合によっては皇帝側の人間とも渡り合えるほどの知略や頭脳を求めているということだ。

改めてグレンは本当にすごい人なのだな、と実感する。

「でも怪我には気をつけてくださいね」

とはいえ怪我をすることはまた別の問題だ。フィアとしてはグレンが怪我なく安全に過ごすことが最優先である。

「それにトルアル運河は深くて水温が低いらしいです。間違っても水路に落ちないように……」

グレンを心配して小言を連ねていたフィアだが、ふと視線をあげるとグレンがこちらをじっと見つめていることに気がつく。確かにグレンの体調や怪我や過労は気になるが、騎士団員でもないのにさすがに余計なことを言いすぎたかもしれない。慌てて口を噤《つぐ》むフィアの姿を見て、グレンがフッと表情を綻《ほころ》ばせた。

「出すぎたことを……申し訳ございません」

「いや、いいんだ。ただ……フィアは俺を心配してくれるんだな、と思って」

「するに決まってるじゃないですか！」

グレンの感嘆に、思わず大きな声で反論してしまう。

もちろん、心配するに決まっている。帝都ルミフェゴールの西からルミリアス帝国を南に縦断するトルアル運河は、大型の船来船が行き来出来るように水路の幅が広く、水深も深く、またこの時期は特に水温が低い。運河沿いの市街地にはどこも柵が張り巡らされているが、人の行き来が少ない場所には柵も塀も設置されていない。万が一運河に落ちるようなことがあれば、命までは奪われないにしても怪我をしたり風邪を引いたりする可能性はある。

だから小競り合いの仲裁に巻き込まれて運河に落ちることがないように注意してほしい、と言おうとしただけなのに、心配するフィアに対してなぜかグレンは嬉しそうな表情をする。

グレンの笑顔を見ていると、なんだかフィアの心配の気持ちがいまいち伝わっていないような気がする。いや、それだけではない。グレンにはフィアの憂慮だけではなく、フィアの聖なる力も伝わっていないように思う。彼が顔や手や身体にこんなにも毎日傷を作ってしまうのは、フィアの聖なる力がグレンには効いていないからなのでは、と思うのだ。

「あの……グレンさまがこんなに怪我をするということは、もしかしてちゃんと回復出来ていないのでしょうか？」

「ん？」

その疑問を素直に口にすると、グレンが不思議そうに首を傾《かし》げた。

マリーゴールド色の灯りに照らされたグレンの顔から視線を外すと、そのままそっと俯く。

「私、本当に落ちこぼれなんです。力もなかなか安定しないですし、聖女としての務めも果たせていません」

グレンはフィアの能力を正確に認識していないのかもしれないが、フィアは正真正銘の第十級聖女——落ちこぼれの中の落ちこぼれだ。聖なる力のどれかが飛びぬけて優れているわけでも、すべての力をバランスよく扱えるわけでもない。それどころか、どの力も使わせてもらえないのが現状だ。

「以前、神官のお一人に、聖女の務めをさせて頂けない理由を聞いてみたことがあるんです。そのときに言われました。私の中にも聖なる力は確かに存在するんですが、あまりに力が弱いせいで適合する人がほとんどいないらしいのです」

「聖なる力に、適合とか不適合とかあるものなのか？」

「正確なところは私にもわかりません。でも事実、私は誰かを癒す機会を与えられたことがありません」

神殿の管理者から告げられたのは、フィアの能力があまりに低すぎるという悲しい事実だった。

第九級以上になるとまずは小さな任務を与えられ、力の強さや成長の度合い、民衆への貢献度に応じて少しずつ大きな任務も任されるようになる。そうして徐々に聖女としての位を上げていくのが一般的だが、フィアはそもそも、はじめの一歩である第九級聖女に昇格しない。年に一度神官相手に聖なる力を使って実力を測る検査も行われるが、フィアが『今回は成功した』と思っても、いつも必ず『まだだめですね』と言われてしまうのだ。

フィアの呟きを聞いたグレンの表情がぐっと曇る。そうして互いになにも言えなくなった沈黙の長さが、フィアの無力さを表すなによりの尺度に思えた。

「大丈夫だ、フィア。気にしなくていい」

情けなさに打ちひしがれるフィアの悲しい時間を否定したのは、力強いグレンの言葉だった。ハッとして顔を上げると、グレンが優しく微笑んでくれる。

「俺はちゃんと治ってるし、回復してる。ほら、さっきの傷だってしっかり消えてるだろ？」

「……はい」

「俺に合っているなによりの証拠だ。だから気にするな」

グレンが言葉ではっきりとフィアを慰め、励ましてくれる。治さなくていいと言われている左肩の傷以外、すべての傷が消えているだろう、とフィアに笑顔を向けてくれる。これまで誰にも認められずお荷物扱いだったフィアを、自分は必要としていると示してくれる。

どうして魔法が効きにくいというグレンに、力が弱すぎると言われ続けてきたフィアの力が有効なのかはわからない。もしや神官の言葉の通り、聖なる力には適合する・しないという、強弱とはまた別の相性が存在するのかもしれない。しかしそれが事実ならばフィアとグレンは類まれな相性の良さを持つ者同士ということになる。その微かな可能性が、今のフィアには少しだけ恥ずかしくて、なによりも嬉しい。

グレンの一言で簡単に舞い上がってしまう。これではどちらが癒しの力を持っているのかわからないほどだ。

ひとりでそっと照れていると、グレンが突然、温泉から両手でお湯を掬《すく》い取り、それを自分の顔にパシャッとかけた。まるで顔を洗うようにお湯をかける動作を何度か繰り返すと、そのままハァとため息を吐く。

「グレンさま……？」

「傷がなければフィアに癒してもらえない。けど傷ばかり作ってるとフィアを心配させるのか……これは悩ましい状況だな」

突然なにを言い出すのかと思えば、グレンはフィアの癒しを受ける条件とフィアが心配する気持ちを天秤にかけ、どちらを取るべきなのかと悩んでいるらしい。グレンもフィアに癒されることを望んでいるのか、それとも多少はフィアに力を使う場面を与えたいと思っているのか、本来ならば傷を作る必要がないのにわざと怪我をして治癒の機会を作っているような言い方だ。

フィアにしてみれば比べる必要すらないことを告げられ、思わずむっと頬を膨らませる。

「怪我はしないようにしてください。傷なんて、ないほうがいいんですから」

「わかったわかった。むくれるな」

心配と怒りの気持ちを察したのか、グレンが苦笑いを浮かべながらフィアの頭をぽんぽんと撫でてきた。冗談だから、と言い添えるグレンの表情を見るに、彼はフィアをからかっただけのようだ。

それから少しの間は優しい手に頭を撫でられていたフィアだが、大きな手に心地よさを感じ始めた頃、髪に触れていたグレンが急に手を引っ込めた。

「悪い。つい触りすぎた」

「……いえ」

罰が悪そうにそっぽを向くグレンに、それまで楽しい気持ちを味わっていたはずのフィアもぎこちなく視線を逸らしてしまう。

実はグレンからフィアに触れてきたのは、今のがかなり久しぶり。どうやらグレンは脱衣場でフィアの裸を見てしまったことに罪悪感を覚えているらしく、治癒の力を使うときにフィアからグレンに触れることはあっても、グレンからフィアに触れることはしばらく避けられていたのだ。

だから久々にグレンに触れられたフィアはどきどき緊張しつつ、密《ひそ》かに喜びも感じていた。年の離れた幼なじみではあるが、二人の間に流れる時間は穏やかで、今は触れ合うことを嬉しいと感じている。

なのにこうも露骨に手を引っ込めて視線を逸らされると、どうしても寂しい気持ちになってしまう。お互いにあのときの話題には触れないようにしているし、フィアももう恥ずかしい気持ちを思い出さないようにしているのだから、水に流して忘れてほしいのに。前と同じように、親しみを持って接してほしいのに。

嫌われてしまったように思えて悲しい、と落ち込んでいると、グレンがぽつりと独り言を零した。

「大事な存在は作らないようにしようと……思ってたのにな」

ぼそぼそと聞こえた小さな声にそっと顔をあげる。しかし目が合ったグレンは困ったように笑うだけで、やっぱりなにも言わないし触れてくれない。

だからフィアは、今日もグレンに歩み寄って彼の心を癒す目標の達成には程遠いと、ひとり落胆するのだった。

＊＊＊

イザベラの祖母でありブライアリー邸の使用人でもあるベアトリス婦人と共に、昼間の温泉の縁に立つ。ベアトリスがいつもより丁寧かつ大がかりに浴場の掃除をするというので、フィアもその手伝いをしたいと願い出ると、彼女は大喜びでフィアの申し出を受け入れてくれた。

温泉の管理を任されているというベアトリスとじっくり話をしたフィアは、そこで意外な事実を知ることとなる。

「それでは私の髪の色が変わってしまったのは、温泉の影響なのですか……？」

フィアの質問にベアトリスがにこりと微笑む。

グレンから髪の色が変化していると指摘されたときから、フィアはどうして金の髪が銀の髪に変化してしまったのだろうとずっと疑問に思っていた。召喚前の場所に髪の色を残してきたのかもしれない、とイザベラと話し合ったが、結局それが正解なのかどうかはわからなかった。

だがベアトリスの話を聞くと、これまで見聞きして考えてきたどの可能性よりもありうる状況な気がしてくる。

「泉質の影響なのでしょう。おそらく金の色素や聖なる力といった聖女さまの身体の一部が、温泉の中に溶け出したのです」

ベアトリスによると、フィアの髪の色素は天然の鉱物や魔法物質をふんだんに含む泉質に強く反応して、お湯の中に溶け出てしまったらしい。フィアは『幼い頃に温泉に入ったときはこうはならなかった』と説明したが、そのときは聖なる力が開花する前で、しかも泉質が異なる違う土地の温泉だったため状況が大きく異なるのではないか、とのことだった。

なるほど、と納得しかけるフィアだったが、そこではたと重大な事実に気がつく。

「ではお掃除のためにお湯を全部抜いてしまったら、私の力は失われてしまうのですか……？」

聖なる力とグレンの邸宅の泉質が反応してお湯の中に流れ出てしまったのなら、浴場の掃除のためにお湯を抜けばフィアの力もそのまま流されていってしまうのではないか。もしそうなら、フィアの聖なる力はそのまま失われてしまうのではないか。

「……やってみますか？」

「いえ、いいえっ……！　それは困ります！」

にこりと笑って不穏な問いかけをしてくるベアトリスに全力で手と首を振る。

フィアが聖なる力を失ってしまうと、グレンを癒すことが出来なくなる。グレンの怪我や傷を治し、疲労を回復し、グレンの仕事の報告を聞いて少しだけお話をするというフィアの大切な時間が失われてしまう。聖なる力を使うことが出来ずグレンを癒せないならば、フィアがこの邸宅にいる意味がなくなってしまうのだ。

（グレン兄さまを癒せなくなる……それに、神殿にも戻れなくなる……）

フィアがいつまでグレンの邸宅に置いてもらえるのかはわからない。だがいつかは聖都ノーザリアにある家、そしてノーザリア神殿に戻る時期がやってくる。そのときに聖なる力が失われているとなると、フィアは落ちこぼれどころか完全に不要な存在になってしまう。力を失った聖女と後ろ指を指され、不名誉に追放され、義両親にも白い目で見られることだろう。

「でも浴場の掃除をしないわけにはいかないし……。けどグレンさまを癒せなければ、私がここにいる意味がなくなってしまうし……！　ど、どうしよう……？」

とはいえ浴場の掃除をしないわけにもいかない。魔法で湯を循環し清潔な水質を保てるように管理されてはいるが、衛生面のことを考えると定期的にすべての湯を抜いて掃除をする必要もある。

ならばどうすれば……とひとりウンウン唸っていると、フィアの頭一つぶん低身長のベアトリスが、デッキブラシを握ったまま朗《ほが》らかに微笑んだ。

「大丈夫なはずですよ。先週も先々週も、わたくし掃除のときにお湯を抜いておりますから」

「えっ……えええ!?」

あっさりと言い放つベアトリスに、驚きの声を発してしまう。昼間の明るい浴場にフィアの声が響き渡る。しかしベアトリスはフィアの動揺を気にせず、洗い場の裏にあった赤いバルブを垂直に立った状態から水平に寝かせた状態に引き倒す。すると石畳の下からガガッ、ゴゴン、と重い音が聞こえてきた。おそらくそのバルブが湯船の栓を開閉する装置なのだろう。

「グレンさまの傷は、聖女さまの力で今もちゃんと回復してるのでしょう？」

「はい……」

ベアトリスの質問に答えながら、自分でも確かにそうだと納得する。

フィアがグレンの元へやってきてからすでにひと月が経っているが、この間一度もお湯を抜いて湯船を掃除していなかったとは思えない。つまり現時点で聖なる力を問題なく使えているのなら、お湯を抜いても問題がないということだ。

「お湯の中に溶け出してしまったのは、髪の色と力の一部だけなのでしょう。髪の色については、性質が異なる二つの治癒の力――聖なる力と温泉に含まれる力が共鳴した結果、聖女さまが影響を受けて髪の色が変わってしまったものと思われます。聖なる力については、聖女さまの力が強すぎて身体の中でもてあました余剰分が、お湯に溶け出てしまっただけかと」

「ええっ……？　いえ、それは……！」

ないと思います。と、きっぱり言い切ってもいいのかどうか迷うところだ。

髪の色についてはともかく、聖なる力への指摘についてはベアトリスの予想は確実に外れている。力が弱すぎて使いものにならないほど落ちこぼれのフィアが、温泉の中に溢れ出てしまうほど聖なる力がありあまっているはずがない。

おそらくベアトリスは、フィアが〝聖女〟であると聞いただけで強い力を秘めていると思い込んでいるのだろう。フィアとしてはその誤った認識を訂正したい気持ちもあるが、大地の女神を崇《あが》めるノーザリア神殿の権威や威光を思えば、ここで全力で否定しないほうがいいのかもしれないとも考える。落ちこぼれ聖女の存在など、神殿側は極力秘密にしておきたいはずだ。

ベアトリスが言うには、フィアがやってきてからというもの、栓を抜く掃除前のお湯はいつも魔力の濃度が上昇しているらしい。きれいに掃除をした直後は天然の鉱物と魔法物質の濃度がいつもの状態に戻るが、翌日からまた少しずつ魔力の濃いお湯に変わっていくので、温泉の管理を任されている彼女も不思議に思っていたという。だがグレンにこっそり訊ねても『問題ない』と言われるので、彼女も深く追及しないようにしていた、とのことだ。

「では、お湯を入れ替えても問題はない？」

「ええ」

「よ、良かった……」

フィアの問いかけにベアトリスが力強く頷いてくれる。だからほっと安心して息を吐くと、その様子を見たベアトリスが「ふふふ」と笑い出した。

「聖女さまは、グレンさまと離れたくないと思っていらっしゃるのですね」

「あっ……え、あの……っ」

忘れた頃にやってきたベアトリスの指摘にあわあわと焦ってしまう。年がかなり離れていたとしても、彼女にとってグレンは雇い主でありこの邸宅の主だ。グレンとベアトリスの信頼関係を正確には把握していないが、主に取り入ろうとしたり一方的に想いを寄せていると思われれば、ベアトリスも気を悪くするかもしれない。

焦ったフィアは釈明の言葉を探したが、弁明を口にする前にベアトリスが顔の皺を深めて優しげな笑みを浮かべた。

「聖女さまがそう思ってくださって安心いたしました」

「……え？」

「最近のグレンさまはいつもご機嫌で、やる気に満ち溢れていらっしゃいます。聖女さまが来てくださったおかげですね」

フィアの予想に反し、ベアトリスはフィアの存在を好意的に捉えてくれているらしい。グレンもベアトリス自身もフィアの在留を喜んでいると伝えられ、思いがけず胸がじんと熱くなる。

「聖女さまが帰られてしまうと、グレンさまはまた寂しい思いをなさるでしょう。あまり多くを語らないぶん、落ち込まれるお背中は本当に痛々しいので……」

「そんな……私、本当になにも出来ていなくて……」

ベアトリスの口振りから察するに、おそらく彼女もタカの相棒エスメラルダの病死に落ち込むグレンの姿を見聞きしていたのだろう。グレンの落胆は彼の切ない決意や言動、アルバートやイザベラとの会話からも見て取れるが、こうして別の者から話を聞けばフィアもまた寂しい気持ちになってしまう。

しかしフィアがいなくなったところで、グレンが同じように悲しんだり寂しがってくれるかどうかはわからない。幼なじみと再び離れ離れになるのは確かに寂しいと思うが、グレンがそれほどまでフィアに入れ込んでいるようには思えない。

だからいつか離れるときが来てもまったく寂しがってくれない気がする。実際フィアは傷を治して疲れを取っているだけで、グレンのために他にはなにもできていないのだから。

「尊い聖女さまに浴場の掃除などさせてしまい、申し訳ないかぎりですが……」

「いえいえ、私もいつも湯処のお掃除していますから」

ベアトリスが視線を落とす姿を見て手を横に振る。フィアは自分が尊い存在だとも、家事をさせてはいけない存在だとも思っていない。日中グレンが出かけている間は本を読んだり刺繡をしたりして自由に過ごさせてもらっているので、むしろ少しでもグレンの役に立つべくもっと積極的に使用人の仕事をしてもいいと思っているのだが。

「？」

（あっ……聖女が毎日お掃除してるって、絶対変よね……）

再び聖女らしからぬ発言をしてしまったことに気づいて慌てて口を噤む。

仮に聖女ではなくても、聖都ノーザリアに住む人々は裕福な者が大半だ。使用人の仕事をしている者でも給金が良く身なりがしっかりしている場合が多いので、作業用に借りたワンピースをドロワーズが見えるほどの高さまでたくしあげて浴場の清掃をするなど、普通なら到底考えられない姿だろう。

ベアトリスの視線を曖昧な笑顔で誤魔化すと、広い浴場の掃除に取りかかる。

いつかグレンと離れるかもしれないときのことなど、今のフィアが考えても仕方がないのだから。

「聖女さま？　こちらにいらっしゃいますか？」

浴場の掃除を終える頃、脱衣場の向こうから別の使用人の男性に声をかけられた。一応清掃をしている間は結界の効果が失われることになっているが、ベアトリスも清掃を手伝うフィアも女性としては無防備な格好をしているので、この時間はたとえグレンであっても男性は立ち入らないように伝えてあるのだ。

それを知っていて大きな声で呼ぶということは、なにか急ぎの用事があるのだろう。

「あ、はい！　ただいま参ります」

脱衣場の向こうに声をかけると、ベアトリスにこの場を離れると報告する。

しかしすでに湯船や洗い場の清掃も植えられている植物の手入れも終わり、あとは綺麗になった広い岩風呂の中に再度お湯を注ぐだけの状態になっている。

ベアトリスが『あとはこちらでやっておきますよ』と言ってくれたので、仕事を手伝わせてもらったことや温泉のことを色々教えてもらったお礼を告げて、脱衣場に戻る。そこで作業用のワンピースから人前に出れるような普段着のワンピースに着替え、髪を整えてから廊下に出る。するとそこで、男性の使用人がフィアを待ってくれていた。

「グレンさまがお呼びです」

「えっ？　もう帰っていらしたんですか？」

まだ午後の早い時間で、今日は外で仕事をする予定もないと聞いている。ならばいつも通り陽が沈むまで事務作業に追われて帰宅も遅くなると思っていたが、なぜかグレンはもう帰ってきたらしい。

「まさか大怪我をされたんですか？」「いえ、グレンさまは元気なお姿でしたよ」と男性使用人と首を傾《かし》げながら廊下を進み、リビングルームの向かいにある談話室に入る。

するとそこには騎士団の制服を着たままのグレンと、なぜかアルバートも一緒だった。

「グレンさま、おかえりなさいませ。アルバートさま、お久しぶりです」

「フィアちゃん……」

「……フィア」

「？　どうなさいました……？」

神妙な面持ちでフィアを見据える二人は、呑気に挨拶をしている場合ではないとでも言いたげな様子だ。そわそわと落ち着かないグレンとアルバートに嫌な予感を覚えつつ、着席を促《うなが》されたのでそっとソファに腰を下ろす。

「フィアちゃん、ちょっとこれ見てくれない？」

アルバートが一枚の紙きれを取り出し、フィアに内容が見えるようテーブルに置く。罫線が引かれた大きめの紙にびっしりと文字が書いてあるのを見て、すぐにそれが手紙だと気がつく。しかしテーブルから拾い上げて目を通してみると、まず初めに手紙の差出人に驚いた。

（お義父《とう》さんの字だわ……）

フィアの義父バートルの字は比較的綺麗で読みやすいが、中年男性の割に文字がやや小さめなので一目見るだけですぐにわかる。だがノーザリア神殿の神官や司祭ならわかるが、なぜ義父が急に手紙を送って来たのだろう……と続きを読み進めていったフィアは、書かれていた内容に「えっ」

と驚きの声を発した。

「グレンさま、アルバートさま……これって」

「フィアちゃんを返してほしい、帝都に召喚したときの契約を取り消したい、って意味だろうね」

手紙の内容を端的にまとめたアルバートの台詞が、フィアの心にずん、とのしかかる。

そう、義父がブライアリー騎士団宛に送ってきた手紙には『治癒の力が使える女性の召喚に応じるという契約を取り消して、フィアをノーザリアの街へ送り返してほしい』と綴られていたのだ。

「私が……結婚……？」

しかもその理由は『位の低い聖女でも構わないし、聖女を娶るために必要な女神の試練も受けるつもりなので、フィアを嫁にもらいたいという人が見つかったから』。さらに『ブライアリー騎士団との約束を反故にすることで発生する違約金もその人が払う、オルクドール家にも結婚支度金が支払われる』と記されている。

――あまりに身勝手すぎる話だ。事前に相談もなく義理の娘を見知らぬ騎士団の元へ送り勝手にお金と引き換えていたというのに、ここにきて急な契約の取り消しとフィアの帰郷の要求。そして蓋を開ければやっぱりお金のため。

仮にこの話が本当だとしても、嫁入りに提示された条件をブライアリー騎士団宛に伝える必要はないと思う。だが定職に就かず貧困にあえぐ義両親にしてみれば『お金の心配をしなくてもいい』という条件がなによりも重要なのだろう。

「フィア……」

手紙を見つめたまま固まっていると、目の前のソファに座るグレンに静かな声で名前を呼ばれた。
ハッと顔を上げたフィアは焦りと不安を滲ませたグレンの瞳と見つめ合ったが、互いになにを口にしていいのかわからずただ沈黙するしかない。

「フィアちゃん」

様子を見かねたアルバートが声をかけてくれる。しかし彼も混乱しているようで、表情が暗いし声も小さい。それでも重い口を開いてどうにか状況を説明してくれるが、フィアにとってはそれも喜ばしい情報ではなかった。

「治癒の魔法が使える女性を募ったとき、それに名乗りを挙げたのは君のご両親だ。そして同意書にも契約書にも、ご両親の署名が入っている。つまり契約の破棄に正当な理由があれば、僕には断れない。もちろんグレンにも」

「でも私の名前も入ってて……。お義母《かあ》さんの字ですけど、書類上は私が同意したことになってるんじゃ……？　だったら……」

もちろんアルバートの言い分が正しいのはフィアにもわかる。だが同意の書類にはフィア＝オルクドールの名前も入っていたはずだ。実際に署名をしたのは義母ミアータだが、名前はフィアのものなのだから、本人がこのまま契約を継続したいと言えばその意見が通るはず。フィアがもう少しここにいたいと言えば、オルクドール家に連れ戻されることはないはずだ。

そう思うフィアの気持ちを否定するように、アルバートが首を横に振る。

「そう、確かに同意書にはフィアちゃんの名前が入ってる。でもこの書類を審判にかけられて

『誤って虚偽の内容で契約してしまった』と申請されたら、最初の契約を白紙にすることが出来るんだ」

「……!!」

アルバートの説明にごくりと息を呑む。

そもそも『治癒の魔法が使える女性を帝都に召喚することに承諾する同意書』と『ブライアリー騎士団で治癒の能力を使うという契約書』は、本人ではない人物が本人の名前を使って成立させたものだ。つまり正式な書類としては最初から不備があって、しかもフィアもグレンもアルバートも、その場にいたイザベラも、それを知っていてあえて知らないふりをして放置した。

そのため帝国の審判機関に申請して契約の破棄を申し出られたら、フィアは強制的に両親の元へ戻らねばいけなくなる。普通なら絶対にありえないミスをあえてやっていることが一目でわかるため、出来れば義両親も審判機関を頼りたくはないはずだ。しかし彼らは、やろうと思えばフィアを強引に連れ戻すことが出来るのだ。

どちらにせよノーザリアに帰らなければならないのなら、大人しく義両親の決定に従うべきだろうか。それともまだ帰りたくない、知らない相手と結婚なんてしたくない、と自分の希望を口にしてみるべきだろうか。

(ううん。そんなことをしても、なにも変わらない……)

否、それで両親の態度が変わらないことはわかりきっている。フィアは両親を亡くしてからおよそ十八年間、母の兄夫婦である義両親から空気のように扱われて過ごしてきた。フィアの話を無表情で聞き流し、笑っても怒っても泣いても無視してきた二人だ。自分の意見を口にしたところで無反応か、良くて『だめだ』と一言で切り捨てられるに決まっている。

唇を噛み締めてしゅんと俯く。事前になんの相談も報告もなく帝都に送られ、温泉の中に落ちて溺れ死にかけたというのに、その状況を知る由もない当人達はお金のために平気で義理の娘を他人へ差し出す。

なのに困ったときはフィアを連れ戻そうとする。そればかりかフィアが触れたときだけ文字が浮かびあがる特殊な魔法を使って、文末に『フィアに戻ってきてほしいの。私たちを助けると思って』と憐憫《れんびん》を誘うような義母ミアータのメッセージまで書き添えてくる。

けれど二十二歳までフィアを預かって育ててくれた恩義があるのも事実なので、義両親の求めを簡単に拒否することも出来ない。

「フィアちゃん、よく聞いて」

板挟みになったフィアが沈黙していると、グレンの隣でアルバートが身を乗り出した。黒いグローブをはめたまま人差し指の先でトントンと手紙の上を叩いた彼は、この状況に〝抜け道〟があることを教えてくれた。

「確かにフィアちゃんにも僕にも、契約の破棄を拒否することは出来ない。けど、一度契約破棄を受け入れた上で、自分の意思でここに残ることは出来る」

「！」

アルバートの示す可能性に、フィアは一筋の光を見つけた気がした。

言われてみればその通りだ。アルバートが義両親と交わした契約は『フィアを特定の日時に帝都へ召喚することへの同意』と『治癒の力をブライアリー騎士団のために使う契約』のみ。それ以外の、義両親が決めた相手とフィアが結婚するかどうかはまた別の話だ。

ならば最初の契約を破棄して一旦すべてを白紙に戻すが、フィア自身はそのまま帰らない、あるいは一度聖都ノーザリアに帰ってまた帝都ルミフェゴールに戻ってくる、という方法は取れる。

もちろんその方法を選べば、フィアは義両親の反感を買うことになる。お金と義理の娘を引き換える二人の要望を受け入れない代わりに、フィアはオルクドールの名を捨てることになるだろう。

そうなればフィアはその後、どうなるのだろうか。親の決めた結婚を拒否した女性が、聖都ノーザリアに戻ったときにちゃんと生きていけるのだろうか。神殿で今後役に立つ見込みもないのに、義両親との縁を切るようなことをしてもいいのだろうか。

アルバートが黙ったままのグレンをちらりと見遣る。

「フィアちゃんを必要としている人なら、目の前にもいるでしょ」

そして悩むフィアの背中を押すように、見ず知らずの相手よりも明確にフィアを求めている人がすぐ傍に存在すると匂わせる。アルバートの説得を聞いたフィアも、これまで事の成り行きを見守っていたグレンを見つめる。グレンも顔を上げて、フィアの顔を静かに見つめる。

しばし見つめ合ったまま沈黙していた二人だが、グレンがふと、大きなため息と一緒に冷たい言葉を吐き捨てた。

「説明も同意もなしに報酬と養女を引き換えるような親だぞ？　そんな奴らの言うことを聞いて、

好きでもない男と結婚するために帰る必要なんてないだろ？」

「！」

「ちょっとグレン、言い方に気をつけなよ。フィアちゃん困ってるでしょ」

不満げな様子で告げるグレンの言い分は、確かに正しいと思う。フィアも楽をして金銭を得ることばかり考える義両親が正しいとは思っていないし、そんな二人の元へ帰りたいわけでもない。

けれどフィアがほしいのは冷たい言葉じゃなかった。義理の両親を蔑む言葉でも、現実を突きつける言葉でも、帰宅する必要性を問う言葉でもなかった。

（グレン兄さまは……私がいてもいなくても、どっちでもいい……？）

フィアはただ、グレンに『残ってくれ』と言われたかった。彼の口から『ここにいてほしい』という言葉を聞きたかった。

それがフィアの一方的なわがままで、過ぎた願望なのは理解している。グレンはもう特別な存在を作らないと明言していて、その考えに至るまでどれほどの悲しみや葛藤と戦ってきたのかも知っている。今は一時的に共に過ごしているが、実際のグレンはフィアが傍にいる状態を望んでいないことも、本当はわかっていた。――だから。

「確かに義理の両親は、ひどい考え方ばかりかもしれません」

二人を擁護するつもりはない。これまでのだらしない生活態度も知っているし、それが簡単に改善されないことも知っている。

「でも私は、二人に恩があります。聖女としても落ちこぼれで、嫁ぐ当てもない役立たずの私を、ここまで育ててくれました」

それでも義理の両親は、家族を亡くしたフィアを引き取ってここまで育ててくれた。山奥に住む祖父と過ごすよりは街に住んだほうがいいだろうと言ってくれたおかげで、グレンやミルシャと親しくなれた。満足な衣食住を保証されていたとは言い難いが、彼らに対する感謝の気持ちもある。

だから両親に最後の恩返しをするつもりで嫁げば——両親の要求を理由にすれば、これ以上グレンを困らせなくて済む。フィアもグレンに求められなかった事実を受け入れなくて済む。

「ですから、その……」

「……そうか」

フィアが自分に対する言い訳の言葉を探していると、グレンがハアと大きなため息を吐いた。

「なら勝手にしろ」

グレンの冷たい物言いにばっさりと切り捨てられ、拙い言い訳の裏で願っていたフィアの本当の気持ちも容赦なく断ち切られる。

必要とされていない現実を突きつけられ、孤独に震える胸をさらにぎゅっと掴まれる心地を覚えたが、グレンにそう言わせたのは自分自身だ。一応グレンも『帰る必要がない』と言ってここに残る選択肢があることも示してくれたのに、本当の意味で必要とされていない寂しさを感じて、彼の手を取ることを躊躇ったのはフィアのほうだ。

だからグレンの言葉に傷つくのは間違っている。それはわかっているけれど。

「ちょ、グレン！　フィアちゃんまだ悩んでるところじゃん！」

「ありがとうございます、アルバートさま」

グレンの台詞に焦った声をあげたのは、アルバートだった。隣に座るグレンに発言を撤回させようと身を乗り出すが、フィアがそれを制止する。

本当はアルバートの言うとおり、フィアはまだ悩んでいた。

フィアの治癒の力とグレンの体質は相性がいいが、グレン自身がフィアを望んでいるわけではない。一方、両親はフィアの帰宅を待っているが、聖なる力には価値を見出していないし、フィアに愛情を注いでくれるわけでもない。つまり今のフィアはどちらにも必要とされているが、どちらにも必要とされていない状態だ。ならばこの両天秤のどちらを取るべきか、フィアは悩んで、迷って、心を決めかねていた。

(もし引き留めてくれるなら、ここに残りたかった)

だからフィアは、グレンからの言葉がほしかった。

本当は『勝手にしろ』ではなく『ここにいろ』と言ってほしかった。

(……うぅん。グレン兄さまの判断に委ねるなんて、ずるい考えだもの)

グレンはきっと、そんなフィアの卑怯な考えを見抜いていた。自分で結論を出さず、グレンからの言葉を待って、彼の決定に身を委ねようとしたずるさに気づいたからこそ、グレンは『勝手にしろ』と言ったのだ。

そんな浅ましい考えのフィアを、誠実で高潔なグレンが望んでくれるはずがない。傍にいてほしいと引き留めてくれるはずがない。

「準備が整い次第、ノーザリアに帰りたいと思います」

「フィアちゃん……！」

「……荷造りをしますので、これで失礼しますね」

焦った声でフィアを制止するアルバートに、無理矢理作った微笑みを残してそっと立ち上がる。

これ以上この場にいても状況は変わらないし、誰もなにも得られない。ならばフィアは与えられた部屋に戻り、そう多くもない荷物を整理して、使わせてもらった部屋の掃除を済ませるべきだ。

ぺこりと頭を下げてその場を離れ、談話室を後にする。

部屋を出て数歩進んだところで一度振り返ってみたが、やはりグレンは追って来ない。だからこれが彼の答えなのだと思い知ったフィアは、視界に滲みそうになる涙をぐっと堪えて自分の部屋へ戻っていった。

＊　＊　＊

送還魔法ならいつでも使用可能だというアルバートとメッセージのやりとりをしたフィアは、翌日の早朝に聖都ノーザリアへ戻ることが決まった。

そこから早速荷造りと掃除に取りかかったが、考えごとをして手が止まることが多く無駄に時間を使ってしまったせいで、気がつけばすっかりと時間が経っていた。

荷物をまとめていて遅くなってしまったが、ブライアリー邸に置いてもらっている以上、フィアは最後まで聖なる力を使ってグレンを癒すつもりでいる。昼過ぎに一度邸宅に戻ってきたときの様子から今日はそれほど傷だらけになっていないと思うが、フィアがグレンに出来る恩返しなどこれぐらいしか思い当たらない。

(グレン兄さまは必要ないと言うかもしれないけど)

もしかしたらフィアの顔を見たグレンは気まずい表情をするかもしれない。だからもしフィアと話をする気分になれないというなら、今日は治癒が済んだらすぐに部屋に戻ろうと思う。本当は最後ぐらい、グレンとゆっくり話をしたい気持ちもあるけれど。

「グレンさま、失礼します」

裸を見られるという小さな事件が発生して以来、フィアも脱衣場に出入りするときはグレンの居場所や状態に気を遣うようになった。と言っても腰にタオルを巻いただけという全裸同然のグレンと毎夜のように並んで話をしているので、今さらという気もするのだけれど。

コンコンと扉をノックしても返答がなかったので、ひと声かけてから脱衣場に入る。個人の邸宅にしては広い脱衣場の奥へ進むと、いつものバスケットの中にグレンの着替えが置いてあった。ということは、グレンは今、入浴中なのだろう。

いつもより遅くなってしまったと思ったが、まだ間に合うようだ。早く浴場内に向かわねば……と、ここに来るまで羽織っていたローブを脱いでいるときだった。

「……っ、フィア……」

ふと浴場の中からグレンがフィアに声をかけてきた。フィアはまだ脱衣場で中に入る準備をしている途中なのに、グレンはもうフィアがやってきたことに気づいたらしい。

先ほどのやりとりを思い出すと若干の気まずさはあるものの、グレンの要望には誠実に応えたいと思っている。だから急いでローブを外してそのまま扉に駆け寄ったフィアだが、扉を開けて脱衣場から浴場に出た直前、ふと違和感に気がついた。

「フィア……っ」

手前にある洗身場の向こう側にグレンの黒い髪が揺れている。どうやら彼は、湯船の一番手前にある岩がくぼんだ場所に、こちらに背中を向けた状態で座っているらしい。しかもフィアが扉を開けても振り返らないところを見るに、グレンはフィアが遅れて浴場にやってきたことに未だ気づいていない様子だ。

ではなぜ名前を呼ばれるのだろう、と疑問を感じたフィアは、ふとグレンの右肩と腕が小さく震えていることに気がついた。

（……？　グレン兄さま、なにをして……？）

まるで右腕だけが痙攣しているようなグレンの動きとそれに合わせて水面がちゃぷちゃぷと波打つ音に、もしや急に体調が悪くなったのかと焦る。しかし心配になったフィアがグレンの傍へ近づこうと最初の一歩を踏み出した直後、グレンが切なく艶めいた声で、怒りと焦燥に満ちた独り言を零した。

「フィア……どうして、他の男を選ぶんだ……！」

「！」

その呟きを耳にした瞬間、フィアはグレンが一体なにをしているのか、唐突に悟ってしまった。

身体が小刻みに動いているのは、怒りや体調不良で身体が痙攣しているわけではない。彼は自分の手で自らの陰茎を包み、それを強く擦りあげることで興奮状態を晴らそうと――お湯の中で自慰行為に耽っているのだ。

「フィア……っフィア……！」

しかもグレンは他でもない、フィアを想って自身を慰めているらしい。その証に斜め後ろから見るグレンは、目を閉じて快感に表情を歪めながらもずっとフィアの名前を呼んでいる。おそらく彼は脳裏に浮かべた想像に没頭するあまり、浴場の入り口にその本人が立っていることに気がついていないのだろう。

(ど、どうしよう……これはちょっと、声をかけられないわ……)

いくらフィアとグレンがある程度気心が知れた幼なじみと言っても、さすがに手淫の最中にある男性に声はかけられない。冷たい言葉をかけられた後の重苦しい空気や、気持ちがすれ違ったまま離ればなれになってしまう切なさとは違う。恥ずかしい状況が露見するのはいたたまれないし、見たほうも見られたほうも言葉に出来ない気まずさがあるだろう。

(……も、もう少し時間を空けて、後でまた来ることにしよう)

この場はそっと退いて、なにも見なかったことにして、もう少しだけ時間を空けてからまた訪れることにしよう。その際もしグレンが自室に戻ってしまっていたら、改めて彼の部屋に別れの挨拶にいけばいい。そこで最後の治癒の力を使えば、フィアの任務は達成出来るはずだ。

そろりそろりと後ろに下がったフィアは、出来るだけ音を立てないようそのまま脱衣場へ戻ろうとした。しかしグレンが洗身と洗髪を済ませたときの石鹸のぬめりが洗い場の石畳の上に残っていたらしい。

「!? ふぁ、わぁっ……!?」

前に進むぶんにはそれほど気にならなかったが、後ろに退がるときにぬるついた地面につるんっと足をとられた。大きな声を発しながら華麗に床を滑ったフィアは、そのまま後ろ向きに転倒して石の床に思いきり尻もちをついてしまった。

「い、いたた……」

「誰だ！」

フィアの間抜けすぎる大失敗は、当然グレンの耳にも届いていた。ざばっとお湯から上がる音とグレンの慌てた声にはフィアも気がついていたが、腰とお尻への衝撃が強くすぐには起き上がれない。

数秒の間を空けて石畳に肘をつきどうにか床に座ることは出来たが、その頃にはお湯から上がって腰にタオルを巻いたグレンがすぐ傍までやってきて、フィアをじっと見下ろしていた。

「!? グレンさま……」

「……フィア、いつからそこにいた？」

地を這うような低い声に驚き、慌ててその場に縮こまる。グレンの怒りを知れば石畳に額を擦りつけて謝罪をしてもいいところだが、高身長のグレンを前にあまり頭を低く下げると、腰に巻いたタオルの中が見えてしまいそうに思えてならない。だからフィアはその場に座り込んだままの状態であわあわと謝罪の言葉を探した。

「え、えっと……今来たところでっ……！　その、来るのが遅くなってしまいましたが、最後の治癒をしようかと、あの、その……！」

「見ていたんだな？」

挙動不審に言い訳をするフィアに対し、グレンの言葉は短く鋭い。

なにを、というのは聞かなくてもわかる。——いや、違う。わかってはいけない。

「いえ、なにも……！　見てません！」

そう、フィアはなにも見ていない。見ていないことにしなければならない。

だからきっぱりと言い切ったのに、グレンの表情はどんどん険しいものになっていく。

（お、おお、怒られる……！）

グレンの怒りの矛先が覗き見をしてしまったフィアに向いているのか、それとも迂闊に見られてしまった自分自身に向いているのかはわからない。だが彼が怒っているのは明らかなので、フィアに出来ることはこれ以上グレンの機嫌を損ねないよう大人しく謝罪を重ねるのみ。

「ご、ごめんなさ……」

「……るい」

もう一度謝ろうと口にした謝罪の言葉に、グレンの小さな独り言が重なる。

しかし正確に聞き取れなかったので顔を上げて「え？」と首を傾《かし》げたフィアと目が合うと、グレンがさらに声を張り上げた。

「惚れた相手を……フィアを想ってすることのなにが悪い！」

「は……？　え……ええっ⁉」

物静かで優しいグレンには珍しいほどの大声で、突然思いきり怒鳴られる。だがその内容はフィアを仰天させるほど――フィアの心を掴まえて離さないほどの熱烈な愛の告白だった。

（お……怒りながら、愛の告白をされてる……？）

意味がわからず縮こまった状態で固まっていると、それまでフィアを見下ろしていたグレンが目の前にスッとしゃがみ込んだ。そしてまた怒られるのではと怯えるフィアと目線の高さを合わせると、今度は明確な言葉で、

「俺は、フィアが好きなんだ」

と呟いた。

素直な気持ちを口にするグレンがあまりにまっすぐで、表情も真剣で、フィアはひとり狼狽する。

「あ、あの……グレンさま……？」

「本当に、ノーザリアに帰るつもりなのか」

困惑したまま名前を呼ぶと、グレンがムッとした表情でフィアの意思を問いかけてきた。

しかし先ほどはフィアの希望を聞かれなかったのに、ノーザリアに帰ることを決意した今になって不機嫌に問われても、どう返答していいのかわからない。

「義両親の選んだ相手とフィアの力が適合しなかったら、どうするつもりなんだ？」

「そ、それは……」

グレンの不機嫌な確認が続く。だがどうするつもりだと言われても、義両親と相手の間で取り決められた条件にフィアが口を出すことは出来ない。フィアが第十級聖女のまま一度も昇格していないことはさすがの両親でもちゃんと伝えていると思うが、それでもいいから女神の試練を受けてフィアを娶ると話しているらしい。しかもフィアの実家は貧しくなんの後ろ盾にもならないというのに、会ったこともないフィアとの婚姻を望んでいるというのだ。きっと相手はフィアどころかグレンよりもうんと年上で、若い後添えになるような娘なら、条件さえ合えば誰でもいいのだろう。

「相性が悪かったらどうする？　フィアは顔も名前も性格も知らない相手と、本当に添い遂げられるのか？」

「……」

グレンの意見はもっともだ。だがそれでもフィアは、ノーザリアに戻って両親の決定を受け入れるしかない。誰にも望まれないフィアでも結婚支度金を受け取ることで両親の役に立てるのならば、この状況を受け入れるべきだろう。

たとえフィアが、どんなに嫌で嫌でたまらなくても。

グレンという想い人がいたとしても。

フィアが俯いて黙り込むと、グレンが大きなため息をついた。

「……だから嫌だったんだ」

「え……？」

「俺の元を去っていくなら、最初から傍に置きたくなかった」

グレンの切ない心情を耳にしたフィアは、大きく心を揺さぶられた。

大切な存在を二度も失っているグレンは、再び同じ状況になることをずっと恐れていた。また災いに巻き込まれるかもしれない、病気になるかもしれない、あるいは事故や事件に遭ったり、国の情勢が悪化して戦に巻き込まれるかもしれない。

未来のことは誰にもわからないが、過去に大事な家族と美しい相棒を失った経験から、グレンはひどく臆病になっている。だから結婚もしないし恋人も作らないつもりだった。相手が誰であれ、個人的な深い関わりは持たないように、と考えていた。

「いつか手放すことになると知っていたら、可愛がったりしなかった」

「グレンさま……」

グレンはフィアのことを引き留めないし、追わないし、求めなかった。一度は『帰る必要がない』という言葉でフィアの帰郷を拒みかけたのに、結局フィアの判断に委ねる言葉を吐き捨てて、自分はどちらでもいいと決断を放棄した。自ら選択しないことで、心の逃げ道を用意したのだ。

グレンへの恋心に気づいたフィアが、拒否されることを恐れて自ら選択することを放棄したように。自分で決断することを避け、自分の素直な気持ちから逃げようとしたフィアと同じように。

「なのにどうしてフィアは、冷たく突き放した男のところに来るんだ」

グレンはそのときの自分の言葉が、フィアを深く傷つけてしまったと思っているらしい。

「今夜はもう来ないと思っていた。フィアに嫌われて……二度と目も合わせてもらえないまま、ノーザリアに帰るとばかり……」

「そんなことするはずありません。私がグレンさまを嫌いになるはずないじゃないですか……！」

そんなことはない。確かにフィアは、グレンの言葉に悲しくて寂しい気持ちになった。彼に必要とされていなかった事実を思い知って、切なさから部屋に戻ったあとに少しだけ泣いてしまったのも事実だ。

けれどフィアはグレンを嫌いになったわけではない。突き放されたことを恨んでいるわけでもない。もちろん今夜グレンを癒すという務めを怠るつもりもなく、最後まで役目を果たす気持ちでいた。来るのが遅くなってしまった理由は、上の空のまま荷物の整理と部屋の掃除をしていていつもの時間を過ぎてしまっただけだ。

しかし浴場に来るのが遅くなったことでグレンに誤解を与え、さらに彼の自慰行為を目撃するという思いがけない事態に陥《おちい》った。見えてしまったのは背中と後頭部だけではあったが、先ほどの状況を思い出すと顔にじわじわと熱が集中してくる。

色々と思い出したフィアが恥ずかしさを感じて俯いたことに、グレンも気がついたらしい。彼も恥ずかしさを誤魔化すように息を零すので、そろりと視線をあげて再度表情を確認する。

「アルバートに説教されたんだ。フィアが結婚したことを後から聞かされても、俺には怒る資格も悲しむ資格もない、ってな」

「それは……」

「その通りだと思ったよ。フィアを突き放して嫌われてもおかしくない言葉をかけた俺が、嫉妬して後悔するのはおかしいよな」

グレンの切ない独白を聞いて、ふるふると首を振る。

グレンが自分を責める必要はない。自分の気持ちと向き合うことから逃げたのはフィア自身の選択だ。このままグレンの元を去っていつか後悔するのは、フィアのほうなのだ。

「だからフィアと過ごしたこの場所で、フィアへの気持ちを吐き出して……全部洗い流してしまえば、明日はちゃんと送り出せると思っていた。フィアの幸せを、願えると思っていた」

グレンの言葉を聞いたフィアは、自分の身に待つ望まない現実を思い出してそっと目を伏せた。

フィアは明日、聖都ノーザリアに帰ることとなる。アルバートによると送還魔法自体はそれほど大がかりなものではないし、本人が目の前にいる場合は本人から直接確認を取れば問題にはならないので『いつでも帰れる』と伝えられた。それに対してフィアが『すぐにでも』と返答したことで、明日には聖都に戻ることが決まったのだ。

「けどやっぱり、俺には無理だ。だから……もういい」

「グレンさま……？」

「フィアにそんな顔をさせるぐらいなら、もう我慢なんてしない」

グレンの言葉に『自分は一体、どんな顔をしていたのだろう』と恥ずかしさを覚える。頬が熱くなるのを感じながらぱちぱちと瞬きをしていると、静かに伸びてきたグレンの指先がフィアの左目の目尻をぐっと拭う。その指遣いでフィアは自分がまた少しだけ泣いていたことに気づいたが、次のグレンの台詞を聞いた瞬間、驚きで涙も言葉も引っ込んだ。

「フィア、ここに残ってほしい」

グレンがはっきりと口にする願望に、思わず目を見開く。それと同時にきゅう、と胸を締めつけられる。

ここに残ってほしい——それが今の彼の素直な思いで、フィア自身の願いと一致すると気がつくと、どきどきと鼓動の速さが増していく。身体の芯がじん、と震える。

「フィアをノーザリアに帰したくない。家族にも神殿にも渡したくない」

「グレンさま……」

「俺の傍にいてくれ。ずっとだ」

グレンの愛の告白は想像以上に熱烈だった。あまりに直球かつ真剣な言葉に、すでに座り込んで縮こまっているというのにさらに腰が抜けそうになる。

けれどその言葉は、フィアがなによりも欲していたもの。他でもないグレンに本当の意味で望まれたいと願っていたフィアにとって、これほど嬉しい言葉は他に存在しない。

「引き留めてくださるんですか？　私を、必要としてくれる……？」

「ああ。俺にはフィアの全部が必要だ」

「……嬉しいです」

そしてそれに応えるフィアの言葉も、今の素直な気持ちの表れだった。

グレンは嘘偽りなくフィアの存在を欲してくれる。落ちこぼれ聖女のフィアも、女性として魅力が足りないフィアも、妹のような幼なじみのフィアも、すべてが必要だと言葉で伝えてくれる。

そんなグレンのためにフィアが出来ることは、まだまだ少ないのかもしれない。女神の試練を受けてまで傍に置きたいと思えるほど、素晴らしい女性じゃないかもしれない。

だがグレンはそれでもいいと頷いてくれる。フィアもその気持ちを嬉しく思っている。

「私もずっと、グレン兄さまの傍にいたいです……」

秘めた想いを口にすると、グレンがそっと微笑んでフィアの身体を強く抱きしめてくれる。

昔からよく知る幼なじみのグレンと、裸と薄着という状態で密着することが照れくさくて恥ずかしい……と考えつつ彼の背中に手を回そうとしたフィアは、そこで直前の失敗に気がついた。

「あ、ごめんなさい。私また……」

あんなに注意していたつもりなのに、嬉しさのあまり本心が漏れ出て、また〝グレン兄さま〟と呼んでしまった。指先で唇を押さえて申し訳なさに俯くと、ふ、と優しく笑ったグレンがフィアのその手を取って指先に口づけてくれる。フィアの失敗を受け入れてくれる合図だ。

「自由に呼んでいい。フィアの好きな呼び方で構わない」

「え……い、いいんですか？」

「ああ」

至近距離で見つめ合うと少しだけ恥ずかしい。けれど恥ずかしい以上に胸がどきどきと高鳴る感覚にまた嬉しさを覚えて、フィアはグレンの提案にありがたく甘えることにした。

グレンの口づけが指の先から節々、手の甲へと上昇してくる。濡れた唇が肌に触れる感覚がくすぐったくて、フィアは再び挙動不審になった。

「グレン兄さま……あ、あの……」

「……フィア」

恥ずかしさのあまり手を引っ込めようとしたら、気づいたグレンにグッと力を込められた。逃がさないと教え込まれるような力強さと真剣な視線に、フィアの背中が微かに震える。熱を含んだグレンの視線だけで、全身がぴくんっと無意識に反応する。

「フィアはもう、俺のものだろう？」

グレンの確認に照れながらこくんと頷く。

そう――フィアはもう、グレンのものだ。

その意思を確認すると、さらに身体を密着させたグレンが急にお尻に触れてきた。薄着のワンピースの上からお尻を撫でられたフィアは思わず悲鳴をあげそうになったが、実際にフィアが叫び出す前にもっと驚くことが起こった。

「わっ……えっ！　まっ……」

フィアの膝の下に腕を挿し入れ、もう片方の腕でしっかりと肩を抱くことで、グレンはフィアを軽々と抱き上げた。

身体がふわりと浮くと、視線の位置も上昇する。いつもの目線より高い位置から見渡す視界を少しだけ怖いと感じたが、グレンと顔の距離が近いことは安心出来る。そのグレンが「暴れると落ちるぞ」と囁《ささや》くので緊張したまま彼の胸に縋ると、フィアを抱いたグレンがそのまま岩風呂に向かって歩き出した。

「グレン兄さま、そちらは湯船ですが……？」

「そうだ」

フィアの疑問の台詞にグレンがにやりと微笑む。

その表情は八歳年上の男性の笑顔には思えない、まるで悪戯を思いついた少年のようだ。

「フィア。今夜もここで、俺を癒してくれ」

「……っ～～！」

グレンの熱っぽい視線とフィアを求める明確な台詞には、ただ照れて俯くことしか出来ない。


ざぶざぶとお湯の中を進んだグレンがフィアを下ろしてくれた場所は、毎夜のように他愛のない雑談をしている見慣れた岩のベンチの上だった。お湯の中に設置された平らな場所に腰を落ち着けると、普段なら隣に座るはずのグレンが今夜は正面からフィアの顔をじっと覗き込んできた。

こうして見つめ合うと、グレンに抱いているこの感情はやっぱり恋心なのだろうと思う。こんなにも惹かれて、傍にいたいと感じて、自分の手で癒したいと思う相手は、後にも先にもグレンだけ。だからフィアも、唯一無二のこの気持ちを素直に伝えたくなった。グレンの告白にただ頷くだけではなく、自分の言葉で自分の想いを伝えたいと思ったのだ。

「私、昔からグレン兄さまをお慕いしてました」

「……フィア」

フィアはずっと、グレンのことを兄のように慕っていた。最初は恋愛感情ではなく、たった一人の友人で実の姉妹のように仲良しだったミルシャと、三人兄妹《きょうだい》のような気持ちだった。

「だから家が火事になって、ミルシャとご両親を失って、独りになったグレン兄さまの力になれなかったことをずっと後悔していたんです」

「フィアが後悔する必要なんてないだろう。火事になったときフィアはまだ七歳だったし、離れたときだって十歳だった」

「ええ。でもグレン兄さまの辛さに寄り添うことしか出来なくて、もどかしかった……」

グレンの喪失を思えば、フィアの後悔など他人が向ける同情と同じだ。家族を失いたった一人だけ生き残ったグレンの絶望と、フィアの落胆を同列で比べることは出来ない。だがそのグレンの心を救えなかったことは、フィアだけが感じている唯一の心残りだった。

「帝都で騎士になりたいと話してくださったときも、素直に送り出してあげられなかった自分に後から失望しました。きっと私、可愛くなかったですよね」

そして火事から三年後、グレンから聖都を出て帝都に行くと告げられたとき、フィアはグレンと離れたくない一心で『いや』と言ってしまった。十歳のフィアにはグレンの決断を慮ることもできず、離れたくないと駄々をこねてグレンの見送りにすら行かなかったのだ。

そんな可愛げのない自分を後になって猛烈に責めた。グレンの力になれないことをそれまでの三年間で十分悩んできたはずなのに、最後の最後でグレンに感謝の気持ちも伝えられなかった。そんな自分を恥ずかしいと思っていた。

だがグレンへの感謝と贖罪をずっと心に抱いていたからこそ、この秘湯で最初に再会したとき、逞しい男性に成長したグレンにすぐに気づけたのだと思う。

それに彼の左肩に残る大きな傷痕も。この傷がなければ、フィアは目の前の男性が幼なじみのグレンであると気づくまでもっと時間がかかったかもしれない。

昔の記憶を手繰り寄せるようにグレンの左肩に右手の指先で触れて、そっと傷痕を辿ってみる。

「フィアは、この傷ができたときのことを覚えてるか？」

「はい、もちろん」

表情を緩めたグレンにふと問いかけられたので、こくりと頷く。

子兎を追いかけることに夢中で前を見ていなかったフィアが崖から落ちたとき、フィアを守るように抱えて庇《かば》ってくれたグレンも一緒に崖下へ転がり落ちた。途中で岩肌に肩をぶつけたグレンは大量に出血し、骨や筋の損傷こそなかったが肌には大きな傷痕が残ってしまった。そしてその傷痕は今もグレンの左肩に在り続けている。

「傷痕は今からでも消せるのでは？」

「まあな。けど、このままでいいんだ」

これまで幾度となく繰り返してきたフィアの提案は、やはり今日も退けられる。だがそっと拒否するグレンはいつになく優しげな表情だ。

「これは俺が騎士を目指そうと思った、最初の一歩だ」

「え……？」

「確かに家族を失ってからの日々は辛かった。思い出せば今でも悔しいし悲しいと思う。けどフィアを守ったことで出来た傷を見ているうちに、強くなりたいと思うようになった。決断まで三年もかかったが、フィアを守った証が俺に生きる理由と夢を与えてくれた。だから今後も、この傷痕は絶対に消さないと決めている」

初めて耳にするグレンの確かな決意に、とくん、と心臓が跳ねる。

彼がそんなことを考えていたなんて。そんな理由でずっと傷を治してこなかったなんて。

「夢を見つけたのはいいが、本当は心残りもあった。義理の両親と関係が上手くいっていない十歳のフィアを聖都に残してきたことを、ずっと後悔していたんだ」

グレンの告白に目をぱちくりとさせる。するとその姿を見たグレンがふっと表情を綻《ほころ》ばせた。

「だから俺も、騎士として名を上げたらいつかフィアに会いに行こうと思っていた」

「そ、そうなんですか……？」

「ああ。けど年齢が離れてるし、エスメラルダのこともあったからな。恋愛対象としてフィアを好きになるとは自分でも思っていなかった。……でも結局、俺はフィアに惹かれた」

グレンの笑顔と感嘆にまた照れてしまう。グレンがこうも簡単に愛を語る男性だと思ってもいなかったせいか、不意に放たれる熱烈な台詞にどうしても困惑してしまうのだ。

「アルバートに感謝しなきゃな。こうしてまた会えたのは、あいつのおかげだ」

「……はい」

フィアがここに召喚された直後はアルバートに文句ばかり言っていたグレンだが、今は彼に感謝していると語る。その変化にフィアが照れて笑うと、グレンもまた笑みを零した。

「フィア……口づけても？」

「っ……は、はい……」

和んでいたところに突然ストレートな問いかけをされたので、一瞬息を詰まらせてしまう。だがフィアはグレンの確認と艶を帯びた視線に驚いたというだけ。彼の求めそのものが嫌なわけではないので、素直な気持ちを示すようこくこくと頷く。

恥ずかしさと照れからどこを見ていればいいのかがわからず、ドキドキと緊張気味に俯く。するとグレンの右手の指先がフィアの左頬に触れ、顔の形を確かめるように輪郭を撫で始めた。

「フィア？　下を向いてたら、キス出来ないだろ」

「で、でも……じゃあ私は、どこを見ていれば……？」

グレンの指摘に視線を彷徨わせて問い返すと、頬を撫でていたグレンの指がフィアの顎先を捉えた。そのまま顔を掬《すく》われてぐっと上を向かされると、半ば強制的に視線を合わせられる。

「俺を見ていればいい。恥ずかしいなら目は閉じてもいいが、他の場所は見るなよ？」

命令のような助言に驚いて目を見開く。昔から兄のように慕ってきたグレンが女性の羞恥心を煽る言葉を、しかも自分に向けて言い放つとは思ってもおらず、絶句したまま固まってしまう。

フィアの動揺を気に留めず顔を近づけてきたグレンが、唇同士が触れ合うまであとほんの少しの位置で一旦動きを止める。唇に吐息がかかるほどの近さで見つめ合うとフィアの緊張感も一気に高まったが、グレンはフィアが照れる姿を観察したいだけのようだ。

恥ずかしさのあまり、熱視線から逃れようと顔を逸らしかける。すると動きを止めていたグレンに最後の距離を一気に詰められて、そのまま唇が重なった。

「ん……」

唇の表面が触れ合うだけの柔らかなキスに、身体がぴくっと反応する。フィアの緊張を感じ取ったのか、グレンは重ねた唇をすぐに解放してくれた。だが一呼吸の間も空けずまたすぐに口づけられ、顎先に添えられた指にするすると首から顎のラインを撫でられる。

グレンの口づけは想像以上に優しかった。身体が逞しく成長して力強さを兼ね備えた今の彼なら、ひ弱なフィアを強引に扱うことなど造作もないはず。なのに彼は、フィアの反応を確かめるようゆっくりと丁寧なキスばかり繰り返す。

「はぁ……ん、ぅ……」

その優しい口づけの一つ一つがだんだんと深さを増していく。グレンの誘導でやや上を向いているせいか、力が抜けると口が薄く開きはじめる。するとその隙間を広げるようにグレンの舌がぬるりと侵入し、驚きで引っ込みかけたフィアの舌に絡まってきた。

「ん……ふ、ぁ」

「は……フィア……」

互いの舌の表面を擦り合わせるように、深く激しく口づけられる。はじめてのキスにどう応えればいいのかわからないフィアに対し、グレンはたくさんの時間をかけてフィアを観察し、何度も舌を絡ませ、時折唇や舌先を吸いながら丁寧なキスを教えてくれる。ちゅ、ちゅう、と唇を吸う水音が流れ込むお湯の音より大きく響くと、グレンの熱で少しずつ大人の女性に成長させられているように錯覚する。

「あ……グレン、に……さま」

大人の恋人同士のキスを体験したフィアの身体は、無意識のうちに小刻みに震えていた。だがそれは恐怖や悪寒の震えとは違い、全身が幸福で満たされて顔が火照《ほて》って視界もとろんと甘く霞むような、フィアの知らない身震いだ。

「フィア、震えてる……気持ちいいか？」

「……はい」

快感を指摘する言葉に恥ずかしさを覚えながら顎を引く。すると優しい笑みを浮かべたグレンが、フィアの額にそっと唇を押し当ててきた。

「フィアは可愛いな」

「んっ……そんなこと……」

大人のキスの次は、幼い子どものように可愛らしいキス。緩急をつけた甘やかな戯れに翻弄されているようで恥ずかしいのに、グレンはフィアを愛でることに夢中のようだ。フィアが照れて俯くと、今度はつむじの上にキスを落とされる。

「ベッドまで待てなくて悪いな」

頭の中に直接語りかけてくるような低く掠れた声に、ふるふると首を振る。

グレンと気持ちを伝え合い、恋人同士になったのなら、身体を重ねることを拒むつもりはない。

無論大っぴらにはされないが、聖女に処女性は求められないし、純潔でなくなったからといって聖なる力が消えるわけでもない。だから気持ちが一つになった喜びを分かち合うと同時にグレンの欲も受け入れたいと思っている。身体を繋げることだけが愛の証ではないが、心と同じく今夜身体も一つになりたいと、本能が彼を求めている。

「私、緊張して……上手に出来ないかもしれません……」

「大丈夫だ。俺も初めてだし、緊張してる」

「えっ……？」

フィアが胸の内にある不安を口にすると、それを聞いたグレンがあっさりとした口調と声色で『自分も同じだ』と告げてきた。その言葉に思わず驚愕の声をあげてしまう。

「は、初めてなんですか……？」

「ああ」

グレンが短い返答と共に顎を引く。

以前アルバートに恋愛下手だとからかわれていたが、まさか女性と付き合うどころか、性体験も一切ないとは思ってもいなかった。グレンは街を歩けばすれ違った女性が思わず振り返るほど顔立ちが整っているし、男性美と表現出来るほど魅力的に引き締まった体躯も兼ね備えている。ならばさぞ女性経験が豊富で遊び慣れているのかと思えば、齢三十にして清い身のままだという。

しかしグレン本人は自分に性経験がないことを引け目に感じていないらしく、不思議なほど落ち着いて堂々としている……ように見える。内心は慌てているのかもしれないが、緊張のあまり身を固くして挙動不審になっているフィアとは異なり、グレンは言葉も表情も態度も至って冷静だ。

だがフィアと触れ合うことで気持ちが昂り焦れているのは事実のようで、顔を覗き込んできた彼の表情にも少しだけ焦りが滲んでいる。

「ベッドまでは待てないが、出来るだけゆっくり……慎重にする。怖かったり痛かったりしたらすぐに教えてほしい」

「……はい」

グレンに最後の確認をされて、フィアもこくんと頷く。意外な事実を知って驚く気持ちも、互いに未経験のまま先に進む不安も、恥ずかしい気持ちももちろんある。けれどフィアは、グレンと共に学んでいきたいと思う。少しずつお互いのことを知って、ゆっくりと歩んで行けたらと思う。

「脱がせてもいいか？」

「はい……」

グレンの確認にそっと頷く。フィアが着ている衣服は、水に濡れても透けにくく、火と風の魔法を使えばすぐに乾く生地でできたワンピースだ。この中には下着を一枚身に着けているだけなので今でさえほとんど裸の状態だが、一応隠すべき場所は隠せている。だからこれを脱がせたいと宣言されると、どうしても羞恥が湧き起こって、不安になって、思いきり照れてしまう。

やっとの思いで頷くと、グレンの指先が右肩で結ばれたリボンにかかった。

「あ、あの……でも私……！」

「ん？」

「全然……その……女性らしい身体じゃ、なくて」

グレンに再び身体を見られるという羞恥と緊張に怖気づき、直前で彼の動きを制止する。

自分の身体に自信を持てないのも、フィアの本当の気持ちだ。少食なうえに雑用と家事で動き回っていたフィアは、食べて得られる栄養量よりも活動に必要な栄養量が上回ってしまったのか、胸もお尻もそれほど大きくない。ならばせめて腰が細ければいいと思うのに、残念ながら魅惑的なくびれも持ち合わせていない。

自分の身体が女性としての魅力に欠けていることを自覚しているフィアがしどろもどろになりながら説明すると、グレンが怪訝そうな表情を見せた。

「あ、ちょ……」

眉間に皺を寄せたグレンが、無言のまま右肩のリボンを解く。さらに左肩のリボンも解いて布地を広げると、お湯に浸かった腰の位置まで一気にそれを引き下げられる。丸見えにされた胸をグレンに観察される恥ずかしさから必死に視線を逸らすと、頭の位置を下げたグレンが左の鎖骨の下に唇を寄せてきた。

「ん……っ」

「不安にならなくていい。フィアの身体は、女性らしくて綺麗だ」

「え、えっと……」

肌に吸いついたグレンが、下からフィアの顔をじっと覗き込んで呟く。その合間に腰の高さでお湯に浮いていたワンピースを引き下げ、さらに浮力と腕の力強さでお尻からも剥ぎ取られる。

お湯の中でワンピースと、ついでに下着まで奪ったグレンが、水を吸った布の塊を近くの岩の上に放り投げた。一気に全裸にされてしまったフィアは、べしょっと濡れた音を立てる布の塊よりも、真剣な表情でフィアを見つめるグレンにだけ意識を向けなければならない。

「この心も、身体も……全部が今夜、俺のものになる」

フィアは自身に教え込ませるよう呟いた言葉に、緊張感を覚えながらもこくこくと頷く。

フィアが彼の求めを受け入れることを態度で示すと、熱を含んだ瞳のままグレンがお湯の底に膝をついた。そして座ったフィアと目線を合わせると、また少し焦ったような表情でぽつりと呟く。

「誰にも渡さない。どこへも行かせない」

「グレン、兄さま……」

「触るぞ。もう……我慢出来そうにない」

「……はい」

フィアの首肯を確認すると、グレンの左腕が岩に座ったフィアの腰へ回ってくる。さらに右手で頬を包まれると、再び優しく口づけられた。

「んっ……ん……」

触れ合う体温の心地良さをより深く感じたくて、フィアもグレンの背中に腕を回す。するとフィアから触れられると思っていなくて驚いたのか、それとも単純にくすぐったかったのか、舌を絡め合っていたグレンの身体がびくっと跳ね上がった。

「フィア……」

「ん……っぁ」

密着する面積が増したことでグレンの中のなにかに火を点けたらしく、左腕がさらに強くフィアを抱き寄せる。すでに洗身と洗髪を済ませているグレンの肌からはハーブと樹木の成分を混ぜた石鹸が香って、その匂いが余計にフィアをどきどきさせた。

心臓の音がグレンに聞こえてしまうのではないかと硬直していると、頬を撫でていたグレンの右手が下に降りてきて、そのまま左胸の膨らみを包み込まれた。

「んっ……ふぁ」

他人に触れられたことがない場所にグレンの大きな手が触れている。その事実に緊張しているうちに、胸を包んでいた手がゆっくりと動き始めた。

「あ……っ……ぅん」

「ほら……可愛い」

「やぁ……っん」

フィアの反応を確かめたグレンが、首筋にキスを落としながら囁《ささや》く。自分の身体に自信が持てないフィアの不安を受け入れたうえで、そんなことはない、と否定して褒めてくれる。グレンの言葉と態度は、フィアを愛おしむ感情の表れだ。

優しい温もりと思いやりに、胸の奥に喜びの感情が湧き起こる。その歓喜ごと愛でるようにグレンの指が胸の膨らみを強めに包むと、嬉しい気持ちが突然恥ずかしい気持ちに塗り替わった。

「ふ……っぅ……っん」

節が骨張った手がフィアの胸を揉みしだき、時折その頂に咲く突起をきゅうっと摘まむ。普段は柔らかくなだらかな場所が、気がつけばいつの間にか固く張り詰め、存在を主張するように尖っている。

「ふぁっ、あ……」

「ここが感じるんだな。触ると可愛い声が出る」

「やぁ、あぁん……！」

指先で転がすように乳首を弄られると、胸から臍《へそ》、下腹部に向かって甘い刺激がびりびりと走り抜けていく。さらにふわふわと胸を揉まれると、グレンの手のひらの中央と尖った乳首が擦れて、身体から力が抜けそうなほど全身がぴくぴくと震え出す。

胸を刺激されるたびに恥ずかしい声が出るので、自分の唇に手の甲を押しつけてどうにか声が漏れないよう努める。しかしそれに気づいたグレンに手首を掴まれて退かされてしまうと、フィアは溢れる声を我慢出来なくなった。

「ふぁ……つぅ、んっ」

「声もちゃんと聞かせてくれ。フィアの全部を知りたい」

「でも私……なんか変な声で……ちゃ、……っんぅ」

グレンに敏感な場所を擦られるたびに甘え声が出てしまう。自分でも聞いたことのない声が浴場内に響き渡る状況に困惑するフィアは、どうにか声を抑えようと必死に喉に力を入れる。

「それならフィア、場所を入れ替えよう。俺の脚の上に乗ってくれ」

「え……？」

不意に手を止めたグレンが、身体を起こしてその場に立ち上がった。位置を入れ替えるという突然の提案を不思議に思って顔を上げるが、フィアの腕を引っ張るグレンからは特に詳細の説明がない。疑問が解決しないうちに先ほどまでフィアが座っていた場所にグレンが腰を下ろし、彼の脚の上にフィアが向かい合わせで跨る体勢にさせられる。

今、フィアは全裸の状態だ。身体を隠してくれるものはなにもない。この状態でグレンの上に跨るという不埒な体勢と、少し低い場所から再び胸を揉みしだかれるという状況に頭の理解が追いつかず、フィアはただ感じることしか出来なくなる。

「あっ……あ、ぅ……」

愛撫に耐えるため再び口元を押さえようとする。だがグレンの肩から手を離した瞬間、身体がぐらりと傾いた。

「ふわ、ぁ……！」

「ほら、俺に掴まらないと、危ないぞ？」

油断すると身体が傾いてしまうフィアの様子を見て、自分を支えにすればいい、とグレンがフィアを誘導してくれる。その導きに従ってグレンの肩に手を添えるフィアの隙を見計らって、彼が再度胸の突起を摘まんできた。

「いぁ、ぁあんっ……！」

浴場にフィアの声が大きく反響して聞こえると、羞恥心がさらに高まっていく。だが恥ずかしくて口を押さえようにもグレンの肩から手を離すと身体がふらついてしまい、結局は溢れる声を留めることが出来ない。どちらを選んでも恥ずかしい思いをするというこの状況に、もしやグレンはそのためにわざと体勢を入れ替えたのではないかと思ってしまう。

「ああ、美味そうだ」

「え、ちょ……ゃんっ」

しかも体格の差がちょうどいいのか、グレンの上に向かい合わせで跨ると彼の目の前に胸を晒《さら》すような体勢になる。グレンもフィアとの姿勢や距離に気づいたらしく、短い感嘆の直後、突然右胸の突起をかぷりと口に含まれた。

「んぅ、ふぁ……ぁっ」

乳首を舌先で舐られる刺激に、喉から止め処なく甘え声が溢れる。それを避けようと身を捩ると逞しい腕に腰を抱かれ、絶対に離すまいとでもいうように強い力を込められる。

「ひぁ、ぁっ……ふぁ、っん！」

グレンが胸の突起を甘噛みするたびに、刺激を感じて全身がびくんと跳ね上がる。乳首を吸われて、舌先で舐め転がされて、ようやく終わるかと思ったら今度は左胸にも同じような刺激を与えられた。

頭の片隅でこんな風に恥ずかしいことを思いつく余裕があるなんて、グレンは本当に女性と肌を合わせた経験がないのだろうか、と疑いはじめてしまう。

「だめ、ぇ……ぐれ、っに、さまぁ……ん」

フィアの身体が愛撫に揺れると、水面が波打つようにお湯がぱしゃぱしゃと跳ねる。その音が実際の場所よりも遠くから響いているように錯覚しながら、フィアはグレンの舌と指による甘い刺激に悶え続けた。

「はぁ……はあ……ん」

グレンがようやく唇を離してくれたので、くたりと脱力して彼の胸に身体を預ける。女性の胸がこれほど快感を拾う敏感な場所だと知らなかったフィアは、激しい刺激から解放されてようやく安堵の息をついた。

だがそれだけで恋人同士の営みが終わるはずがない。グレンに跨ることで開いていた股の間に、彼の手がするりと侵入してくる。

「あっ……え……？」

グレンの指が足の付け根をゆるりと撫で始める。優しい触れ方と彼の手の位置に慌てたフィアは、グレンが座っている岩のベンチに膝をついて腰を浮かせた。そうすることで少しでもグレンの手から逃れようと思ったのだ。

だがそのせいで股の間に広い空間が生じると、目聡いグレンは余裕ができた場所に手を滑り込ませて、そのままフィアの花芽に触れてきた。

「ああ、ぁん……っ！」

股の間に感じた鋭い刺激に、全身がびくんっと反応する。他人どころか自分でも触ったことのない場所にグレンの指先が触れている……そう思うだけで恥ずかしくて仕方がないのに、同じ場所をすりすりと撫でられると全身が震えて言葉にならない声ばかりが溢れてくる。

「あっ、あ……や、んっ……」

「フィア、ぬるついてる。この濡れ方はお湯のせいじゃないだろう？」

「え、な……んんッ」

グレンの骨張った中指が膨らんだ陰核をゆるゆると扱く。

確かに岩が平らになったこの場所に座れば、お湯の高さは腰の位置になるため秘部もお湯に浸かってしまう。だが膝立ちになればギリギリお湯には触れないので、フィアの秘部が今濡れてきている原因は別にあるのかもしれない。しかしグレンの意図がわからないフィアは、彼の指遣いにただ翻弄されるばかり。

胸への愛撫のときと同じく、声を我慢するかバランスを保つかの選択を迫られる。けれど今度は考えごとをする余裕もない。グレンの胸にもたれかかるように縋ってどうにか耐えようとするが、あまりにも強い刺激に負けて思考がほろほろと崩れていく。

「やぁ……だめぇ……グレンに、さまぁ……」

「ん？　気持ちいいか？」

「からだ、へん……っ……ん、んん、っぁあっ」

グレンの問いに答えたいが、これが気持ちいいのかどうかは自分でもよくわからない。ただ敏感な場所を擦られるたびに、濡れた秘芽と下腹部の奥にじりじりと焼けるような熱を持つ。その熱を今すぐ放出したいような、もっと撫でてほしいような、もどかしい感覚が爆発的に増幅する。

「あっ、あ……やっ！」

刺激を受け続けたせいだろうか、しばらくそうされていると、フィアの下半身ががくがくと小刻みに震え出した。

「ああ、あ、だめ、だめぇ……！」

「いいぞ、フィア……そのまま俺の指で達け」

フィアの仕草と反応を確認したグレンが、愛撫の指を突然速める。すると足の付け根からせり上がってきた快感で腰から下のすべてが痙攣したように震え出した。

濡れて膨らんだ蜜芽を激しく扱かれ続けて限界を迎えたフィアは、下腹部に溜まった熱を放出するように一気に爆ぜた。

「あ、あああっ……！」

グレンの胸に寄りかかったままビク、ビクンッと激しく達する。気持ち良さの上限を超えたはじめての感覚に、頭が真っ白になって身体の自由も利かなくなる。

「はぁ……ぁ、グレ……に、さまぁ」

「よしよし」

激しい愉悦の波と戦い、その余波が身体から抜けていくと、グレンがフィアの身体をぎゅっと抱き締めてくれた。それからこめかみにキスを落とされて、耳元でそっと体調を訊ねられる。

「痛くなかったか？」

グレンの問いかけに肩で呼吸を繰り返しながら、こくんと頷く。

痛くなかった。確かに驚いたし恥ずかしかったし、少し疲れたけれど、グレンに身体を撫でられ、快感を教えられ、これまで知らなかった体験をした。

好きな人に触られることがこんなにも気持ちいいなんて……とぽわぽわする頭で考えていると、腕の中にフィアを抱いたグレンが優しく髪を撫で始めた。その緩慢な指の動きがフィアになにかを求めていることに気づき、そっと視線をあげてグレンと見つめ合う。

「次は、俺と一緒に気持ちよくなろう」

「……はい」

熱を含んだグレンの視線に顎を引くと、すぐにもう一度唇を重ねられる。互いの気持ちを確かめるような丁寧なキスと肌が密着して生まれる温度で、穏やかに鎮まりかけていた心臓がまた大きな音を立て始めた。

「んっ……」

鼓動がうるさく響く場所にグレンの指が触れるだけでフィアの身体がぴくんと反応する。グレンの不埒な指遣いに驚いて思わず声を出してしまうが、彼の表情は常に楽しげだった。

ぎゅっと抱きしめられたことで身体の距離がぴたりと密着すると、脚の付け根になにか固いものが押し当てられる。なんだか既視感がある大きさと硬さに驚いて視線を下げると、グレンの腰に巻かれたタオルがふっくらと盛り上がっていた。

（これ……グレン兄さまの……？）

グレンが結び目を解いてタオルを取り外したことで、フィアの疑問はすぐに答えまで辿り着いた。

（すごい……大きい……不思議な形……）

湯気が立ち込める熱い水面に、浅黒い棒のような異物がそそり立つ。座っている場所の水位が腰の高さとほぼ同じのため、グレンのそれが勃ちあがると、水面から先だけ突き出たような状態になるのだ。

「フィアの身体も少し解そう。少し指を入れるが……痛かったら教えてくれ」

「あ……はい」

初めて目にする男性の象徴に興味は尽きないが、それを受け入れるためにはフィアの身体にも準備が必要らしい。グレンの提案を受け入れる意思を示すと、彼の指先が先ほどまで撫でていた陰核のさらに下――お湯で濡れた状態とはまた別の濡れ方をしている蜜穴の縁をなぞった。

フィアの身体の中から溢れる粘液を中指に絡めて、そのまま先端をつぷりと沈ませる。まずは指の腹で入り口付近を丁寧に撫でられ、そこから少しだけ挿入されて浅い蜜壁を、さらにもう少し埋められて深い場所にある膣襞を丁寧に解されていく。

「んっ……あ……っぁう」

「っ、指でもきついな……」

フィアの身体にとってはグレンの指も立派な異物である。侵入してきたものをきゅうきゅうと締め付けるように力むと、グレンが少し困ったような表情を見せた。だがその様子を見て申し訳なさを感じても、秘部に指が挿入されているフィアの違和感は拭えず、どうしても強く力んでしまう。

「フィア、力を抜けるか？　呼吸を止めないように、少しずつでいいから、力を緩めてくれ」

「んぅ……は、い……」

グレンが指を引いてフィアに時間を与えてくれるので、どうにか脱力して深呼吸する。

グレンは強張《こわば》った身体から力が抜けるのを待ち、フィアの心身をリラックスさせることで、はじめての負担を軽減しようと気遣ってくれているのだろう。

そんな優しさにほっと安堵していると、再び深くまで侵入してきた指にゆっくりと蜜孔を掻き混ぜられる。グレンの指が膣から溢れる蜜液を掻き出すように抜き挿しを繰り返すたびに、フィアの淫花も強く反応してきゅんと切なく収縮する。

そうして優しく撫でられているうちに、グレンの指を奥まで受け入れたいと思い始める。最初は異物を挿入されている違和感が強かったはずなのに、中に留めて締めつけるような反応をしてしまう。

「ふぁっ……⁉」

グレンの指先が蜜壺の奥にある柔らかく突出した部分に触れると、突然身体がびくんと跳ねた。その過剰な反応を見て口の端をあげたグレンが、

「ここが気持ちいいのか？」

と訊ねてきた。

「や、わかりま、せ……っん、っぁ！」

ふるふると首を振って否定するが、グレンの指先が同じ場所を小刻みに叩くたびに、蜜孔が強く収縮する。これではグレンの問いかけを言葉で否定して身体で肯定しているようなものだ。けれど自分では身体の反応も声も抑えられない。

「んぅ……ぐれ……に、さま、ぁあ」

「ああ、すごい……濡れてきたな」

秘部をぐるりと掻き混ぜられて生じる感覚は、胸や陰核に触れられたときの感覚とはまた少し異なる。身体の芯から熱が生まれるような、自分では触れられないほど深い場所から色濃い快感が溢れ出してくるような、不思議な甘さを含んでいる。

だからグレンの囁《ささや》きには強い羞恥心が芽生えたが、これが彼を受け入れたいと思う素直な感情の表れなのだとも思う。

「少しは解れたと思うが……フィア、挿れていいか？」

ようやく指を引き抜いたグレンが、フィアの身体を引き寄せながら問いかけてくる。

「は……は、い」

「肩に掴まれ。辛かったから体重をかけてもいいし、爪を立ててもいい」

「わかり、ました……」

導きに従ってグレンの肩に縋りつくと、それを確認したグレンの指がフィアの秘唇を左右に割り開いた。恥ずかしい場所に温泉の湯気が当たる感覚にふるっと身震いしたが、それよりも自分の陰茎を支えるように握って先端を蜜口に押し当ててくるグレンの表情に身体が震える。

艶めいた視線でフィアを見つめながら、強度と角度を保った先端を蜜穴に埋められる。その瞬間、身体がピクンと収縮した。

「あ、ふぁっ……！」

「……っ」

ひくひくと疼く蜜孔にグレンの雄竿が押し入ってくる。男性の陰茎は総じてこれほどの質量があるのか、それともグレンのものが特別に太くて固いのかはわからない。だが狭い隘路をゆっくりと押し広げる熱の塊に、無意識のうちに全身が強張《こわば》ってカタカタと震える。圧倒的な質量の突き上げに、自然と身体が硬直する。

「あ……んぅ……ふ」

「フィア……」

痛みに怯えて震える様子を見たグレンが、ふと大きな手のひらでフィアの頬を包み込んでくれた。

「ごめんな……痛いだろ」

「いえ、へいき……です」

グレンが申し訳なさそうな顔をするので、ふるふると首を振って彼の懸念を否定する。実際はグレンの屹立を受け入れるごとに秘部がピリッと痛み、さらに太くて固い陰茎が中でビクつくたびに秘部の重怠さが増幅する。

それでもグレンを受け入れることをここで止めようとは思わない。多少の痛みなら我慢出来るし、たくさんフィアに愛情を注いでくれるグレンに少しでも自分の気持ちが伝わればいいと思う。先ほどフィアに気持ちいい感覚を教えてくれたグレンに、今度はフィアが気持ちいいことを教えてあげたい。

「や、ぁ……グレ、に……さまぁ……ん」

太くて固い陰茎が根元まで挿入されたらしく、先端が最奥をトンと叩いた。そこからゆっくりと引き抜かれていく途中でぬるりと嫌な感覚がしたので、破瓜によって出血してしまったのだと気がついた。

しかしズキズキと重く痛む感覚は最初の一突きだけで、抜けかけた屹立がゆっくりと侵入しては抜けていく動きを何度か繰り返されると、そのうち痛みらしい痛みは感じなくなった。

「あ、あっ……ま、っ……て」

「フィア……っ」

だがそれで少しずつ余裕が生まれるということもなく、むしろフィアの気持ちはどんどん焦っていく。けれどそれは快感に表情を歪めるグレンも同じようで、ゆったりとした抽挿を繰り返すたびに彼の呼吸もだんだんと荒く激しく変化してきた。

(痛かった、はずなのに……)

先ほどまでは確かに痛かった。破瓜の出血があるのだから当然といえば当然だ。

なのに今、結合部には違う感覚がある。グレンの太い陰茎が狭い蜜口を貫くたびに、背中がぞわぞわとするような……全身が痺れるような不思議な感覚が背筋を伝う。

「ひぅ……ん！　ん……ぅ」

グレンの表情を見つめていると、フィアの感情もだんだんと昂ってくる。痛かったはずの秘部も蜜が溢れるようにトロリと濡れ、下から突かれては抜かれるときの摩擦をどんどん軽減していく。

「ひぁ、あぁっ……」

「フィア……だめだ、気持ち良すぎる……！」

「んん、んぅ、っぁん……」

緩慢に腰を打つ動きが加速すると、浴場内に肌と肌がぶつかる音も響き始めた。さらに激しい抽挿により二人の腹の間で水面がぱしゃぱしゃと波打ち、何重にも重なった濡れた音が聴覚を支配する。

グレンの熱竿が淫花を激しく突いて抉る。フィアの腰をがっちりと掴み、目の前で雄の色香を放ちながら腰を振るグレンの熱と表情に深く溺れていく。

「あっ、あ、あっ……っぁん！」

内壁が擦れてぐちゅん、ずちゅ、ぱちゅんと水音を生む。腰を打つリズムの中に激しい快感が生まれると、下腹部の奥で蜜液が沸騰しはじめる。それが膣の奥からじゅわっと染み出て溢れくる未知の感覚に震え、フィアはグレンの身体にぎゅっと縋って必死に喘いだ。

「あ、あっ……ふぁっあ、あ、だめ……！」

「フィア、痛い、か……？」

「ちが、ちがいま……っぁあっ」

「っ――……ン」

腰を振る合間にグレンが耳元で訊ねてくる。しかし今のフィアには彼の問いかけや熱い吐息すら性感を高める材料になってしまうので、ただ首を横に振って違うと示すことしか出来ない。

熱い感覚が腹の奥からじわじわとせり上がって来る。蜜壁の中でグレンの陰茎が激しく擦れるたびに、奥で混ざり合った快感と甘い蜜がぐつぐつと煮立っていく。

「やぁ、あ……っあん！　ぐれ……ぃさ、ま……あぁっ」

「フィア……ッ」

「あ、ああ、ああ――ッ……！」

膣内に収まっていた陰茎でじゅぷんっと最奥を貫かれた瞬間、フィアの身体がびくん、と仰《の》け反《ぞ》った。その直後、激しい絶頂に身体ががくがくと痙攣して、沸騰直前だった腹の奥の蜜液も一気に弾け飛ぶ。

フィアの強い反応と同時に、グレンも絶頂を迎えたようだ。濃い精蜜がフィアの中に放たれ、淫らな二つの液体がフィアの中でねっとりと混ざり合って溶けていく。その甘美な蜜がフィアの淫花をきゅん、きゅう、と切なく収縮させた。

絶頂の激しさから解放されると、こと切れるようにグレンの胸の中に倒れ込んでしまう。すると快楽の余韻の中でグレンに再度唇を奪われ、フィアのはじめての快感ごと味わうように、激しいキスばかり繰り返された。

「んぅ……っふ、ぁ……」

「はぁ……は……ぁ、フィア……」

フィアも懸命にキスに応じて、何度も舌を絡め合う。

そうしてお湯の中で抱きしめ合って貪り合っていた二人だが、熱が冷めてくると気持ち良さが鳴りを潜め、代わりに恥ずかしさが一気に押し寄せてきた。我に返ったフィアが腕の中に身を起こすと、下からフィアの顔を覗き込んだグレンがほう、と息を吐いた。

「ごめんなフィア。初めてなのに、こんなところで……」

グレンが申し訳なさそうに眉尻を下げる表情を確認して、内心、今さら……？　と思ってしまう。

どうやら溜め込んでいた熱を放出して我に返った瞬間、浴場で欲情してフィアの処女を奪ってしまったことに気づき、自分の衝動的な行いを深く反省したらしい。

だがグレンに対する怒りや悲しみの感情はない。むしろ誰にも渡さないと宣言して情熱的にフィアを求めてくれたことや、最大限の配慮をして優しく口づけて抱きしめてくれたことが嬉しくてたまらない。ずっと慕っていたグレンと想いが通じ合った幸福に満たされているフィアは、もちろんグレンが悪いだなんて少しも思っていない。

「大丈夫ですよ。でも……もう少しだけ、休んでいいですか？」

フィアの身体を抱きしめて、背中をぽんぽんと撫でてくれるグレンに問う。はじめてのことだらけで身体も疲労したし、恥ずかしいことばかりで気持ちが落ち着かない状態が続いた。だから少しだけ休憩させてほしいと願い出ると、グレンがふっと表情を緩めた。

「ああ、その間に髪も身体も俺が洗ってやる」

「はい、ありが……。……え？」

グレンの楽しそうな宣言と表情をそのまま受け入れそうになるが、一瞬遅れて違和感に気づく。

しかし確認の言葉をかける前に、全裸のグレンが全裸のフィアの身体を横抱きに抱え、そのままザバッと立ち上がった。

「ほら、移動するぞ。ちゃんと掴まれ」

「わ、ちょ……け、結構です！　自分で出来ますから！」

「遠慮するな。血が出て痛いだろ？」

グレンがにやりと意地悪な笑顔を浮かべる。いつも冷静で温和な彼には珍しい笑顔と、処女を失った事実を示された羞恥心から、言葉に詰まって俯いてしまう。しかし一度拒否し損ねるともう言い訳の言葉が思い浮かばず、結局フィアはグレンの言うとおりになるしかなかった。

洗い場でグレンの太腿の上に横向きで座らされ、髪と身体を隅々まで丁寧に洗われたフィアは、再び彼に抱かれて熱いお湯の中へ戻ることも拒否出来ない。

今度は二人一緒に肩まで浸かりながら身体を温め直していると、グレンが、

「明日の朝、アルバートにノーザリア行きの取りやめを説明しなきゃいけないな」

と嬉しそうに呟いた。その言葉にフィアもこくんと頷く。

フィアも義理の両親に謝罪と説明の手紙を書かなければいけない。彼らの願いを拒否することでどんな誹《そし》りを受けるのかはわからないが、そっと視線をあげてグレンと見つめ合えば、なにが起こっても絶対に大丈夫だと自信を持って胸を張れる。

グレンの傍にいたい。だから二人の希望には応えられない。

誠心誠意謝罪してそう説明すれば、彼らも納得してくれるはずだ。

フィアの不安を察したのかグレンの指が頬を撫でてくれる。優しげな表情を浮かべるグレンと唇を重ね合えば、不安の気持ちは秘湯の中にゆっくりと溶けて消えていく気がした。

第四話

フィアがグレンの元へ召喚されてから、三か月ほどが経過した。

義両親に今のフィアの気持ちと謝罪を伝えると、はじめは猛反発されて希望も却下された。

だがグレンが再度手紙を書くと、両親は手のひらを返したようにフィアの望みを受け入れ、さらに『いつでも帰っておいで』と優しいメッセージまで送ってくれた。

どうやらグレンが『フィアに結婚を申し込んできた相手の提示額の倍額を支払うので、ブライアリー騎士団にフィアを残留させてほしい』と提案したことで、義両親の態度が軟化したらしい。グレンはフィアをお金で買うような真似はしたくない、と多くを語らなかったが、後になってアルバートとイザベラが事実を教えてくれた。

ブライアリー邸での生活にも慣れてきたフィアは、半分はグレンの使用人兼専属治癒魔法使い、半分は恋人という位置づけで毎日を穏やかに過ごしていた。

他の使用人達は全員年配かつ既婚者ではあるものの、恋人という理由で自分だけが特別扱いされるのはなんとなく面映ゆい。しかし食事を一緒に摂りたがり、夜は一緒に眠りたがり、休日は私室で共に過ごすことを望むグレンの愛情表現はなかなかに激しい。さり気なくグレンの厚意を遠慮しようとすると不機嫌になるので、最近は使用人どころかグレンの部下である騎士団の人々にまで仲を認識されている。グレンは平然としているが、フィアは少しだけ恥ずかしい。

「フィア、次はこれを着てみてくれ」

そして現在、フィアはいつにも増して恥ずかしい状況の真っ只中にいる。試着したワンピースをグレンに披露すると嬉しそうに頷かれたので、これでようやく解放されると思ったのに、グレンからさらに次の服を着ろと言われてしまったからだ。

久々に仕事が丸一日休暇になったグレンに連れられ、フィアは帝都の中心地にある商業通りを訪れていた。前日のうちから『一緒に街に出かけよう』と誘われたフィアは、都会の街を見て回れることを楽しみにしていた。だがグレンの主な外出目的は観光地案内ではなく、フィアに新しい服や宝飾品を贈ることだったらしい。

フィアとしては、市場内の古着屋で買った衣服やこれまでグレンや他の使用人達から恵み与えられた衣服でも、生活には十分間に合うと思っていた。だがグレンはあまりに着飾らないフィアを心配していたようで、休暇のタイミングが好機とばかりにフィアに贈り物をしたがった。

「もう十分ですよ、グレンさま。これ以上は本当に困ります」

フィアは困惑を隠さずありのままの気持ちを素直に伝えたつもりだったが、グレンには伝わらなかったらしい。遠慮の台詞を聞いたグレンが不思議そうに首を傾《かし》げる。

「買ったものは店の者が邸まで届けてくれる。荷物のことは気にしなくていいんだぞ？」

「いえ、私が気にしているのは荷物のことではなくてですね……」

どうやらグレンはフィアが口にした台詞を、購入した衣服の運搬に困る、という意味に捉えたらしい。しかしフィアが気にしているのは買った服を持ち帰る方法ではない。グレンの負担を増やしてしまうことだ。

グレンは女性の衣服や宝飾品の相場をあまり理解していないのだろう。このブティックに来る前に、ドレスメイカーを二店、ランジェリーショップを一店、宝飾店を二店巡り、そのすべてで相当な量の買い物をしてきている。購入費用はもちろんすべてグレン持ちだ。

これ以上の贈り物を遠慮したいフィアと、フィアに次の服を試着させたいグレンが相反する意見を主張するようにじっと見つめ合う。するとブティックの女店主が二人に近づいてきて、にこりと人当たりの良い笑みを浮かべた。

「まあ、奥さま。こちらのワンピースもお似合いですね」

「あ、えっと……ありがとうございます。ですが私、奥さまでは……」

店主の褒め言葉を否定しようとするが、その台詞に満足したらしいグレンに先手を打たれる。

「そうだな。さっき買ったネックレスとイヤリングにも似合うし、これももらおう」

「えっ……？　ぐ、グレンさま……!?」

「ありがとうございます。ついでにこちらの帽子はどうでしょう。今着て頂いてるワンピースにも似合いますし、先ほどお召しになっていらしたドレスにも合うと思いますよ」

「ああ、それも頼む。あとはフィアに似合いそうな普段着もいくつか見繕ってくれ」

「かしこまりました」

「グレンさま〜……！」

フィアが油断しているうちに別のワンピースにスカートにブラウスに、と購入品を増やされ、さらに帽子やバッグや日傘といった小物まで次々と積まれていく。服や宝飾品は散々購入したのでこれ以上はないと思っていたのに、代わりにバッグや小物にまで話が及んでしまうとは。

（確かにすごく素敵。聖都で流行している服や小物と比べると無駄な装飾がないし、どれも洗練されていて上品……ですけども！）

申し訳なさで縮こまるフィアに、グレンがまた嬉しそうな笑顔を向けてくる。まるでフィアに贈り物を出来ることが――自分が買い与えたものをフィアが身に着けることが嬉しい、と言わんばかりだ。こんな風に満面の笑みを浮かべられてしまったら、自分には必要ない、と断りにくくなってしまう。

「ありがとうございました！　お品物はブライアリー邸へお届けいたしますね」

「ああ、頼んだ」

買い物を済ませて購入品の配達手続きを済ませると、ようやくブティックを後にする。

そのまま商業通りの外れにある森林公園へ足を運ぶと、人がまばらな噴水広場に設置されたベンチへ腰を下ろす。休憩の時間だ。

「これだけ買っておけばとりあえず秋までは大丈夫だな」

「秋まで……？」

ベンチの隣に座ったグレンがやれやれと呟いたので、思わず頬が引きつる。

「帝都の冬は聖都よりも暖かいのでは？　今日買ったものがあれば、一年中着るものに困らないと思いますが……」

「俺はあまり詳しくないが、帝都の女性の流行は季節ごとに変わるらしいぞ。それにいくら聖都より暖かくても、上着は必要だろう。毛皮が出回る時期になったらまた買い物に来よう」

「毛皮……!?」

今日だけで十分すぎるほど衣服や宝飾品を買い与えられた。真夏の暑さを乗り切る涼しげなワンピースから冬の寒さを凌げる生地の厚いドレスまで、ありとあらゆる衣服を購入してもらった。

しかしグレンは、時季になったらフィアのために毛皮のコートも手に入れるつもりだという。毛皮など布から作られる衣服とは比べ物にならないほどの高級品だ。これにはフィアも驚くしかない。

「あの、グレンさま……贈り物を頂くのは嬉しいのですが、その……」

「……迷惑か？」

「いえ、迷惑だなんてとんでもないです。そうではなく、こんなにたくさん申し訳なくて」

「申し訳ないと思う必要はない。俺はただ、フィアが俺の傍で生活するために必要なものを用意しているだけだ」

今朝から既に幾度となく口にしている台詞を今一度言葉にしてみるが、グレンの返答も何度聞いても変わらない。彼はフィアへの贈り物を『あくまで生活必需品』であり『聖女であるフィアの身を預かるものとして当然の準備』だと主張して聞かないのだ。

「働いて返す必要もないぞ」

だが宝飾品や身の回り品はともかく、フィアの体型に合わせて仕立てたドレスについては、いつか不要になったときに売ることも、人に与えることも出来ない。ならばせめてオーダーメイドのものだけでも自分で、と提案するが、それも綺麗に却下される。

「毎日癒されて俺はこれ以上ないほど助かってるのに、フィアは報酬を受け取らないだろ」

「当たり前じゃないですか。グレンさまに衣食住の面倒を見ていただいてるだけでもありがたいのに、お給料なんてもらえません」

「なら代わりに、このぐらいはさせてくれ」

勝ち誇ったように言いくるめてくるグレンの表情を見上げ、顔に熱を感じたまま言葉を失う。言葉では必要最低限だ、当然だ、報酬代わりだと口にするが、彼の目はそうは言っていない。

フィアに贈り物をしたくて仕方がない——フィアに自分の手でなにかを買い与えたくてたまらない、と甘さを含んだ表情と過保護な態度で自らの想いを主張する。

「あ、甘やかしすぎです……」

「この程度で、なにを言ってる？」

しかし照れてサッと目を背《そむ》けたことで、グレンの機嫌を少しばかり損ねてしまったようだ。隣に座っていたグレンがさらに身体の距離を詰め、フィアの腰をぐっと強く引き寄せる。

「俺はまだまだ甘やかし足りないぞ。フィアを色んなところに連れて行って、色んなものを食べさせて、色んな景色を見せてやりたい。ただしすべて俺と一緒に、な」

「ぐ、グレンさま……」

表立っては聖女の身を預かる者として当然の計らいだと口にするが、やはり恋人としてフィアとの時間を共有し、フィアを喜ばせたい、という気持ちもあるようだ。

まばらではあるもののそれなりに人の多い場所で、腰だけではなく顔の距離も近づけられて照れたフィアは、思わず慌てふためいてしまう。公衆の面前でグレンに迫られて焦ったフィアが慌てて目を逸らすと、その視界の端に思いもよらない光景が映った。

「あっ……」

「ん？」

公園はよく整備されていて草木も花も小道も噴水も美しいが、場所によっては花壇の縁が低く、よそ見をしていると大人でも足を引っかけてしまいそうな段差がいくつか存在する。間がいいのか悪いのか、フィアは一人の少年がその縁石に躓いて前のめりに転倒する瞬間をたまたま目撃してしまった。

びたん！　と豪快な音と同時にフィアが声を上げたので、グレンも異変に気づいたらしい。フィアの視線の先へ振り向くと同時に立ち上がったグレンと顔を見合わせ、石畳にうつ伏せに倒れた少年の元へ二人揃って歩み寄る。

「だ、大丈夫ですか？」

「うっ……うう……」

フィアが声をかけると、七～八歳と思わしき少年がのそりと顔を上げる。急な痛みと衝撃に襲われて驚いたせいか、顔を赤く染めた少年は今にも零れ落ちそうなほど目に涙を溜めていた。

「擦りむいてるな」

その少年の脇腹に両手を入れてひょいっと持ち上げたグレンが、彼の身体を確認して呟く。

確かに少年は額と鼻だけではなく、右の手のひらと両方の膝に擦り傷ができている。急に足を取られて受け身も取れずに転倒したせいか、傷に加えて出血もしているようだ。

「う……え、えぇっ……ええん……！」

自分の身体から血が出ていると気づいた瞬間、一気に不安になって涙腺が崩壊したらしい。グレンに抱えられたまま、少年が盛大に泣き出してしまう。

「グレンさま、これ使ってください」

「ああ、ありがとう。悪いな、フィア」

グレンが少年の状態を確認している間に、フィアは持参のハンカチを噴水の水で濡らしてきていた。ぼろぼろと涙を零しながら泣きわめく少年を近くのベンチに座らせると、フィアからハンカチを受け取ったグレンが、濡れた布を少年の膝に押し当てた。

「ほら、泣くな。男だろ？」

「！　ぐ、グレン団長……？」

驚きと痛みで泣きじゃくっていた少年だが、声をかけられたことで相手が帝都でも名高いブライアリー騎士団の長であることに気づいたらしい。嗚咽を漏らしつつ驚きに目を丸くする少年の頭を、グレンがよしよしと撫でる。

そんなグレンが次に声をかけたのは、少年ではなくフィアだった。

「フィア、この子の傷を治せるか？」

「え……？」

グレンに話の矛先を向けられ、ぴくっと肩が跳ねる。グレンは転んで傷ついた少年のために、フィアに聖なる力を使ってみてほしいと言うのだ。

「私に出来るでしょうか……？」

「大丈夫だ。フィアは最近、うちの連中の治癒もしてくれているだろう？　焦らなければ、問題なく癒せるはずだ」

グレンが優しい表情で諭してくれるので、フィアも一瞬は悩んだが、すぐにこくんと頷く。

（確かに、最近ちょっとずつ騎士団のお手伝いをしているから、力が安定してきた気がする）

最初のうちは邸宅の秘湯でグレンの傷を癒すだけだった。だが今のままでは暇を持て余してしまうので、ノーザリア神殿から指定された『能力を使いすぎない』『外部に漏らさない』という条件を大きく逸脱しない範囲で、フィアはブライアリー騎士団に所属する騎士や魔法使いの治癒を行うようになっていた。

グレンは『頑丈な奴らだから好きなように練習台にしていいぞ』と笑ってくれたが、皆フィアを温かく迎え入れてくれたし、フィアも慎重に能力を使っているからか治癒に失敗することもない。

だから落ち着いて力を使えばこの少年の傷もちゃんと癒せるだろう……と自分に言い聞かせる。

「大丈夫ですよ。すぐに痛みが消えますからね」

「……うん」

目を閉じて意識を集中させ、少年の呼吸に自分の意識を合わせる。それからゆっくりと聖なる力を流し込むと、少年の身体が黄金の光に包まれていく。

頭の頂点から靴の先まで光の粒子が巡る。その光が少しずつ薄まっていくと、少年の全身からは傷が消え、出血の痕さえわからないほど綺麗な状態になっていた。

「す、すごい！　傷が治った……痛くない！」

「災いから身を守る加護の魔法もかけました。でも出来るだけ転ばないように注意してくださいね？」

「うん！　ありがとう……！」

聖なる力には傷を治して疲れを癒す治癒の力以外にも、不幸や災いから身を守る加護の力や、身体を強化して特殊な恩恵を付与する祝福の力がある。これまでのフィアはそのどれもが安定しなかったが、ここ最近は他の力も少しずつ試しているのだ。

傷が治ると同時に転倒した事実も忘れたのか、ベンチから立ち上がった少年がグレンを見上げてにまにまと笑った。

「グレン団長、こんなに可愛くてすごい奥さんを独り占めしてるんだ？」

「ああ、そうだ。羨ましいだろ？」

「！」

面識がないはずの少年の軽口に、グレンがにやりと笑う。

その返答に驚いたのはフィアのほうだ。

「いいなあ、可愛い奥さん。俺も大きくなったらグレン団長のところの騎士になりたい！」

「動機が不純すぎる。却下だ」

「えーっ！　やだやだ！　絶対立派な騎士になってやる！」

奥さん、という一言に、ベンチの前にしゃがみ込んだまま照れて俯いてしまう。どちらかというと昔も今も人付き合いが苦手なはずのグレンだが、そんな彼の意外な変化に驚く気持ちよりも、猛烈な恥ずかしさが勝る。

「わかったわかった。じゃあお前が成人したら入団試験を受けさせてやるから、今はちゃんと飯を食って、いっぱい寝て、たくさん遊ぶことに専念しろ。そして今日はもう家に帰れ」

「奥さんといちゃつくためだろ？」

「わかってるじゃないか」

グレンの肯定の台詞にニヤニヤと笑った少年は、別れの挨拶を残してフィアにお辞儀をすると、ようやく公園を後にしていった。身なりから察するにおそらく商家の子なのだろう。自由に帝都の中心地を駆けまわるのはいいが、怪我には気をつけてほしいものだ。

彼の後ろ姿を見つめてやれやれと肩を竦《すく》めるグレンに、フィアもそっと笑顔を零す。

「グレンさま、子ども好きなんですね」

「そうだな」

グレンがフィアの質問に笑顔で頷く。グレンは昔から面倒見が良く、幼い頃のフィアも彼にたくさん甘えてきたので、子どもが好きなのはなんとなく知っていた。だがこうやって元気な子どもの相手をしているところを見ると、改めてグレンの人柄と子ども好きな一面を窺《うかが》い知れる。

いい父親になりそう、と楽しい気分のままハンカチを洗い直そうとしたフィアを、グレンが後ろから抱きしめてきた。

「フィアは？　子どもは嫌いか？」

「え、あ……あの……？」

フィアの身体を抱きしめたまま、グレンが優しい声で訊ねてくる。後ろからお腹の前に回ってきてしっかりと組まれた手を振りほどくことができず、照れて俯いたままあわあわと動揺する。

「き、嫌いじゃないです……。むしろ私も、子どもは好きです……」

「そうか、よかった」

「え、えっと……グレンさま？」

人通りはそこまで多くはないが、ここは帝都の中心部にある公園だ。誰が見ているのかわからない場所で強く抱きしめられ、耳のすぐ傍に感じるグレンの温度にまた胸を高鳴らせる。

そのままじっと硬直していると、グレンがふと別の問いかけをしてきた。

「そういえば最近、〝兄さま〟と呼ばなくなったな？」

「そ、そうですね……だいぶ慣れた気がします」

グレンと気持ちを伝え合い、年の離れた幼なじみから恋人という関係になった心境の変化だろうか。それとも兄のように慕い、妹のように可愛がられる関係のままではいたくない、とフィア自身が強く思うようになったからだろうか。フィアは以前ほど、グレンのことを『グレン兄さま』と呼び間違えることがなくなった。

「グレン兄さま、と呼ぶと険しい顔をされるので……」

フィアが照れを隠すように言い訳をすると、肩に顎を乗せたグレンがフッと笑みを零した。

「フィアが昔のように呼んでくれるのが、嬉しかったからな」

「え……？」

「だらしなく喜ぶ顔を他の奴らに見られたくなかった。だから遠慮してもらっていたが、今はみんなフィアと俺の関係を知ってる。もう隠す意味がないから、もしフィアが昔のように呼びたいなら呼んでも構わない」

「え、えっと……」

きっぱりと言い切るグレンの態度に驚き、背後にいる彼の表情を確認すべくそっと振り返る。

きっとまたいつものように笑顔を浮かべてフィアをからかおうとしているのだろう……と想像していたフィアは、振り返った先のグレンが真剣な表情でこちらを見つめていることにまた驚いた。

「フィア。俺は……女神の試練を受けようと思っている」

「！」

そのグレンがぽつりと呟いた一言に、フィアは静かに瞠目した。

「前は突っぱねられたが、もう一度ノーザリア神殿に嘆願してみるつもりだ」

グレンの宣言にごくりと息を呑む。

フィアがアルバートに召喚されてグレンの元へやってきたときも、ノーザリア神殿に『フィアの身を預かりたい』と願い出た。しかし神殿は七年間第十級聖女のままで、まともに務めも果たしていない――お荷物といっても過言ではないはずのフィアを手放すことを拒んだ。ブライアリー騎士団に渡すつもりはない、とグレンの申し出を一蹴したのだ。

あれからかなりの時間が経過した。だから今一度、今度は伝達のついでではなく正式な嘆願書として、あるいは直接ノーザリア神殿へ赴いてフィアがほしいと申し出るつもりだという。

「そうすれば、フィアを正式に傍に置けるようになる。誰にも遠慮せずに……」

「あ、ちょ……グレンさま……！」

グレンの真摯な想いにじんと胸を打たれて感動していると、ワンピースの上から大きな手に胸を包み込まれた。屋外で、しかもまだ陽も沈まぬうちからなにをするつもりなのか、と慌てたところで、後ろから急に声をかけられた。

「あ、いた。グレン！」

「ふわぁっ……!?」

突然話しかけられたことに驚いて大きな声を出すと、グレンの手がピタリと止まる。びっくりしたフィアが振り返ってみると、そこにいたのはグレンの部下であるブライアリー騎士団所属の魔法使い、イザベラだった。

「いちゃついてるとこ悪いんだけど、ちょっといい？」

「い、イザベラさん……」

「ブライアリー邸に行ったらちょうど庭に婆さまがいてね。二人で街に出かけたと聞いたから探してたんだけど……。ゆっくり買い物でもしてるのかと思ったら、こんな公園のど真ん中でいちゃついてるとは、グレンもやるね」

「まだなにもしていないが。それよりどうした？　なにかあったのか？」

騎士団の部下であると同時に友人でもあるイザベラには、グレンもかなり気を許しているらしい。休暇中に突然現れてもさほど驚かない様子を見るに、忙しい騎士団に所属する彼らにとってはこれが日常茶飯事なのかもしれない。慣れないフィアは驚いてしまうが、さほど気にしていないらしいグレンは、フィアを抱きしめたままイザベラに捜索の目的を促《うなが》した。

「さっき騎士団の集会所に連絡があった。レイモンド陛下からお呼び出しだよ」

イザベラからの伝達に、フィアのお腹に回ったままだったグレンの腕がピクリと動く。報告の内容が予想外だったようだ。

「用件は？」

「詳しくはわからない。けど、呼ばれたのはグレンだけじゃないんだ」

「？」

イザベラが困惑を滲ませた様子で眉根を寄せる。その表情からどこか不穏な空気を感じるフィアだったが、次のイザベラの言葉は本当にフィアの予想を超えていて、思わず声がひっくり返ってしまった。

「グレンが可愛がっている聖女——フィアも連れて来てほしい、って」

「ふえっ……？」

イザベラの表情が曇る。フィアの身体を抱くグレンの腕にも力がこもる。そしてフィアは、背中に変な汗をかく。

（私が……どうして？）

——嫌な予感しかしない。

＊　＊　＊

ルミリアス帝国の頂点に君臨する若き皇帝レイモンド＝ルミリアスは、前皇帝を凌ぐ勢いをもつ冷酷無比な人物だと評されている。レイモンドの手腕と容赦のない性格を伝聞で知るフィアは、謁見の場で床に視線を落としたまま静かに震えていた。

どうして自分がこの場に呼ばれたのか皆目見当もつかないフィアは、緊張と不安で今にも倒れそうだった。だが隣で同じように首を垂れるグレンは至って冷静で、謁見の間に入ってきて玉座に腰を下ろすレイモンドの気配を察知しても、恐れおののく様子は一切感じられない。

「二人とも、顔を上げよ」

「はい」

許可が下りたので顔をあげておそるおそる姿を確認する。

視線の先にいたのは肩の高さで切り揃えられた蜂蜜色の金髪に、大海原を思わせる鮮やかな青色の瞳、グレンよりやや細く華奢な印象こそあるが、品性と威厳を感じられる我が帝国の主――レイモンド＝ルミリアスだった。

（この方が皇帝陛下……。想像よりもお若いわ……）

レイモンドはグレンよりも二歳年上である。だが玉座の肘掛けに頬杖をつき、薄い笑みを浮かべながらこちらを見下ろす姿は、グレンよりもむしろ若々しい印象だ。それに身体つきや声の質は男性的だが、足を組む姿やフィアとグレンに向ける微笑みの表情はどこか女性的である。このアンバランスな印象が、人の興味を引くと同時に畏怖を抱かせるゆえんなのかもしれない、とこっそり考察するフィアである。

「急に呼び出して悪かったな、グレン」

「いえ、陛下のお望みとあらば、いつでもなんなりと」

「いつでもなんなりと、か。お前がそう言ってくれるなら、話が早く済みそうだ」

恐れを抱かずレイモンドと会話するグレンを密《ひそ》かに尊敬するフィアだったが、凛々しい恋人の横顔に見惚れている場合ではない。

「グレン。その娘――ノーザリア神殿付き第十級聖女フィア＝オルクドールを、私の側妾にしたい」

「え？」

「……は？」

レイモンドがあっさりとした口調で言い放った台詞に、フィアだけではなくグレンまで間抜けな声をあげた。だが凍結した二人の様子を見てもレイモンドは怯むことがない。自分の主張を告げてくる姿が心なしか楽しげに見えるのは、きっとフィアの気のせいではないだろう。

「噂は聞いている。フィア＝オルクドールは強力な癒しの力を扱えるらしいな」

レイモンドの問いかけにフィアの肩がびくりと震える。ほぼ同時に隣のグレンが息を呑む気配も感じたが、フィアはどちらに対してもなにをどう口にすればいいのかわからない。

「なんだ？　まさかノーザリア神殿の聖女を……ルミリアスを守護する大地の女神の力を私物化しているのか、グレン？」

「……いいえ、そのような畏れ多いことは……」

レイモンドの鋭い追及にグレンの表情が固く強張《こわば》る。

(どうして皇帝陛下は、ブライアリー騎士団に聖女《わたし》がいることを……？)

そしてグレンと同様身を強張《こわば》らせたフィアも、状況を理解しようと必死に頭を働かせる。

どういう訳か、レイモンドは魔法が効きにくい体質のグレンを、フィアならば治癒可能であることを知っているらしい。それればかりか、フィアがノーザリア神殿に属する大地の女神の恩恵を受けし聖女であることまで把握しているという。

ただしその認識は少しだけ間違っている。グレンの傷や疲労を治癒出来るのは、フィアの力が強力だからという理由ではない。たまたまグレンの身体にフィアの聖なる力が適合しているというだけ。フィアの力が役に立った相手は、グレンが初めてなのだ。

(でも確かに、最近は他の方々にも聖なる力を使っている……)

もちろん内に秘めた力が枯渇するほど酷使しているわけではない。グレンの助言に従い、たまにブライアリー騎士団に赴いて聖なる力を扱う練習をさせてもらう程度のものだ。

「私だって気になるさ。なんせフィアは、〝あの〟グレンの『運命の女神さま』なんだろう？」

「運命の、女神さま……？」

色々考え込んでいたところで、レイモンドがふと気になる言葉を口にした。一瞬なんのことかわからなかったフィアだが、そう言われると数日前にアルバートが似たような言葉を口にしていたことを思い出す。

フィアがグレンの恋人として共に過ごすようになってから、グレンは機嫌も体調もすこぶる好調らしい。これまで恋人は作らないし結婚もしないと公言していたグレンの浮かれ具合と以前にも増して精力的な姿は、帝都の住人の目にもはつらつとした姿に見えるようだ。

グレンの変わりようを人々に詰め寄られたアルバートは、上官であり友人であるグレンの浮かれ気分につられるようにこう答えた。

『グレンは運命の女神と出会ったのだ』――と。

最初にその話を聞いたときは、フィアもつい苦笑いしてしまった。だがアルバートの宣言が独り歩きして、ついに皇帝の耳にまで入ってしまったことを知ると、呑気に笑ってはいられない。

（私のせいで、グレンさまが怒られてしまう……）

確かにグレンの傷が癒え、疲労の回復が早いのは、フィアの能力の効果かもしれない。だがグレンはルミリアスの守護女神の力を私物化しているわけではない。もちろんレイモンドの信頼を裏切る意思もない。

グレンのために力を使いたいと願ったのは、フィアのほうなのだ。

ならばフィアは、レイモンドの誤解や勘違いを解かねばならない。

「レイモンド陛下。私に、発言の許可をくださいますか？」

「ああ、構わない。言いたいことがあるなら聞いてやろう」

フィアがおずおずと発言の許可を求めると、レイモンドはすぐに同意してフィアの主張を聞き入れると示してくれた。一瞬驚いた表情を見せるグレンを横目に、一度深呼吸をする。

それから事実を出来るだけ正確に、かつ丁寧に伝えようと、フィアは言葉を選びながら慎重に口を開いた。

「私の力はとても不安定です。治癒の力も、加護の力も、祝福の力も、完璧に扱えるわけではないのです。ノーザリア神殿でも最下位聖女である私が皇帝陛下のお傍に身を置いても、お役に立てるとはとても思えません」

「別に役に立つ必要はないぞ」

だがフィアの説明はレイモンドに一蹴される。

そのにこやかだが容赦のない台詞に、フィアは思わず言葉を失う。

「聖なる力を完璧に使えるならもちろんそれに越したことはないが、私はフィアを今一目見て気に入った。儚い印象だが美人で優しそうな娘は、私の好みだ」

レイモンドのその言葉に焦ったのはフィアよりもグレンのほうだった。フィアの隣に膝をつくグレンがぐぐっと拳を握って顔を上げる。だがなにも言えずに再び俯く姿を視界の端に捉えると、フィアの背中にまた冷たい汗が伝った。

　そんな二人の困惑を知ってか知らずか、レイモンドはひたすら上機嫌だ。

「フィアが聖女の力を存分に発揮するには、温泉の力が必要だと聞いている。後宮に私とフィアだけの温泉を建てるのも楽しそうだな」

「……っ！」

　一体彼はどこから情報を得ているのだろう。ブライアリー騎士団の人々もフィアとグレンの関係を知ってはいるが、二人が邸でどのように過ごしているのかまで把握している人はほとんどいない。ましてフィアが温泉でグレンを癒していることを知っている人なんて、手の指の本数でも余るほどなのだ。

　この場でただ一人フィアを手に入れようと乗り気なレイモンドに、説得の言葉も思いつかない。しかしだからと言って、正当な理由もなく意見を退《しりぞ》けられるような相手でもない。

　ぐるぐると悩むフィアだったが、その隣で唾を飲み込んだグレンが、意を決したように声を張り上げた。

「お言葉ですが、陛下！　フィア＝オルクドールは、その身に俺の子を宿しております！」

「へっ……？」

　グレンが勢い任せに言い放った台詞に思わず間抜けな声が出る。数秒の間を置いてグレンの発言の意味を理解したフィアは、大幅に遅れて彼の顔をがばっと振り返った。

（えええっ……⁉　ぐ、グレンさまああぁぁっ……⁉）

思わず声もなく絶叫してしまう。対するレイモンドはさほど驚いた様子もなく、

「……ほう？」

と楽しげな笑みを浮かべている。

フィアはただただ驚くしかない。それも当然である。これまで沈黙を貫いていたグレンが突然叫んだ台詞は『自分達の間には子どもがいるのでフィアを渡せない』という主張だ。

もちろんそれは、とんでもない大嘘である。フィアは妊娠などしていないし、グレンもそれは十分理解しているはずだ。

「なるほど、フィアはグレンの子を身籠《ごも》っているのか」

「……はい」

「ふうん……でもまあ、聖女の婚姻は認められているし、孕ませたからといって法に背くわけでもない。それなら確かに、私が無理強いするわけにはいかないな」

「……ええ」

レイモンドの呟きに、グレンが額に冷や汗を浮かべたまま数度頷く。

確かに、レイモンドもすでに別の男性との間に子がいる女性を側妾にしようとは思わないだろう。そう思えば子の存在を主張するというのは、この場を切り抜ける方便としては有効なのかもしれない。

清廉潔白で高潔な騎士の印象を損ねる恐れや倫理的な問題もあるので、本当は嘘をつきたくはな

い。だがレイモンドの期待に応えられない、とフィアがきっぱり断っても、あっさり受け入れられてしまうのだ。ならばレイモンドが期待するほど、そして帝都で噂になるほどフィアの能力が高くはないと後から知られて大きな問題に発展するよりは、多少苦しい言い訳でも今この場で諦めてもらう理由を提示したほうがいいのかもしれない。

「グレン」

そんなことを考えていると、ふとレイモンドの声のトーンが一段階明るく変調した。

「私に嘘をついたら、どうなるかわかっているだろうな？」

「……もちろんです」

にこやかな笑顔とともに確認の言葉をかけられる。

一瞬怯んだグレンはそれでもどうにか頷いたが、

「そうか、ならいい」

とにやりと微笑むレイモンドの笑顔に、うすら寒い冷気を感じた。

背中が本当に冷たい気がするのも、きっと気のせいではない。

「では母体が落ち着くであろう百日後、私が信頼する医師にフィアの身体を診せて、本当にフィアに子がいるのかどうか診断させる」

「！」

「えっ……」

グレンの主張を受けたレイモンドが淡々とした言葉で、けれど表情は愉快そうに宣言する。

フィアは思わず青褪める。グレンも言葉を失って呆然とレイモンドの顔を見つめている。

レイモンドの笑顔を見る限り、彼が本気でフィアを手に入れたいと望んでいるようにはどうにも思えない。かといって己の下した決定を取り消す様子も、条件を変更するつもりもなさそうだ。

意図がわからないレイモンドと険しい表情のまま君主を見据えるグレンの間で、フィアは激しい動悸と目眩を覚えながらおろおろと事態を見守ることしか出来ない。

「子の話が嘘だと発覚すれば……グレン？　いくらお前でも、私は許さないぞ？」

言葉だけ聞くとレイモンドの提案は背中が凍りそうなほどに冷徹である。許さない、という言葉の重さはグレンが一番理解しているようで、冷や汗を流して低い声で頷く彼もまた、隣にいるフィアが気配だけで感じ取れるほどの冷たい空気を纏っていた。

だがそっと顔を上げてちらりと様子を観察すると、グレンとレイモンドの視線が交わる中に怒りや焦りの感情は込められていないような――代わりにもっと別の情報や感情を酌み交わしているように感じられるのは、フィアの気のせいなのだろうか。

「嘘だとわかったときは、フィアを私のものにする。それでいいな、グレン」

「……はい」

にこにこと笑顔の皇帝と、静かに目を伏せて頷くグレン。その間で狼狽えるしかないフィアは、百日の猶予を与えられたのち、断罪される未来を言い渡された気分になった。

＊　＊　＊

皇帝の城から騎士団の集会所に戻ってきたフィアとグレンは、心配して待ってくれていたアルバートとイザベラに城で起こった顛末を説明した。とはいえグレンとレイモンドのやりとりに一切ついていけなかったフィアは、グレンが二人に説明する様子を黙って聞くことしか出来ない。

「グレ……おま、馬鹿なの!?」

「レイモンド陛下に嘘をつくなんて騎士団の擁立どころの話じゃないわよ!? 首飛んだらどうするつもり!?」

状況を報告されたアルバートとイザベラが同時に怒りを露わにした。

グレンの決断と啖呵を二人が非難する気持ちは、フィアにもよくわかる。潔さはグレンの美徳かもしれないが、発想が唐突すぎてフィアはまったくついていけなかった。しかしグレンの決断についていけなかったのは、フィアだけではないらしい。

「心配するな。フィアが俺の子を身籠《ごも》れば解決する話だ」

「おーい……誰かグレンの頭のネジ探してきてくれー……」

「普段冷静なくせに、肝心なときに真顔で壊れるのやめてくれない……?」

グレンが真剣な表情で言い切った言葉に、アルバートとイザベラも頭を抱えている。

しかしグレン自らレイモンドに宣言し、レイモンドの命令を受け入れ、再確認された内容まで肯定してしまった以上、今さら取り消しも言い直しも出来ない。もしこの状況をどうにかしたいと思うのならば、提案を受け入れたグレン以外の者が不服を申し立てるしかないだろう。

「グレンさま、私、皇帝陛下の元へ参ります」

そして異論を唱える役目は、当事者であるフィア以外には務まらない。

フィアが円卓に手をついて椅子から立ち上がると、グレンが目を丸くしてフィアを見上げた。

「正直に事情をお話しして陛下のお望みに従えば、グレンさまの処罰は免れるかもしれません」

「馬鹿を言うな」

見つめ合ったグレンに嘆願の提案を告げるフィアだったが、ムッとしたグレンにたった一言で却下された。

「フィアを手放すぐらいなら俺は罰を受ける」

「だめです！」

グレンが憮然とした表情でふんぞり返るが、これにはフィアも反発する。

「グレンさまだけじゃなく、騎士団の皆さまの将来もかかってるんですよ⁉　グレンさまの独断で、これまで慕ってついてきてくださった方々まで危険に晒《さら》していいんですか⁉」

「アルバートにもイザベラにも、他の騎士や魔法使い達にも、いざというときは自分の力で生きる術は身に付けさせてる。こいつらは俺がいなくてもどうにかなる」

「なにをおっしゃっているのですか！　騎士団長が皇帝陛下に意見して罰を受ければ、騎士団に所属する他の皆さまも誹《そし》りを受けることになるでしょう！　グレンさまは、皆さまがこの先ずっと後ろ指をさされることになってもよいのですか⁉」

「う……そ、それは……」

「お、おお……フィアちゃんが押してる……」

「これはグレン、尻に敷かれるね……」

フィアの説教に押され始めたグレンを見て、アルバートとイザベラが目を丸くする。普段は大人しい性格のフィアが自分の考えをぶつけてグレンを叱る姿が意外だったのかもしれない。

しかし二人になんと思われようと、フィアはグレンとブライアリー騎士団を危険に晒《さら》したくはない。先ほどは状況についていけず、レイモンドの人柄もわからず、グレンの真意もわからなかったので下手に口を出すべきではないと事態を見守っていた。だが放心状態から我に返り改めて状況を整理してみると、グレンの嘘をこのまま押し通すのはあまりにも無謀だった。

噂と異なり実際は強い力など持たないフィアは、処分を受けるかもしれないし本当にそのまま皇帝の妃の末席に加わることになるかもしれない。だが初対面で信頼関係のないフィアと異なり、グレンは皇帝に可愛がられている誉れ高い騎士団の長だ。ならば誠心誠意謝罪すれば、今ならまだグレンだけは許してもらえるかもしれない。

「私が心を込めて謝罪いたしますから」

「聞かないぞ、俺は」

「グレンさま！」

仮に自分が身を捧げることになっても事態を好転させたいフィアと、絶対にフィアを手放したくないグレンが、頑なに意見をぶつけ合う。

彼の切ない表情を見つめていると本当はフィアも決心が揺らぎそうになる。

だから視線を逸らそうとしたフィアの耳に、イザベラの盛大なため息が聞こえた。

「でもまぁ、こうやって叱ってくれる〝弱み〟が必要なんだよね。グレンにも、ブライアリー騎士団にも」

「イザベラさん……？」

イザベラに向かって首を傾《かし》げると、フィアにはにこりと笑顔を見せてくれる。だがその視線がフィアからグレンへ移ると、イザベラは表情を険しいものに変えてコホンと強めの咳払いをした。

「いい？　私とアルバートは、フィアとグレンのために今から虚偽申告の共犯者になるの。失敗したら許さないからね」

「ぼ、僕もやんの……？」

「当たり前でしょ！」

イザベラの提案に当然のように巻き込まれたアルバートが怯えた表情で彼女を見上げる。だがイザベラはアルバートの前で腕を組んで仁王立ちになるだけだ。

「フィアを手放すことになったらどのみちグレンは廃人まっしぐらよ。戻っても止まっても進んでも同じなら、いばらの道を進んでやろうじゃない」

「勇ましいね、イザベラ。僕は話を聞く前からすでに胃が痛いよ」

呆れたように肩を竦《すく》めるアルバートだが、イザベラの意見を否定しないところを見るに、二人の考えは一致しているらしい。なんだかんだで気が合うのかな、と能天気な感想を抱いていると、こちらにぐりんっと首を回したイザベラがフィアにびしっ！　と指を差した。

「グレンとフィアにはもっとゆっくり関係を深めてほしかったけど、こうなった以上は仕方がないわ。フィア、覚悟決めてね」

「!?」

にこやかなイザベラと、苦笑するアルバートと、腕を組んだままにやりと口角を上げるグレン。

三者三様の反応に、フィアは思わず一歩後退る。

けれど時間はもう、フィアを待ってはくれないらしい。

＊　＊　＊

ブライアリー邸の脱衣場に揃ったグレンとアルバートとイザベラが作戦会議をする様子を、フィアはただ呆然と見つめていた。一体なにが起こっているのか、フィアにはまったくわからない。

「この結界はなんだ？　いつもと違うのか？」

騎士団の制服である黒い手袋を外しながら訊ねるグレンに、イザベラが「うん」と短く頷く。

「普段張ってる結界に別の結界を重ねてあるんだ。新しいのは『生命が三つ以上にならなければ出られない』結界」

「生命が三つ以上？」

「そう。だから結界内にグレンとフィア以外の新たな生命が誕生するまでは浴場から出られない。逆を言えば、フィアのお腹に子が宿れば結界を通過出来るようになる」

「へえ？」

「これなら医師の診断を受けなくても妊娠の有無が判断出来るでしょ」

「ああ、なるほど。わかりやすいな」

イザベラの説明に納得して頷くグレンだが、フィアは青褪めたままふるふると首を振ることしか出来ない。言っている意味がわからなさすぎて声を発することも出来ない。

「で、僕は特殊な召喚魔法を使って、フィアちゃんが妊娠しやすいタイミングを〝喚び〟出した。だからフィアちゃんの身体は今、月の巡りの中で一番子ができやすい状態になってるはずだよ」

「さっきの魔法、そういう意味だったんですかっ……!?」

今度はさすがに、声が出た。

先ほどアルバートに説明をされてなにかの魔法をかけられたが、ただでさえ混乱しているうえに内容も難しくてよくわからなかったので、勢いで「大丈夫です」と頷いてしまった。だが改めて話を聞くとまったく大丈夫ではない。

「アルバート、なんでそんな魔法使えるんだ？」

「だって僕、子どもも好きだもん。家族がたくさんいたら楽しいよね、ってプリシアと話して、女性が妊娠しやすくなる方法とか魔法を研究したんだ」

「へえ、お前意外と勉強熱心なんだな」

「グレンさま、そこ納得するところじゃないです！」

イザベラが既婚者でまだ子が幼いことは聞いて知っていたが、どうやらアルバートも妻子がいる身らしい。愛妻との間に多くの子を望んで女性が妊娠しやすくなる方法を熟知しているというが、召喚魔法で妊娠しやすい時期を喚び寄せることが出来るなど、もはやフィアには理解が出来ない。

そう、まったく理解出来ない。

イザベラの提案は『いかに少ない影響でレイモンドの要求を退けられるか』ではなく、『いかに正確にレイモンドに宣言した状況を実現出来るか』に重きをおいたもの。つまりグレンが咄嗟に口走った『フィアが自分の子を妊娠している』という嘘を事実にすれば、すべての問題が解決すると言い出したのだ。

型破りにもほどがあると思う。だがグレンは乗り気のようで、突然の状況に柔軟かつ大胆に応じてくれる友人達にいつになく爽やかな笑顔で礼を述べている。対するフィアはこの目まぐるしい状況についていけず、三人のやりとりを怯えながら見守ることしか出来ない。

「で、これが薬師に頼んで大至急作ってもらった特性の媚薬だよ。これとフィアちゃんの治癒の力をお湯に混ぜれば、温泉の中にいる間はグレンもフィアちゃんも何回でも出来るはずだから」

「なんかいでも……？」

恐ろしい話と共に透明な液体が入った小瓶を渡してくるアルバートの笑顔を、目を見開いて凝視してしまう。他人事だと思って楽しんでいるのではないだろうか、と疑心暗鬼になる。

「私は絶対使いたくないね」

「僕も同意」

「うう……っ」

自分が使いたくない薬を何食わぬ顔で手渡してくるのは止めてほしい。しかしお礼を言って小瓶を受け取るグレンの表情は平然としていて、もうどう足掻いても後には戻れないのだと思い知る。

「子が母体に定着するまでは時間がかかるものだよ。結界を出れたからって油断は禁物だからね」

「ああ、わかった。肝に銘じておく」

「健闘を祈るよ、グレン」

「ありがとう、アルバート。助かったよ」

グレンと言葉を交わしたイザベラとアルバートが脱衣場の扉を閉めると、中にはグレンとフィアだけが残される。散々振り回されたのち、急にしん……と沈黙が落ちた脱衣場の中央で立ち尽くしていると、近づいてきたグレンがフィアの身体を正面から抱きしめてきた。

脱ぎかけの黒い騎士服の胸元からグレンの肌の香りを感じて、どきっと心臓が揺れる。

「……フィアが嫌なら、無理強いはしない」

フィアの身体を抱きしめたグレンが耳元で囁《ささや》く。

フィアとグレンはレイモンドの要求を受け入れずに済むための最善策を考え、友人達の協力を得て勢いでここまでやってきた。もちろん途中でフィアの意思も確認されていたが、もし勢いに負けて頷いただけとか、フィアに別の希望があるとか、この状況を受け入れられないなら引き返してもいい、とグレンは優しく諭してくれる。

「けど俺はフィアが好きだ。心の底から愛してる」

「グレンさま……」

「だからフィア。俺と結婚してほしい」

熱烈な告白の後に続いた言葉に、思わず目を見開いて驚いてしまう。

グレンの胸から顔をあげて視線を合わせると、彼は少し照れたような表情をしていた。けれどフィアを真っ直ぐに見つめる瞳も、己の想いを語る声も、真剣そのものだった。

「フィアとの子がほしい。フィアと、家族になりたいんだ」

グレンの告白に驚くあまり、硬直したまま動けなくなってしまう。

確かに想いを伝え合い、今は恋人として共に過ごしているのだから、いつかは家庭を築く流れになるのかもしれない、と思うことはあった。だがグレンがこんなにも早く結婚の意思を示して、フィアを本気で望む言葉を口にするとは思ってもいなかったのだ。

「本当は今回の件とは関係なく、前から考えていた」

「え？　そ、そうだったんですか……？」

「ああ。だから昨日も聞いただろ？」

「！」

そういえば昨日イザベラから連絡を受ける直前、公園で怪我をした子を治癒したあとでグレンに『子どもは好きか』と訊ねられた。フィアはあの質問を他愛のない雑談だと受け取っていたが、グレンはフィアが子どもを望んでいるのかどうか——恋人であるグレンと家庭を築く意思があるのかどうか、密《ひそ》かに探りを入れていたらしい。

思えば女神の試練を受けるつもりだと宣言したり、フィアが自分の妻であるとの誤解をあえて訂正しなかったりと、フィアとの未来を思わせる言動はこれまでにもちらほら見られていた。

「フィアが俺の求婚を受け入れてくれるだろうかと悩んでいた。いつ言い出せばいいのか、どう伝えればいいのか、機会を窺《うかが》っていた」

グレンはずっと、フィアの気持ちを確かめる方法を探していた。今回はたまたまこういう状況になったが、本当は機会に恵まれ次第フィアに結婚を申し込むつもりでいたと言うのだ。

その気持ちを、今改めて告げられる。

「フィアのおかげで大事な存在を……大事な相手だからこそ、自分の傍にいてほしいと思えるようになった」

「グレンさま……」

長い間、グレンは孤独と戦っていた。大切な家族を二度も亡くした喪失感から、もう大事な存在は作らない、恋人も家族も必要がないと固く心に決めていた。

フィアはいつか、その凍った心を溶かしたいと思っていた。見えない場所に深い傷を負ったグレンを癒したいと、心から願っていた。

そんなフィアの祈りと願いが届いたのか、グレンの心はいつの間にか動き出していた。そして彼は癒しの力を持つ聖女が——フィアがほしいと願った。

「この先もずっと、フィアに傍にいてほしい。レイモンド陛下は素晴らしい方だが、フィアを渡したくはない」

レイモンドが天賦の才を持つ優れた為政者であることは、フィアも肌で感じている。彼が一言発するたびに肌がびりびりと痺れるほどの圧力を感じ、彼が足を組み替えるだけで法律が反転するように錯覚する。いかなる命令も受け入れなければならない、と本能で悟る。

しかし見えない力で強制的に制圧されるような恐怖は感じない。むしろレイモンドはグレンやフィアに発言を許し、意見を聞き、選択する余地も与えてくれる。その資質と人柄を知っているからこそ、グレンはレイモンドが素晴らしい君主であると形容するのだろう。

だがそれとフィアを差し出すことは別の問題だ。愛する者をみすみす他人に手放すつもりは絶対にない、と強い意思を示されると、フィアも照れて俯いてしまう。フィアを情熱的に望むグレンの台詞と表情に、胸がきゅんと甘く締めつけられる。

「……止めるか？　今ならまだ引き返せる」

「いいえ」

改めてグレンに確認されたフィアは、ふるふると首を振って確認の言葉を退けた。

それからもう一度グレンの顔をじっと見つめて、自分の言葉で自分の気持ちを伝える。

「私もグレンさまと一緒にいたいです。グレンさまと、家族になりたい」

フィアもグレンと同じ気持ちだった。思わぬ形で再会して、最初は受け入れてもらえなくて、けれどお互いの境遇と気持ちを知って、どんどん惹かれていった。互いの気持ちを認め合って再び結んだ手は解きがたくて、もう二度とこの手を離すことは考えられない。

フィアもずっと、グレンの傍にいたいと思う。

だからレイモンドに諦めてもらうことと騎士団の未来を繋ぐことを両立させるためには、彼に宣言した『フィアの妊娠』という嘘を真実にしなければならない。二人で謝罪したところで揃って断罪されるなら、イザベラのいうようにいばらの道を突き進んで嘘を貫き通すしかない。二人の結婚を認めてもらってこの事態を穏便に解決するためには、多少順番を間違えていても成し遂げるしか道はない。

「私に……グレンさまの子種をくださいませ」

「っ、フィア……」

グレンの背中に腕を回してぎゅっと抱きつくと、息を呑んだグレンがフィアを抱きしめ返してきた。そのまま唇を重ね合うと、すぐに舌を挿し込まれて深く貪られる。

「んっ……ふ、ぁっ……」

「は……っ、フィア……」

グレンがキスを重ねながらフィアのドレスを脱がせていく。

今日はレイモンドの元を訪れ騎士団の集会所にも赴いたので、いつもの地味なワンピースではなく、昨日買ってもらったばかりの清楚で可愛らしいワンピースドレスを身に着けている。その胸元に結ばれたレースリボンを解かれ、背中で編み上げられている紐と肌の間に指を這わせてひとつずつ緩め、腰のホックを外して布の塊を床へ落とされる。さらにパニエを結ぶ紐をほどき、コルセットを外し、下着を剥ぎ取っていくグレンの指遣いは、ひどく丁寧だ。

フィアもグレンの服を脱がせようと彼の黒い上着に指をかけたが、一度離れたグレンがもどかしいとばかりに一気に自分の服を脱ぎ捨てたので、実際にフィアが彼の服を脱がせることはなかった。

羞恥心が消えたわけではないので、一応身体にタオルを巻いて素肌を隠すと、二人で手を繋いで新しく張った結界をくぐり抜ける。

右腕にフィアを抱いたグレンは、見慣れた湯船の縁に立つと左手に持っていた小瓶の蓋を犬歯で噛んで開き、中の液体をお湯にとぽとぽと投入していった。すると温泉の成分と薬の成分が混合し、いつもは無色透明のお湯がだんだんと白濁して広い岩風呂の隅々まで広がっていく。

「最後はフィアの力だ」

「……はい」

グレンに手を引かれて湯船の中に入ったフィアは、太腿の高さまであるお湯に祈りを込めて治癒の力を流し込んだ。すると水面が一瞬だけ黄金色に輝いて、白く濁ったお湯やそこから湧き立つ湯気にも、花のような甘い香りが混ざり始める。

「これでここは、催淫効果と回復効果が高い温泉に変わったはずだ」

グレンも甘い香りを感じたのか、お湯を一瞥するとフィアの腰にするりと手を回してきた。そのままお尻ほどの高さがある岩の上にフィアを抱き上げて座らせると、頭をぽんぽんと撫でてくれる。

「力の使い方を間違えていると、大地の女神に怒られそうだけどな」

確かにそうかもしれない。聖なる高峰に眠る大地の女神も、まさか愛し子に分け与えた治癒の力を子作りに利用されるとは思ってもいないだろう。だが今のフィアとグレンは使えるものはなんでも使う。この先も二人でずっと一緒にいるために、必死なのだ。

グレンがフィアの肩を押すと、そのまま岩の上に身体を横たえられる。ごつごつした岩の上はベッドように柔らかくないが、今はそれすら気にしていられない。グレンの指先が身体を隠すタオルの上からフィアのお腹をつつつ……と撫でる。

「可愛いフィア。ここに、俺の子を宿してくれ」

「グレンさま……」

グレンの懇願にこくりと頷き、甘えるように腕を伸ばす。上半身を岩の上に預け、折り曲げた下半身の間にグレンが立つと、身を屈めて抱き合ったグレンの唇とフィアの唇がそっと重なった。

「ん……んぅ……ぐれ……さま……」

「フィア……は、ぁ……っ」

グレンの左手と自らの右手を重ね、指を絡めてぎゅっと握る。こうして手を繋いで深く口づけ合って舌の先を擦り合わせると、触れた場所のすべてから互いの想いが伝わる気がする。

媚薬の作用のせいか、それともこれがフィアの本心なのか、たくさん触れ合ってグレンのすべてを知りたい感情がどんどん増幅していく。グレンに与えられるものをすべて受け入れ、彼の子種を受け入れることに全身が甘く震えて歓喜する。

「あ……っふ、ぁ……っ」

深いキスと同時に、グレンの右手が耳朶を撫で始めた。敏感な場所に触れられるとそれだけで快感が生まれ、本当は恥ずかしい気持ちもあるはずなのにそれを上回る欲望が全身を支配する。

もっともっと触れてほしい、もっとキスしてほしい……とぼんやり考えていると、その気持ちが伝わったのかグレンが頬に唇を寄せてきた。そのまま首筋、喉、鎖骨の中央と、肌を吸われる場所がどんどん下へ降りていく。

「外すぞ？」

「は、い……」

フィアの胸の間には身体を隠すタオルの先端が織り込まれている。それを外すとの宣言に頷くと、布が重なった場所を噛んだグレンが、首を横に振る動きだけでフィアのタオルを剥ぎ取った。

夕暮れに染まる湯気の中で、タオルがはらりとほどける。裸体になったフィアをグレンのアヤメ色の瞳がじっと見下ろしている。その視線にまたどきどきと緊張していると、ふっと笑ったグレンが身体へのキスを再開した。

「は……ん、んぅ」

フィアの両胸を横から掬《すく》うように持ち上げ、ぴんと張り詰めた左胸の突起にキスを落とす。ついでにちゅう、と吸われるとフィアの身体がびくっと飛び跳ねる。さらに胸の間、右胸にも同じように口づけられると、媚薬の効果かいつもより過剰に身体が反応した。

グレンのキスがお腹の中央、臍《へそ》の窪み、下腹部から足の付け根に到達すると、フィアの両足を持ち上げて左右に開いたグレンがそこに熱い吐息を零した。

「は、ぁ、あっ……」

「気持ちいいか？　岩まで濡れて、染みになってる」

「え、うそ……ですよね？」

秘部を観察して感嘆するグレンに、驚いたフィアはがばっと身を起こそうとした。だが肘に力を入れる前に、屈んだグレンの唇がそこへ吸いついた。

「あ、あ……あぁっ」

フィアの羞恥を溶かすほどの強烈な快感が、吸われた秘芽を中心に下腹部に広がる。グレンの舌と唇がぴちゃぴちゃ、ちゅっちゅと恥ずかしい音を立てるたびにフィアの陰核はさらに膨らみ、その下の蜜口からも大量の愛液が染み出してくる。

淫らな蜜液が岩を伝い落ちてお湯に混ざると、湯気と一緒に空気中に広がる甘い香りが急激に濃度を増す。だが砂糖菓子のように甘く花のように瑞々しい香りに不快感はなく、ただ身体の芯がずくずくと疼くだけ。

「だ、だめぇ……舌、いれちゃ……やぁ、ぁあん！」

ふわふわと漂う甘い香りに気を取られていると、陰核を舐めていたグレンの舌が、蜜が溢れ出す淫花の中に侵入してきた。ねっとりと生温かい塊に閉じた花弁を割り開かれ、その中央を執拗に舐められる感覚に、フィアの背中がびくりと仰《の》け反《ぞ》る。

「薬の効果か？　甘くて柔らかい……このままでも平気そうだ」

「やあぁ、そこ……で、喋っちゃ、っぁあ、グレン、さま……ぁ」

股の間で喋られて、秘部にグレンの吐息がかかるだけで達しそうになる。普段はこれほど敏感ではないはずなのに、彼のいうように薬の影響なのか、普段より強く感じてしまう。

そんな自分が怖くなってグレンの唇から逃げようとすると、急に身を起こしたグレンに逃亡を阻止され、身体をずりっと下に引っ張られた。

「可愛いな、フィア……挿れるぞ」

「え、ま……っぁあああん……！」

「……っ」

短い宣言と共に蜜口を指先で開いたグレンが、昂った陰茎をそのまま中央に突き入れてきた。

今日はほとんど慣らしていないというのに、痛みはまったく感じない。グレンの太くて固い熱棒に淫花を貫かれ、全身が震えて興奮する。しかし一気に最奥まで到達した熱棒がずるぅと抜けていくと、快感を与えてくれた存在が突然失われるように感じて急に寂しさを覚えた。

「グレ……っさま……」

満足感と喪失感をほぼ同時に味わったフィアは、グレンが岩の上についた手を探して、そこにぎゅっと掴まった。

フィアが縋る姿を微笑ましく思ったのか、ふっと笑みを浮かべたグレンが、指を絡めるようにフィアと手を繋いでくれる。その気持ちが嬉しくて、先ほどと同じように固く結ばれた手をぎゅっと握り返すと、抜けかけていたグレンの陰茎が再度一番深い場所まで挿入された。

「ああ、ふぁっ……！」

「ん……フィア……」

グレンが腰を前後させると、ばちゅん、ずちゅん、と淫らな水音が夕暮れの浴場に響き渡る。腰を引くときはゆっくりだが、挿入するときは勢いをつけて深く激しく貫かれるので、そのたびにフィアの喉からは甘え声が溢れてくる。

「あっ……あ、ぁ……んぅ……」

「フィア……ベッドでするよりも、反応がいい。……温泉で抱かれるのが、好きなんだな」

「ち、ちが……っぁ、あんっ」

微笑みながら告げてくるグレンに、そういうわけではない、と首を振る。だが内心ではグレンの認識もあながち間違っていないと思う。

恋人同士になったフィアとグレンはベッドで抱き合うこともある。ベッドで愛されることも、もちろん嫌いではない。けれど最初のときと同じく、お互いに裸になってぴたりと密着し、お互いの胸の内を語り合うようにすべてをさらけ出し、温かいお湯に浸かりながら触れ合って見つめ合う時間をより好ましいと思っている。激しく抱き合えばお湯を汚してしまうこともあるが、それでもグレンと一緒に過ごすここでの時間が好きなだけ。

そう説明しようと思ったが、手をきゅうっと握った途端、グレンの腰遣いが急に激しくなった。

「ふあっぁ、あぁ、っ……」

緩急のあった抽挿が一気に荒々しい動きに変わる。膨らんだ亀頭が膣壁を擦り、フィアが感じる場所のすべてをごりごりと抉っていく。

「や、ぁん……っ、ぐれ、ん、さま……っぁ」

繋いだ手を握りしめて快感に耐えようとすると、にこりと笑ったグレンが繋いだままの手を高く持ち上げる。そして激しく腰を振りながらフィアの見ている目の前で手の甲にちゅ、と口づける。

それは騎士が君主に誓う忠誠に――否、愛しい人に永久の愛を誓う仕草のように思えてならない。

嬉しい、と思う瞬間と、グレンの肉棒の尖端が最奥を突く瞬間が、偶然にもぴたりと重なる。その直後、子宮の奥で渦巻いていた快楽がぱんっと弾け飛んだ。

「ああっ、ひぁ、ああ――っ……！」

「――っく、……んん」

蜜壺の中に埋まったままの陰茎をきゅうきゅうと締めつけて達すると、その収縮を感じ取ったグレンもフィアの中に精を吐き出した。一番深い場所にどく、どくん、と熱い液体をかけられ、フィアの全身が快楽に震える。

「ああ、フィア……気持ちいい」

「私もです……グレン、さま……」

同時に絶頂を迎えた二人は、互いの存在を受け入れるように岩の上でぴったりと抱き合った。

そのまま唇を重ねてキスを繰り返すと、不思議なことにたった今放出したはずの官能が再び呼び起こされる。またグレンと抱き合いたい気持ちと性感が高まり、グレンの胸板と擦り合った乳首もぴく、と反応してしまう。

「どうだ、フィア？　なにか感じるか？」

「っ……い、いえ……なにも……」

「そうか、まだ足りないようだな」

お腹の奥に違和感がないかと訊ねるグレンの指先が、つつつ、と臍《へそ》の下を撫でてくるので、ぞくぞくと身を震わせながら否定する。

どうやらフィアの内に秘めた感情と同じものが、グレンの中にも存在するらしい。抱き合った状態から少しだけ身を起こしたグレンが、フィアをじっと見下ろして唇の端をぺろりと舐める。その仕草を餌を前にした獰猛な獣のように感じるが、同時に愛おしさの表現にも思える。

「俺もまだ足りない」

「ふぁ、っぁ、ああっ……！」

上にずり上がっていた身体を引き寄せられて抜けかけていた陰茎を再び深く突き入れられると、フィアの背中が岩の上で弓なりにしなった。

媚薬の効果と聖なる力の治癒力をかけ合わせると、射精後の回復が異常に早いらしい。否、早いというよりも最初から衰えていないのかもしれない。フィアの中に挿入されたままだった熱棒は、一度達したにもかかわらず質量にも固さにも変化がない。

「ああ、ぁんっ……グレン、さま、ぁ」

「すごいな……フィアの中、うねって……搾り取られてるみたいだ」

グレンがゆったりと腰を揺らしてフィアの蜜壺を責め立てる。動きはゆるやかだが、鉄の塊のように固い雄竿と凶器のように膨らんだ雁首がフィアの反応がいい場所ばかりを何度も執拗に貫く。

「あ、だめ……っ、そこ、深ぃ……っ！」

「ああ、ここ突くと……すごく締まる」

子宮口を亀頭でトントンと叩かれたフィアは、またすぐに達しそうになる感覚に怯えてふるふると首を振った。だがグレンは動きを止めてくれない。下腹部の奥から溢れ出てくる蜜液と先に放った精液の混合物が結合部から噴出しても、気にせず同じ突き込みを繰り返すばかり。

そうしているうちにフィアの快感が再度限界に近づいてきた。一気に迫りくる絶頂感に抗おうとして力むと、グレンの雄竿を強く締めつけてしまう。

「ふぁ、ああっ……だめ、……も……！」

「フィア……っ」

その刺激が余計にグレンを興奮させるのか、彼は一度低いうめき声を零すと、急に抽挿の速度をあげてきた。

「ふぁ、あ……ぁっん」

混ざり合った蜜液がぷしゅっ、ぐちゅんっ、と激しい音を立てて結合部から溢れ出る。その甘い樹液が摩擦を減らして抽挿を助けると、グレンの腰の動きがさらに加速した。

「あ、あっ……んぁ、もう……っ！」

「……フィア」

「ひぁ、あっ……あああぁっ……」

淫らな律動に耐えられず絶頂を迎えると、ビク、ビクッと身体が激しく痙攣する。深い快感と達した余韻に溺れるように身を震わせると、その刺激が心地良かったのか、グレンが少し遅れてフィアの中に精を放った。

はぁはぁと肩で息をしながら呼吸を整えていると、フィアの中からグレンの陰茎がずるりと抜け出ていった。さすがに二回連続で達すると疲れてしまうのだろう、と思いつつ視線を下げたフィアは、グレンの股の間にそそり立つ熱棒が未だまったく衰えていないことにふと気がついた。

いくら回復が早いと言っても限度がある。身体は熱く火照《ほて》っているはずなのに背筋が凍る思いで呆然としていると、グレンがフィアの背中に手を添えて身体を抱き起こしてくれた。

「ずっとこの体勢だと背中が痛いだろ。ほら、ここに下りて腕をつけば、多少は楽なはずだ」

「えっ……え……？」

グレンに腕を引かれて後ろ向きにされると、たった今まで寝そべっていた岩の上に前屈みで腕をつくよう誘導された。すると自然とお尻を突き出すような格好になるが、グレンにとっては都合がいい体勢らしい。

フィアの腰に手を添えたグレンが、人差し指と親指を使って秘めた花弁を左右に開く。そこから先ほど自ら放った精蜜がとろりと溢れてくる前に、固く勃起した屹立を宛がい、そのままぐぷんっと挿入された。

「やぁ、ああんっ……！」

ベッドでも浴場でもグレンの顔を見ながら愛し合う経験しかしていなかったフィアは、後ろから貫かれる衝撃とはじめての状況に驚いて、びくっと身体を震わせた。

「あぁ、あんっ……グレン、さま……ぁ」

さらにグレンの顔が見えない不安も感じたのでふるふると首を振ると、その困惑を悟ったのかグレンがフィアの背中と自分の胸を密着させるように後ろから覆いかぶさってきた。

「グレンさま……」

「怖かったか？　それとも、後ろからされるのは興奮する？」

「ちが……ちがいます……！　そんなこと……っぁ」

フィアが文句を言おうとすると、グレンが深い場所までぐっと腰を突き入れてきた。

どうやら後方から挿入する姿勢は、向かい合って上から挿入される姿勢より、深い場所まで先端が届くらしい。後ろからの挿入は獣の交尾のように感じられてなんとなく恥ずかしかったが、優しく最奥を突かれて下から胸を包み込む手の温度を感じると、フィアの不安は少しずつ快感に変わっていった。

「ふ、っぁ……ん……や、ぁん」

グレンの手がフィアの両胸を包み込んでふにふにと揉む。さらに乳首を擦り撫でられると、そこからびりりと電流が生まれてフィアの身体を甘く痺れさせる。

「フィア……最近、胸が大きく、なったんじゃ……ないか？」

「だ……だ、って……んぅ、ぐれん、さまが……ぁあん」

「俺が？」

「い、いっぱいぃ……さわる、から……ぁっ」

乳首への愛撫とゆるやかな律動を繰り返されるので、返答の言葉も途切れ途切れになってしまう。

しかしグレンにはちゃんと通じたようで、フィアが反論すると楽しそうに笑われた。

確かに、最近グレンが美味しいものを食べさせてくれるおかげか、それともベッドや入浴を共にするたびに胸を撫でられるからか、フィア自身も以前より胸が大きくなってきた気がしている。実際はただ太っただけかもしれないが、なんにせよ今までは女性らしい身体つきじゃなかったのだ。少しでも胸が大きくなってグレンに喜んでもらえるのなら嬉しいと思う。

「ああ、フィアの胸は、やわらかい……撫でるだけで……気持ちい、からな……」

「ああ、だめ、だめぇえ……っ」

グレンが親指と人指し指を巧みに操って、両方の乳首をくりくりと捏ね回してくる。さらに恥ずかしい説明を繰り返されると、フィアの羞恥心が一気に高まる。

それに乳首だけではなく、手のひら全体で乳房を包み込むようにゆったりと揉まれている。その状態で抽挿も繰り返されているので、フィアは快感の連続に震えて、胸の大きさのことなどまともに考える余裕もなくなった。

「グレ、さま……また……ぁ」

「ああ、俺も……出す……っ」

「あぁぁ――んっ……！」

敏感な突起をすりすりと擦られながら最奥を突かれたフィアは、再び激しい絶頂を迎えた。身体が激しく反応し、何度も与えられる快感で目尻に涙が滲む。

膣内に再度濃い精液を放たれたフィアだったが、吐精のたびに熱くなる下腹部にふと不思議な感覚を覚えた。

（お腹が……熱い……？）

もしやこの感覚はグレンの子を宿した兆候なのかもしれない。イザベラが言うには、普通の妊娠では子を宿した瞬間まではわからないらしいが、今のフィアは催淫と回復の魔法、月の巡りを意図的に調節する召喚魔法、身籠《ごも》ったときのみ通過出来る結界魔法の中にいるという、かなり特殊な状況下にある。これほど様々な魔法が重複した状態ならば、子を宿した瞬間を自覚することも出来るかもしれない。

もちろん絶対にそうだという保証はない。だがこの勘が当たっているのかいないのかは、結界に近づいてみればわかることだ。

「ぐれ、ん……さま、一度結界を……」

「ん？　ああ、そうだな。通れるか通れないか、試してみるか」

「……はい」

グレンの問いかけに頷くと、彼がフィアの中から肉竿を抜いてくれた。幾度となく貫かれて射精された場所からグレンの熱が消えると、なんとなく寂しさを覚えてしまう。まるで彼の形を覚えてしまったフィアの蜜孔が、寂しい、切ないと鳴いているようで恥ずかしい。

羞恥心で顔が火照《ほて》るのを感じながら、岩の上に広げてあったタオルに手を伸ばす。だが指先がそこに触れる寸前でグレンの手が腰に絡みついてきた。

「グレンさま……？」

「フィア、溢れて垂れてきてる……もったいないだろ？」

「え……」

後ろから抱きしめてきたグレンの手がフィアの太腿の内側をゆるゆると撫でる。指先が辿った場所は確かにお湯とは異なる粘液で濡れていて、グレンの言葉でそれが彼の放った精蜜であることに気がついた。

「ほら、中に戻してやる」

「え、やっ……まっ……」

内股を撫でていた指が肌から離れると、グレンに突然腕を引っ張られた。その勢いのまま身体を押さえつけられた場所は、お湯の中に立つ石製の柱の一面だった。

ブライアリー邸の浴場は丸太の柵で周囲を覆われた露天風呂であるが、そのままでは雨や雪を凌げず、晴れの日以外はお風呂に入れなくなってしまう。そのため視界を遮る目的も兼ねて上部には屋根が設置されている。そしてその屋根を支えるのがこの石製の丈夫な柱だ。

背中に柱の壁を背負わされ、肩の横にグレンが腕をつくと、フィアはもう逃げられない。立った状態で右足だけを抱えられたフィアは、正面のグレンの前髪からぽたりと汗が流れる表情を見つめながら、彼の奮い立った屹立を受け入れた。

「あ、ぁあ、ああん……！」

「フィア……っ」

石柱に背中を預けてはいるものの、立った姿勢を保っているのは左足だけ。その状態で下から熱棒を挿入されて激しく突き上げられると、左足までふわりと浮いているように錯覚する。右足を抱えたグレンの抽挿に耐えるために彼の首に腕を伸ばすと、フィアの顔を覗き込んだグレンがまた艶めいた笑みを浮かべてフィアをじっと見つめてきた。

「あ、あぁ、あっ……ひぁ、あっ」

快楽に溺れる表情をグレンに見られている。そう思うだけで興奮してしまうフィアに、また絶頂の気配が迫る。

衝撃と快感に耐えるべくグレンの首に腕を絡めると、左手の指先が彼の左肩の傷痕に触れる。他の皮膚とは質感が異なるその場所を撫でてみようとした瞬間、フィアの感度を高めるようにグレンがさらに深くまで腰を突き入れてきた。

「あっ、ぁ、あ……あんっ」

グレンの腰が前後するたびに結合部からぱちゅん、ぱちゅ、と激しい音が溢れてくる。

今夜は太腿より上がほとんどお湯に触れていないので、身体はまだ濡れていない。だからこの水音は、お互いの身体が生み出した淫らな蜜汁だけによるもの。混ざり合った体液が結合時の潤滑油になり、興奮を生む材料になり、さらに二人の未来を繋ぐ希望の種になるのだと思うと、フィアの官能が再び強く刺激される。

「ふぁ、あ……ぁっん」

「フィアが可愛い……俺の、フィア……」

「だめ、ぐれ、ン……さま、あ、あんっ……」

もったいない、と言われて塞がれたはずなのに、結合部の隙間から濃い液体がとろとろと溢れてくる。それが太腿を伝ってお湯の中に溶けると、水面からまた濃く甘い香りが放たれる。ふわふわと心地よい気持ちと際限のない快楽の中で、フィアはただグレンに縋ることしか出来ない。

「あ、あっ……あん！　ぐれ、さまぁ……っ」

「フィア、可愛い……」

「んん、んっ……ぅ」

ぎゅう、とグレンの首にしがみつくと、彼も興奮を隠さずフィアの唇を激しく奪う。舌を絡ませ、歯列を這うように口内を貪り、唾液を啜るように何度も唇を吸われる。

左腕でフィアの右足を抱え右腕でフィアを抱いてさらに激しく腰を振るグレンと、深いキスを交わす。そうするだけで、密着しているすべての場所が溶けて混ざり合うように感じられた。

口づけを繰り返しているうちに、子宮の奥からまた絶頂の気配が湧きあがってきた。熱塊が蜜壺を行き来するたびにふるふると震えるフィアの身体は、押し寄せる快楽に抗うことも出来ない。

「あ……はぁ……っぁん……」

どちゅ、と強く突かれた瞬間、フィアの身体がびくりと跳ねた。一気に深く挿入された強い衝撃と摩擦で、蜜壺の浅い箇所も刺激されたらしい。結合部の僅かな隙間から、混ざり合った蜜液がこれまでにないほど激しく弾け飛んだ。

「んぅ……っ、あ、ああっ……！」

ぴしゃっ、ぷしゅ、と水音を立てて溢れ出した愛液がお湯の中に溶けていく。その様子を見つめていたグレンが、フィアの耳元で恥ずかしい報告を囁《ささや》いた。

「ああ、すごい光景だ……フィアが蜜を噴いてる……」

「ちがっ……つぅ……ふぁ……」

グレンが恍惚と呟いた内容にふるふると首を振ったが、快感の連続と疲労のあまりまともな声も発せない。力が抜けてグレンに寄りかかると、射精後の雄棒をぬちゅりと引き抜いて、快感の余韻に震えるフィアの身体を横抱きに抱えてくれた。

そのままお湯の中をざぶざぶと進み、岩風呂から数段の段差を上って入口へ近づいていく。さきほど口にしていた、結界を通過出来るかどうかを試すのだろう。

見えない結界に近づくとまた全身がビリビリ痺れて痛むのかと思うと、フィアの身体が無意識に恐怖で竦《すく》む。襲いくる痛みに耐えようと、グレンの首に腕を回してぎゅっと強く抱きつくフィアだが、グレンが扉の目の前に立っても、フィアの身体に想像していたような痛みは訪れなかった。

(それじゃあ、私……!)

鋭い反応が訪れなかったことで、先ほどのフィアの直感が確信に変わった。

イザベラの結界がしっかりと働いているのならば、条件を満たさない者はこの入り口を通過出来ないはずだ。しかし近づいてもなんの反応もないということは、この場にはグレンとフィア以外にもう一つ別の生命が存在するということ――フィアがグレンの子を授かったことを意味する。

胸の奥から溢れてくる喜びをじんと噛み締めるフィアだったが、それまで扉の前でフィアを抱えたまま立ち止まっていたグレンが、突然くるりと方向転換した。

「グレン……さま?」

「まだ駄目みたいだ」

「え?　でも……」

たった一言だけ言い残したグレンが、なぜかフィアを抱きかかえたまま今来た石畳を戻っていく。

困惑するフィアはグレンに自分の感覚を説明しようとするが、そうこうしている間に岩の段差を降りたグレンがお湯の中に到着してしまった。

「まだ足りない。もう一度抱く」

「ちょ、え……グレンさま……!?」

グレンの宣言に驚いて思わず大きな声が出る。

そんなはずはない。フィアは結界が張ってある脱衣場との境目に近づいても、感電も激痛も感じなかった。本当に『まだ駄目』ならば、扉の前に立つだけでもっと強い反応があるはず。いくら日々鍛錬を重ね心身を強化しているグレンでも、平然としてはいられないはずなのだ。

その反応がないということは、結界を通過するための条件を満たしている——フィアのお腹に、グレンの子が宿ったということだ。なのにどうしてグレンは……と疑問に思っていると、フィアの身体を抱いたままお湯の中に座り込んだグレンが、ふと背後にあった大きな岩の陰から見慣れない緑色の小瓶を取り出した。

「グレンさま……それは？」

「これか？　これはアルバートに用意してもらっていた、媚薬を中和するための薬だ。湯に触れるだけで発情する状態が続けばいつまでも身を清められないし、身体も温められないだろう」

「あ、なるほど……」

確かにフィアの懐妊が確認されたあとでも薬の効果が続くようでは、なにかと不都合が多い。循環するお湯を洗身や洗髪に利用出来ないのも、身体を温めるために湯に浸かれないのも困る。

グレンが小瓶の蓋を外して中身を温泉に注ぎ込むと、先ほどまで白く濁っていたお湯があっという間に元の無色透明に戻る。湯気と混ざって辺りに漂っていた甘い香りも霧散し、いつもと同じ鉱物が溶け込んだ独特の香りが広がっていく。

「って……グレンさま？　気づいてらっしゃいますよね？」

「ああ、もちろん」

はた、と気づいたフィアが問いかけると、グレンが笑いながらフィアの身体を抱き直してきた。

グレンも二人が結界を通過出来るようになっていることに――フィアがグレンの子を宿したことに、ちゃんと気づいていたようだ。

本当はあのまま浴場を出ていくことも出来たが、お互いに汗と体液まみれになり、さらに今日はまったく温泉に浸かっていないことを思い出したらしい。だからそのまま引き返してきて媚薬の効能を中和し、お湯をいつもの状態に戻した上でこうしてフィアの身体を温めてくれるのだ。

「よく頑張ったな、フィア。いい子だ」

「グレンさま……」

悪戯を引っ込めたグレンがフィアの頭を優しく撫でてくれる。

体力の限界も精力の衰えもないまま何度も深く繋がり、何度も強く抱き合い、何度も絶頂を迎えて貪り合った。薬の効果で即時回復するとはいえ、元々体力のあるグレンと異なり、それほど頑健ではないフィアにとっては中々大変な魔法だった。

そんな中でよく頑張ってくれた、とグレンがフィアを褒めてくれる。その優しげな眼差しに見つめられたフィアは、自分がグレンの子を身籠《ごも》ったことを少しずつ実感し始めた。

（私のお腹に……ここに、グレンさまの赤ちゃんが……）

緊張と行為の激しさで忘れかけていたが、これでフィアはグレンの子を妊娠したことになる。

きっかけはレイモンドの包囲網から逃れるためだったが、いつかグレンと温かな家庭を作っていけたら……と密《ひそ》かに願っていたフィアは、その願いをこんなにも早く叶えられたことに、小さな幸せを噛み締めていた。

嬉しさと気恥ずかしさを感じてると、フィアの身体を抱きしめたグレンに耳元でそっと名前を呼ばれた。

「フィア」

「グレンさま……？」

いつもと同じ甘さを含んだ声に、身体がぴくっと反応する。散々愛し合ったというのにグレンの低く掠れた声を耳にするだけでまた官能を思い出す素直な身体が、自分でも怖い。

そっと近づいてきたグレンの唇を遮るように、慌てて彼の顔と自分の顔の間に指先を滑り込ませる。すると一瞬残念そうな顔を見せたグレンが、すぐにフッと笑顔になった。

「そうだな、かなり濡れて乱れたから、まずはちゃんと身体を温めたほうがいい。温まったら、俺が隅々まで洗ってやる」

「え……えっと……？」

「フィア、具合は悪くないか？」

堂々と宣言するグレンの言葉にひとり困惑していると、グレンにじっと顔を覗き込まれて心配そうに確認された。

懐妊した女性が本当の意味で具合が悪くなるのはきっとこれからで、もちろんフィアはまだ体調の変化を一切感じていない。それでもフィアの身を案じてくれるグレンの優しさが嬉しい。微笑みながら「大丈夫ですよ」と返すと、グレンもすぐに安堵の表情を浮かべて改めてフィアの身体を抱きしめてくれた。

「ここからは無理をさせるわけにはいかないんだったな。仕方がない、愛でるだけにしておく」

「ん、ん……」

少しだけ残念そうに宣言するグレンだが、フィアが頷いた直後からすでに胸の膨らみをふわふわと撫で、少しだけ固く反応している突起をすりすりと擦られる。確かに無理はさせられていないが、これでは休む身体も休まらない気がするのだが。

「グレンさま、だめですよ？」

「おかしいな……薬は中和したはずだが」

フィアがグレンの淫らな指遣いを指摘すると、グレンがこの行動は強力な媚薬による無意識のものだと言い逃れようとした。「もう」と頬を膨らませてそっぽを向くと、グレンが「悪かった」と笑ってフィアの額に唇を寄せてきた。

そんな触れ合いの時間ももちろん嫌いではない。こうして密着して他愛のない話をする瞬間が、やっぱり一番楽しくて一番心地よいと思う。

「フィア、ありがとう」

グレンの腕に抱かれたまま熱いお湯に浸かり、ぽわぽわと心地良い気分を味わっていると、ふとグレンが感謝の言葉を零した。え？　と顔を上げてグレンの瞳と見つめ合うと、すぐに優しく微笑んでフィアの頬を手のひらで包み込んでくれる。

「俺はもう逃げない。フィアと生まれてくる子を、なによりも大事にすると誓う」

「……はい」

グレンの決意の言葉に長い返事は必要ない。

フィアの輪郭を包み込む大きな手に自らの手を重ねてすりっと甘えると、グレンが優しいキスをくれる。熱い温泉の中でそれ以上に熱い唇を重ね合うと、フィアの重圧と不安もお湯の中に溶けて癒される気がした。

第五話

「レイモンド陛下。お約束通り、診断を受けて参りました」

昨日医師の診察と診断を受けた結果を報告すべく、フィアとグレンはレイモンドの元を訪れていた。ただし前回は謁見の間で玉座の前に跪《ひざまず》いていた二人だが、今回の謁見場所はルミリアス城にある広い応接間で、フィアとグレンも用意された柔らかいソファに腰を落ち着けていた。

入室してきたレイモンドが着席するかしないかのうちに口を開いたグレンに、レイモンドがくつくつと喉で笑った。

「ああ、医師からの報告を聞いた。おめでとう、グレン」

どうやらレイモンドは事前に医師の報告を受けてフィアの懐妊を把握していたらしい。グレンの態度も予想していたようで、前回あれほどフィアに執心していたことが嘘のように、あっさりと祝福の言葉を告げてきた。

意外な反応に目を見開くフィアとグレンの目の前で、肘掛けに頬杖をついたレイモンドが長い脚を組んでにやりと含み笑いを浮かべた。

「これでようやく、ブライアリー騎士団を私の直属組織として迎えられるな」

レイモンドがあっさりと言い放った言葉に、グレンが数度瞬きをしたのち、はあぁ、と大きなため息をついてがっくりと項垂れた。

「まさか陛下……我が騎士団を擁立する理由を作るために、わざと……？」

「さあ、どうだろうな」

グレンの質問を曖昧にはぐらかすレイモンドだが、ご機嫌な彼の表情を見るに、おそらくそれが真実なのだと思う。フィアも以前、レイモンドがブライアリー騎士団を〝皇帝の剣〟と呼ばれる自分だけの組織にしたいと考えていること、そのためにはグレンの結婚が必要であることをイザベラから聞いていた。その話がどこまで本当なのか正確なところは把握していなかったが、今の発言と表情から察するに、イザベラの説明は当たっていたということだ。

レイモンドは自分が思い描く理想を実現するための駒として、一刻も早くグレン率いるブライアリー騎士団を手中に収めたかった。彼はそのためにフィアを利用したのだ。

「グレン。どうしてフィア＝オルクドールがいつまで経っても第十級聖女から昇格しないのか、理由を知ってるか？」

「え……？」

体よく利用された事実に魂が抜ける心地を味わっていたフィアだが、そこで突然、話題が自分に飛び火してきた。しかもフィアを取り巻く状況をフィアよりも把握しているらしいレイモンドの問いかけに、思わずぽかんと口を開けてしまう。

だが問いかけられたグレンは特に表情を変えず、沈黙したままレイモンドをじっと見つめ返すのみだ。

「ふうん、その顔は知ってる顔だな」

グレンの眼差しから心の内を悟ったらしい。口角をあげて目を細めたレイモンドの表情を確認すると、グレンが小さく頷きながらフィアをちらりと見つめてきた。

「フィアの聖なる力は〝純正種〟に適合する、特別な力なのでしょう」

「その通りだ」

「……純正種?」

グレンの推測にレイモンドがはっきりと頷く。しかし当事者であるはずのフィアにはいまいち状況がわからない。

フィアの疑問の表情を見たレイモンドが、ふっと表情を緩めた。

「一般には知られていない話だが、この世界には〝純正種〟と呼ばれる、魔力を一切持たない人間が存在する。私もそうだし、グレンもそうだ」

「え……?」

レイモンドの説明にごくりと息を呑む。

確かにグレンはこの国では珍しい、魔法を一切使えない人間だ。それ自体はフィアも認識していたが、レイモンドも同じであるとは知らなかった。

即位から五年と経たないうちに帝国をまとめ上げたレイモンドは、今もその領土を拡大している真っ最中である。だからてっきり魔法の力も強く、人々はその能力にも畏怖の念を抱いているのかと思っていたが、意外にもレイモンドもグレンと同じく魔法を扱えない体質だという。

「純正種は魔法が使えない代わりに身体能力が高く、人心を掴む能力に長ける。財を成し、栄光を手にし、子宝に恵まれ、国を動かす力を持ち、天運をも味方につけると言われる稀有な存在だ。自分で言うのは少々照れくさいがな」

どうやら純正種と呼ばれる一切魔法を扱えない者には、魔力とは異なる別の能力が備わっているらしい。ただどれも目に見える形では認識できず、しかも実現したときにそれが純正種の力であるとも証明出来ないが、もし事実なら下手な魔法よりもよほどおそろしいと思ってしまう。

「グレンはそう遠くない未来、今より大きな組織の長として多くの部下を従える立場になる。それほどの力を生まれ持ったんだ。いずれは今の帝国第一騎士団どころか、帝国軍をも凌ぐ組織の頂点に立ってもらうつもりだ」

「はあ」

「やる気のない返事をするな。私がそうさせると言っている」

そしてレイモンドと同じく、グレンもその稀有な存在〝純正種〟であるという。無欲なグレン本人は興味なさげであるが、レイモンドはグレンの血と秘めた素質を見抜いているらしく、だからこそ自分の直属の部下にしたい、とグレンの説得と獲得にこうも意欲的なのだ。

「だが純正種には欠点もある。先に述べたように、体質的に魔法を受けつけない」

「グレンさまだけではなく、皇帝陛下も……？」

「ああ、そうだ。だから私にも特殊な専属の治癒魔法使いがいる。聖女ではないけれどな」

レイモンドの説明に「なるほど」と頷く。

確かに魔法が通用しない以上、治癒や回復が必要なときは通常と異なる手段を用いなくてはならないのだろう。もちろん大前提として怪我や病気を未然に防いで疲労を蓄積しすぎないよう注意を払うべきだし、自然に治癒するのを待つのが最善ではあるけれど。

「ではグレンさまは、魔法に頼らず自然の治癒を促《うなが》すために、邸宅に温泉を作ったのですね」

「まぁ、そうだな。もちろん思い出の場所を懐かしむ気持ちもあったが、理由の多くは温泉の効果への期待だ。気休めにしかならないかもしれないが」

グレンが邸を建てる際に、帝都では珍しい温泉をわざわざ併設したのは、ただ大きな露天風呂に自由に入りたかったからではない。あの秘湯こそが、魔法が効かないグレンを癒す唯一の治癒の場だったのだ。

そして話を聞けば聞くほど、アルバートやイザベラがグレンを心配する気持ちを深く理解する。ただでさえ魔法が効きにくく回復が難しいのに、本人が怪我や傷を顧みないようでは小言の一つも言いたくなる。レイモンドに専属治癒魔法使いがいるように、グレンにもそういう相手を見つけたい、願わくは彼の寂しさを埋める人がいい、と考えるのも友人としてあたり前だろう。

「だが魔法が効きにくい純正種にも、恩恵を与えられる者がいる。それが聖女の中でもさらに特殊な〝神秘種〟と呼ばれるフィアだ」

「え……!?」

グレンとレイモンドの話から、急に自分に話題が戻ってきたので、驚きのあまり大きな声を出してしまう。彼が口にした耳慣れない言葉と、それが自分の存在であると示されたフィアは、絶句して瞬きをするしかない。

「神秘種の聖なる力は完全無欠。帝国内を探せば、純正種以外にも一般とは異なる血種がいくつか存在するが、フィアの聖なる力はそのどれにも適合する万能の力だ」

「そ、そんなはずはありません……！」

レイモンドの説明を聞いて少しずつ我に返っていたフィアは、最後の言葉を思わず大きな声で否定してしまう。フィアが万能だなんて、そんなはずがない。

「だって私は落ちこぼれで、力を使う機会すら与えてもらえないほど無能で……！　神殿に入ってからずっと第十級聖女のままで、位だって一度も……！」

「そう、フィアが神秘種であることに気づいたノーザリア神殿は、あえて第十級聖女に留め続けることでフィアが聖なる力を使う機会を奪った。貴重な力が枯渇してしまうことと、類まれな万能の力が周知されることを恐れて」

レイモンドがフィアの否定を一度受け止めたうえで、その一つ一つを確認しながら誤った認識を訂正していく。

聖なる力が開花してからこの七年間、フィアはずっと落ちこぼれの烙印を捺されて他の聖女達の陰で生きてきた。務めを果たすことが可能になる第九級聖女にすら昇格せず、ずっと神殿の雑用をさせられてばかり。いじめにあったり無視されたりすることはないが、誰もが成長もせず枯れもしないフィアを、哀れむように見つめているのは今も同じだ。

しかしレイモンドは、フィアを『成長しない落ちこぼれ聖女』とは考えていない。『成長を止められて隠されてきた聖女』だと言うのだ。

「ですが私が本当に〝神秘種〟だとおっしゃるなら、この力を広く使うべきではないのでしょうか？　一体なんのために……」

「おそらくノーザリア神殿は、私にフィアを差し出すことで恩を売ろうとしていたんだろう。もうすぐ即位から五年を祝う式典が執り行われるからな。それまでフィアの存在を秘匿して、力を温存し続けるつもりだったんじゃないか？」

「!?」

レイモンドの言葉に驚愕してしまうフィアだが、すぐにその説明が的を射ていると気づく。

ルミリアス帝国は大地の女神・天空の女神・大海の女神の力を授かって築かれたとの伝承から、皇帝の一族は皆この三女神を崇《あが》め奉っている。ゆえに女神の眠りを守護する各神殿の運営も帝国の公金で賄われており、女神や聖女の力を頼る人々への恩恵も無償で分け与えられ、金銭を要求してはならないものと規定されている。

税金で成り立つノーザリア神殿には国から支給される運営費と寄付以外の収入源がなく、他に大きな資金を得られる機会もない。あるとすれば皇帝に『特別ななにか』を献上し、その褒賞を受けることのみ。

つまりノーザリア神殿は、きたるレイモンド＝ルミリアスの皇帝即位から五年を祝う祭典で、貴重な〝神秘種〟の聖女であるフィアを献上することで褒賞を得ようとしていた――フィアは神殿に売られるために、この七年間飼い殺しにされていたのだという。

（陛下が即位されたときは、私がまだ十七歳だったから……）

しかも皇帝が代替わりしてレイモンドが即位したときのフィアはまだ十七歳。名目上は〝聖女〟でも、実際は〝側妾〟であることから、未成年を献上するわけにはいかないと一度目の機会はあえて知らぬふりでやり過ごしたのがまた周到である。

「だがフィアの能力を知らない義両親が、自分達の欲のためにアルバートの求めに応じてしまった。フィアが稀有な存在であることを欲深い両親に悟らせまいとあえて第十級聖女に留めて家から通わせ続けた神殿の思惑が、裏目に出たんだろうな」

レイモンドはフィアの実家にまで調査の手を伸ばしたらしい。貧しい家庭環境が露呈する恥ずかしさもあったが、それよりもフィアの認識していなかった事情が少しずつ明かされて疑問の欠片がぴったりと埋まっていく感覚に驚く。だが怒りや悲しみはそれほど湧かず、むしろ心のどこかでずっと引っかかっていた疑問が解け、腑に落ちたように思う。

「神殿はよほど焦っただろう。なんせ私の目の届く騎士団の庇護下にフィアの身を置かれたせいで、事情を話して返してもらうことも、強引に連れ戻すことも不可能になったのだから」

鼻で笑って肩を竦《すく》めるレイモンドの憶測に、なるほど、と頷いてしまう。

フィアがグレンの元へ召喚されてすぐ、ブライアリー騎士団は召喚したフィアの身を預かりたいとノーザリア神殿に申し出た。それに対する神殿の回答は、一応は承諾するものの、フィアの能力を使いすぎないこと、フィアの能力を不特定多数の者に知られないよう注意すること、できればフィアを早めに返してほしいことが控えめに記されていた。あの書状のちぐはぐな印象は、ひとえに『利用価値を下げないように出来るだけ穏便にフィアを連れ戻したい』という事情の表われだったのだ。無論、聖女をもらい受けるために必要な『女神の試練』を神殿が承諾するはずもない。

「グレンは気づいてなかったのか？」

レイモンドに話を振られたグレンが、ふと顔をあげて「ええ、まぁ」と曖昧に頷く。

「再三に渡り『女神の試練を受けたい』と申し出ているにもかかわらず、神殿から一向に許可が下りないことをおかしいとは思っていました。フィアが第十級聖女から昇格しないことも、純正種の俺に治癒の魔法が効くことも、なにか特別な理由があるのだろうと……。まさかフィアが〝神秘種〟だとは思いませんでしたが」

「それはまあ、思わないだろうな。神秘種なんて伝説級の存在だ。実在すると思うほうがどうかしている」

グレンの説明にレイモンドがため息交じりの笑みを浮かべる。

「アルバートは頭がいいのか抜けてるのかわからないな。純正種の治癒者を一般人から募るなんて私からしたら相当馬鹿げてるが……それで〝神秘種〟を引き当てるとは恐れ入るよ」

レイモンドの感嘆に、グレンが苦笑いを零す。

フィアは一切知らなかったが、どうやらグレンが特殊な存在〝純正種〟であることは、アルバートも理解しているらしい。おそらくイザベラも把握しているのだろう。あるいはブライアリー騎士団に所属する騎士達や魔法使い達の中には周知されているのかもしれないが、フィアとしてはただただ驚くばかりだ。

もちろん、自分が〝神秘種〟――レイモンドに言わせると、伝説級の珍しい血種であることはさらに驚きである。自覚がないばかりが、未だにレイモンドから盛大な嘘を吐かれているような気分でいるのに。

それにしても、フィアの秘めた力は一体どこからやってきたのだろうか。かつての皇帝に仕《つか》えるほどの大魔法使いだった亡き祖父から引き継いだものなのだろうか。それとも、彼が聖なる高峰ノル・ルミリアス山の中腹にこっそりと掘っていた温泉に、幼い頃から何度か浸かっていた影響なのだろうか。

「ノーザリア神殿は、グレンが将来新帝国騎士団長になる男だとは知らないようだな。グレンの素質に気づけていればそういう恩の売り方もあっただろうに、見る目がないにもほどがある」

突然グレンを褒める言葉を紡いだレイモンドに驚いて、ハッと顔を上げる。ソファの背もたれに深く背中を預け、だらしのない姿勢で用意された紅茶を啜っているレイモンドが、ふとフィアの顔を見て口角をあげた。「そう思わないか？」と自信満々に問いかけられても、フィアは目を瞬かせるしかない。

「グレンが『女神の試練を受けたい』と正式に申し出たことと、最初は密やかだったフィアの噂が私の耳に届くほど広がってしまったことで、ノーザリア神殿は方針を変えることにした。民間の騎士団にフィアを渡すぐらいなら、いっそフィアの力を公にして、即位の式典を待たずに大々的に私に献上してしまおうと動き出したんだ」

レイモンドの説明を聞いたフィアの肩がびくっと跳ねる。そして背中に嫌な汗をかく。

いくらグレンとフィアが愛し合っていても、皇帝を含む周囲の全員がそれを知っていても、現在のフィアはあくまでノーザリア神殿付きの第十級聖女だ。その事実とともに特別な聖女が若き皇帝に輿入《こし》れすることを先に宣言されてしまっては、世論を覆す難易度が各段に跳ね上がる。皇帝の祝い事を後押しする民衆を裏切ることになっては、方々に多大な影響が出かねないからだ。

「では陛下は、神殿の打診を受け入れるおつもりで？」

グレンの質問にレイモンドがにやりと笑う。その姿を見たグレンの表情がぐっと曇る。

「まあ、一度フィアを受け入れて、後からグレンに褒賞として下賜する方法もなくはなかったな。でも私はグレンに疑いの目を向けられたくないし、グレンとフィアの間に溝も作りたくない」

だから神殿が強引な手段に出る前に手を打ってやったんだろう、ときっぱり言い切られ、グレンが「はぁ」と気のない返事をした。その態度に若干の苛立ちを覚えたのか、レイモンドが急に声を荒らげる。

「もとはといえばグレンが悪いんだぞ！　さっさと身を固めないから！」

「申し訳ございません」

テーブルの下でレイモンドにげしげしと脛を蹴られたグレンが、さり気なくそれを避けながら謝罪の言葉を口にする。しかし口も態度も足癖も悪いが本気で怒っているようには見えないところを見ると、やはりレイモンドとグレンの間には一定の信頼関係があるようだ。

ひとしきり怒りを発散させたレイモンドが、またソファに背中を預けて長い脚を組む。

「まあ、ここで私がフィアを側妾に迎えても、神殿の打診を断った結果フィアを強引に連れ戻されても、彼女を失えば結局グレンに影響を与えるだろう。恋に目覚めた男の執着心ほど厄介なものはない。私はグレンに呪われたくはないはないからな」

「呪いはしませんよ」

「どーだか」

「魔力がないので呪う力がありません」

「そういう意味じゃないだろ……。というかそれ、魔力があったらやる気満々じゃないか。勘弁してくれ」

真顔で答えるグレンに、頬杖をついたまま指先で額を押さえたレイモンドが、これ見よがしにため息を吐く。それを否定しないところがまたグレンらしい。

「けど、これでようやく準備が整った。グレンが結婚を決めたなら、私も憂いなくブライアリー騎士団を推せる。ずいぶん手間をかけさせられたがな！」

「ありがとうございます、陛下」

レイモンドにからかわれて笑みを浮かべるグレンの隣で、事実を知ったフィアもほっと息をつく。自分の中に大きな力が眠っているとは到底思えないのでまだ不思議な気持ちはあるが、ノーザリア神殿とのやりとりにレイモンドが介入してくれるなら、今後大きな障害にはならないだろう。

「けどグレン、お前は順番を間違えすぎだ。普通に結婚するつもりだと言えばそれで許してやるのに、子どもを作る話にまで吹っ飛ぶものか？」

はぁ、と再び深いため息を吐いたレイモンドの意見には、フィアもそっと同意する。レイモンドの迫真の演技に焦ったとはいえ、これまでの間に信頼関係を築けてきたのなら、話せばわかるはずなのに。レイモンドの嘘に、グレンまで嘘を重ねる必要はなかったはずなのに。

そんなことを考えながらちらりと隣に座るグレンの表情を盗み見ると、こちらを見ていたグレンとばちっと目が合った。え……？　と瞬きするフィアから視線を外したグレンが、にやりと口元に笑みを浮かべてレイモンドに向き直る。

「感謝いたしますよ、陛下。あなたのおかげでいいきっかけになりました」

「はぁ。まあ、そんなことだろーと思ったよ」

フィアにはなんのことかわからなかったが、グレンが清々しい表情で告げる言葉はレイモンドには理解出来たらしい。やれやれと肩を竦《すく》めるレイモンドと悪巧みが成功したように指を組んで微笑むグレンに、フィアだけがついていけない。

二人の顔を交互に見比べていると、レイモンドがフィアに労りの言葉をかけてきた。

「重たい男に惚れられたな、フィア。だが帝国の未来のためにも、諦めてそいつの面倒を一生見てやってくれ」

「は、はい……。……はい？」

意味がわからず曖昧に頷くとレイモンドがにこりと笑顔を浮かべる。

その後二人の話し合いにより、フィアの体調が落ち着き次第ブライアリー騎士団をレイモンド直属の組織として擁立することが決まった。

その話し合いの間、時折フィアの体調を確認したり頭を撫でたりするグレンの様子に、なぜかそれを見たレイモンドが顔を両手で覆ってじたばたと照れていた。

＊　＊　＊

今夜もいつものように、グレンの腕に抱かれて湯に浸かる。体調は比較的良好で、身体が動かしにくいというほどまだお腹も膨らんでいない。だから一人で入浴しても問題はないのに、グレンがどうしてもといって聞かないのだ。

有無を言わさず服を脱がされ、時折恥ずかしい悪戯をされながら洗い場で髪と身体を洗われる。それからフィアの手をとってお湯の中へ導いてくれるグレンに従うと、彼は幸福の絶頂のような笑顔でフィアの頬を撫でてくれる。そのとろけるような甘い表情を見ていると、フィアも幸せな気持ちに満たされてなにも言えなくなってしまうのだ。

「そういえばグレンさま、女神の試練をお受けになるのですか？」

先日レイモンドと話し合った内容をふと思い出したフィアは、グレンの腕の中でゆっくりと首を傾《かし》げた。フィアの質問にグレンがそっと頷く。

「もちろんだ。神殿はまだ渋っているようだが、陛下のご命令には逆らえないだろう」

約三か月後に迫ったレイモンドの即位五年を祝う式典に先立ち、ノーザリア神殿からレイモンドの元へ『皇帝に会って頂きたい特別な聖女がいる』と打診があった。書状にはそれがフィアのことだとは明記されていなかったが、帝国各地に存在するレイモンドから密命を受けた内偵者のおかげで、神殿の思惑はすべて筒抜けである。

レイモンドはこの状況を利用し『聖女に会う代わり、第十級聖女フィア＝オルクドールを望む私の友人グレン＝ブライアリーに、女神の試練を受けさせてほしい』と要求した。実質、命令である。

これによりノーザリア神殿はグレンに女神の試練を受けさせなければならなくなった。神殿はフィアの情報を調査されることを嫌ってあえて名前を伏せたと思われるが、それを逆手にとったレイモンドが先にフィアの名前を出してしまったので、今さら『フィアこそが会わせたい聖女だ』と言えなくなったのだ。

なにせレイモンドの書状には『友人』と書かれている。友人の恋を応援するつもり満々の皇帝から不興を買うわけにはいかないし、かといって自分達から言い出した話を今さら引っ込めるわけにもいかない。肝心のフィアも聖都にはいないし、強制召喚されないようアルバートによって転移禁止魔法を施されている。

そして『友人』の言葉がある以上、神殿はグレンに『以前の約束と話が違う』とも責められない。グレンは友人であるレイモンドに恋の相談をしたというだけで、『フィアの能力を不特定多数の者に知られないよう注意する』という約束は破っていないのだから。

これでようやく話が進む、と安堵する一方で、女神の試練については不安がある。命の危険に晒《さら》されるような内容だったらどうしよう……とドキドキしていると、グレンがふっと表情を崩した。

「まあ、別に聖都へ赴く必要があるわけじゃないらしいが」

「え……？　どういう意味でしょうか？」

どうやらフィアの不安の気持ちはグレンにお見通しらしい。水面から出たフィアの肩に手で掬《すく》ったお湯をかけながら、グレンが優しく説明してくれる。

「陛下が教えてくださったんだ。試練といっても、実際は大地の女神に示された無理難題を乗り越えるわけじゃない。聖女の位に応じた金額を神殿に納められるかどうかが〝女神の試練〟のすべてのようだ」

「え……そ、そうなんですか!?」

グレンの口から語られる意外な説明に、何度も瞬きをしてしまう。

ノーザリア神殿に七年も仕《つか》えているフィアだが、女神の試練の詳細についてはなにも知らされてない。試練に公平を期すべく箝口令が敷かれているため、実際に受けるまで細かい試練の内容は伏せられているからだ。

ただ大地の女神の愛し子である聖女に永遠の愛を誓い、女神の許しを乞うために二人で挑んで乗り越える試練なのだ。大きな危険を伴う代わりにロマンス溢れる展開があるのかと想像していたフィアは、まさかの『お金で解決』という味気のない試練に、乙女の願望を裏切られたような、拍子抜けするような気分を味わう。もちろん危険なんてないほうがいいに決まっているのだけれど。

「わ、私……神殿に納めるほどのお金なんてありません……」

そして現実を知らされたフィアに別の心配が生まれる。悲しいことに、フィアは財力が皆無だ。

「払うのは俺であって、フィアじゃない。今後はフィアにも家計を管理する方法を教えていくが、今はまだ気にしなくていい」

「え……でも……」

「それに第十級聖女のまま帝都に身を置くフィアは、神殿での昇格の儀式を受けられないからな。今から無理矢理位を上げられて、法外な金額を吹っかけられることもないだろう」

グレンと目が合うと笑顔で頷かれたので、フィアもほっと胸を撫で下ろす。時間的にも金銭的にも、グレンに大きな負担をかけずに済むならそれに越したことはない。

それにしても、神殿には帝国から受ける公金と寄付金以外の収入源がないものだとばかり思っていた。それが聖女の任を退く娘とその伴侶となる人からも『女神の試練』という名目で金銭を受け取っていたなんて。

レイモンドが何も言わないということは、少なくとも今回は見逃される可能性が高い。だが実はフィアをはじめとする仕《つか》えている聖女には感知出来ない金銭の流れがあるのかもしれない。

「ノーザリア神殿にもそのうち改革の時期が来る。ルミリアス帝国は大地の女神・天空の女神・大海の女神を国の守護神としているが、天空の女神と大海の女神を奉る神殿でも神官の悪事が露呈して大きな問題になった。どちらもこの数年で改新することが決まっているが、それが落ち着いたら陛下はノーザリアの是正にも乗り出すだろうな」

「そうですか……」

グレンの説明に少しだけ複雑な気持ちを抱く。

空気のような扱いを受けていたとしても、七年間もお世話になった神殿だ。それに皇帝の命令で直々に改革を行うとなれば、ノーザリアの街にも多少の混乱が訪れるだろう。楽しい思い出ばかりではないが、故郷の平穏が脅かされるのは少し憂鬱な気持ちになる。

「大丈夫だ。レイモンド陛下は民衆を危険に晒《さら》すような改革は好まない」

「……はい」

グレンはそんなフィアの気持ちもしっかりと酌みとってくれたらしい。優しく諭されたので、なるようにしかならない……むしろ膿を出し切って一度まっさらな状態になったほうが、長い目で見たときに穢れも曇りもない新たなノーザリア神殿に生まれ変われるだろう、と思うことにする。今はそう信じるしかない。

「それよりフィアは、お腹の子の心配をしてくれ」

「平気ですよ。悪阻《つわり》は少ないみたいで、体調も問題ありません」

ふと話題を変えたグレンが、お湯の中でフィアのお腹をそっと撫でてきた。まだ生命の躍動はほとんど感じられず、たまにお腹が張る程度。重い悪阻《つわり》もないので、フィアとしては普段とあまり変わらないように過ごしている。

しかしグレンの心配は尽きないようで、大丈夫だと言っているのに今も身体と髪を丁寧に洗われたところだ。病人じゃない、と頬を膨らませると『俺がやりたくてやっている』と返されてしまうのだけれど。

ふとフィアの後頭部を撫でていたグレンが、お湯に髪が入らないよう結んでいた紐に指をかけ、それをぱらりと解いた。

「グレンさま……髪がお湯に入ると、不衛生ですよ？」

「構わない。このお湯にはどうせ俺とフィアしか入らない」

グレンの宣言に、そういう問題ではない、と思いつつ黙ってされるがままになる。グレンの大きな手に頭を撫でられるのは素直に気持ちが良かった。

「フィアは銀の髪も似合うな」

グレンの呟きに顔を上げると、褒め言葉に照れてはにかむ。

「最近、自分でも少し慣れてきました」

「そうなのか？　俺はもうフィアを探すときはこの色を目印にしてる。お湯に透ける銀の髪も、とても綺麗だ」

流れる黄金の河のように美しかったフィアの髪は、グレンと再会した瞬間に色が抜けたように変色してしまった。その後ベアトリスから温泉の成分と混ざり合って色素が溶け出した、と説明を受けたときは確かにショックを受けた。さらにレイモンドにも髪の色が変化したときの状況を話して原因について思い当たる説がないか訊ねてみたが、彼の見解も『温泉に含まれる力と神秘種の聖なる力が共鳴反応した結果として、色が抜け落ちたのだろうな』というものだった。

けれど今にして思えば、あれこそがフィアの変化の象徴だった。まるで『神殿に仕《つか》える聖女』という煌びやかだが固く頑丈な殻から脱皮し、自由を知って新しい居場所で羽ばたく蝶のように――フィアはまっさらに生まれ変わったのだ。

だからフィアも、もう元の金色の髪に戻したいとは思っていない。なによりグレンがこの銀色の髪を気に入ってくれている。

「グレンさま……」

「くすぐったいか？」

「いいえ……気持ちいい、です……」

グレンが左腕にフィアの身体を抱いたまま、右手で後頭部を撫で、指で長い髪を梳いてくれる。

無色透明のお湯の中に広がった銀の髪は、マリーゴールド色の灯りに照らされてきらきらと輝いた。

視界の先にゆらゆらと漂う自分の髪を見つめていたフィアは、ふと後頭部からグレンの指が離れたことに気がついた。その瞬間、頭を撫でてくれる心地の良い時間が終わったのかと少し寂しい気持ちを味わう。

「ひゃ、あっ⁉」

けれどそろそろお湯から出る頃合いかもしれない、と感じてグレンの腕から離れようとすると、グレンの手が浮力で水面に揺れているフィアの胸を包み込んできた。

「お、驚かさないでください……心臓に悪いです」

「悪い悪い。フィアが可愛くてつい」

急に胸を撫でられたことに驚いて抗議すると、グレンが楽しそうな笑顔を浮かべながら理由になっていない言い訳をしてきた。だがすぐにフィアに不要な刺激を与えてしまったことに気づいたらしく、フィアの身体をぎゅっと抱きしめて真剣な表情になった。

「でも、そうだな。母体に障るのはよくない。身体も冷やさないようにしないと」

自分の言葉に自分で頷いているグレンの様子に嫌な予感を覚える。

そしてフィアの予感は当たっていたらしい。フィアの身体を引き寄せたグレンが、お湯の中であぐらをかいた自分の脚の上に向かい合わせでフィアを座らせ、そのまま腰を引いて身体をぎゅっと密着させてきた。

「ちゃんと温めてやる」

「も、もう十分温まってますよ？」

端的な宣言を否定するように返答してみるが、グレンはにやりと笑うだけ。日に日にふっくら丸みを帯びてきたフィアの両胸がグレンの目の前でお湯にふわふわ浮くと、今度はそれを両手で包み込まれた。

「ん……っ」

痛みを感じないようにゆったりと手を動かされながら、無意識のうちにぷくりと勃った胸の頂点を親指で撫でられる。くにくにと胸の上の蕾を捏ね回されて息を詰まらせると、グレンが耳元に恥ずかしい問いかけをしてきた。

「フィアのここは、寒くて固くなってるのか？」

「ち、ちが……っん……ん……っ」

グレンの意地悪な囁《ささや》きにふるふると首を振るが、恥ずかしい愛撫は止まらない。何度も執拗に乳首を撫でられ、時折摘まれたり強めに潰されたりしているうちに、フィアの吐息の中に甘い声が混ざり始めた。

「あっ……あ、っぁん」

「可愛い声だ」

フィアの感じる声が浴場内に響くと、グレンが嬉しそうな表情でフィアの耳元に褒め言葉を囁《ささや》いた。その艶めく掠れた声にまた身体が反応する。

今日は興奮作用や催淫効果のある薬は混ぜていないはずなのに、グレンの囁《ささや》き一つ一つに身体が勝手に反応してしまう。無意識にグレンがほしい、と訴えるように。

「あの、グレンさま……」

フィアがグレンの腕にきゅっと掴まると、気づいたグレンが「ん？」と優しい声で首を傾《かし》げた。

フィアの話を聞いてくれる合図にドキドキと心臓を高鳴らせながら、絞り出すように言葉を紡ぐ。

「お、お医者さまには……その、無理をしない程度なら、しても……いいと……」

「！　……そうか」

自分から口にするのは恥ずかしい説明をぼそぼそと呟くと、一瞬驚きに目を丸くしたグレンが、ふっと表情を綻《ほころ》ばせた。

「ならベッドに戻って、優しく抱いてやる。今は触るだけにしておこう」

グレンの宣言に、こくりと呟いて同意を示す。

魔法で循環してお湯の清潔が保たれ、さらに浮力が身体の重さを助けてくれるので、本当はこのままここで最後までしても構わないところだ。しかし長時間ゆっくりと愛し合い、さらにその後そのまま眠れないことを考えると、次に温泉で身体を繋げるのは無事に子を産んで体調が安定してからのほうが良さそうだ。

その代わりたくさん触ってやる、との宣言通り、向かい合ったグレンの指先がフィアの蜜芽をゆるゆると撫でる。

「ん……ん……ぅ……っふ、ぁ」

優しい指先に秘芽の薄膜を剥かれ、中の敏感な場所をすりすりと擦られる。その刺激に目を瞑って声を堪えていると、見ていたグレンがふとフィアの右手首を掴んだ。

「俺のも触ってくれ、フィア」

グレンの要望に頷くと、彼の手が固く張り詰めた陰茎までフィアの指先を導いてくれる。無色透明な水面にマリーゴールド色の灯りが乱反射するが、その湯底ではグレンの屹立が水面に向かってそそり立っている。

「グレンさまの、おおきい……です」

「っ……フィア……！」

鋼鉄のように固く太いそれをドキドキしながら握ると、グレンがまた息を詰まらせてフィアに熱視線を向けてきた。

グレンの手に誘導されて、張りつめた陰茎を上下に擦るよう、慎重に手を動かす。始めはゆったりとしていた動きを少しずつ速めていくと、一度離れていたグレンの指もフィアの陰核の愛撫を再開した。

「やぁ、あんっ……っ」

「っ……――ン……」

「グレ、ン……さま、ぁ……」

フィアがグレンの熱棒をお湯の中で擦り上げるたびに、グレンの指先がフィアの蜜芽を擦り撫でる。膨らんだ小さな突起の周囲を指の先で弄られ、ぴんと尖ったそこを急に押される。

驚いて腰を引くと空いている手に逃げ道を塞がれてしまう。さらに臀部を押さえられた状態で薄皮の中に指先を宛がわれ、高速でくにゅくにゅと嬲られる。

「あっ……あ、……っぁん」

激しい愛撫に合わせるように腰を揺らすと、その振動でお湯がぱしゃぱしゃと波打つ。水面付近で胸がふわふわと揺れると、それを見たグレンの熱棒がさらに質量を増す。時折雁のくびれた溝にフィアの指がひっかかるのがまた気持ちいいようで、グレンの恍惚の表情にも雄の色香が滲んできた。

「ああ、あっ……だめ……きもち、い……」

「ああ、俺も……フィアの手が気持ちいい……」

花芽を擦られる心地よさを素直に口にすると、グレンもフィアの手淫が気持ちいいと教えてくれる。そのまま感度が高い場所を刺激し合っていると、腰の後ろから陰核の尖端に向かってじわじわと熱の感覚が湧き上がってきた。これが快感の極みの合図であると知るフィアは、至近距離で表情を確認されながら達する羞恥にふるふると身を震わせた。

「ん、ん……ぅ」

「フィア……」

快楽に耐えようと小刻みに震えながら、それでもなお懸命にグレンの陰茎を刺激する姿に、彼も余計に興奮したらしい。せっかく快感に耐えていたのに、グレンの指先が薄い膜の中に眠る柔らかく敏感な場所を強めに擦るので、フィアは努力も虚しくあっという間に絶頂を迎えてしまった。

「ふぁ、あっ……あぁぁっ……」

「――ン……っ、く……ぅ」

フィアが達した直後、グレンが離れかけたフィアの手ごと自分の熱棒を握って擦り、そのままフィアの手の中に精を放つ。手の中にびゅる、びゅく、と白濁液を放出したせいでお湯は汚れてしまったが、フィアもグレンも気にすることなく夢中で唇を重ね合った。

「はあ、は、ぁ……」

「のぼせてないか？」

「はい、グレンさま……大丈夫です」

絶頂の余韻が過ぎ去るまで互いの熱を食み続けていた二人は、ふ、と唇を離してどちらからともなく微笑むと、呼吸が落ち着くまでぎゅっと抱き合った。

しばらくはグレンにもたれかかって休んでいたフィアだが、ふとグレンと一緒に叶えたい小さな目標があったのだと思い出した。

ぱっと顔を上げてグレンを見つめると、気づいた彼が柔らかな笑みを浮かべて首を傾《かし》げる。

「グレンさま。少し落ち着いたら、ノーザリアへ行ってみませんか？」

義両親との話し合いも少し前にまとまっていたので、これまで所在は義両親の家、所属はノーザリア神殿だったフィアは、じきにそのどちらもがブライアリー邸へ変わり、名前もフィア＝ブライアリーへと変わることが決定している。だから本当は、フィアがノーザリアへ赴く必要はない。

けれどそういった煩わしい事情とは別に、フィアは一度、故郷を訪れたいと考えていた。グレンと一緒に、あの場所に帰りたい想いがあった。

「ミルシャ達のお墓に、もう半年もお花を添えてないんです」

「！」

フィアがほうっと息を吐くと、グレンが大きく目を見開いてフィアをじっと見つめた。

「フィア……まさか、この十二年ずっと……？」

「……はい」

そう、フィアはグレンが聖都を旅立ってから十二年間、毎月欠かさずグレンの家族のお墓を訪れていた。墓所を手入れし、季節の花を供え、弔いの祈りを捧げることが、旅立つグレンを笑顔で送り出してあげられなかったことへのフィアの贖罪だった。

否、グレンに対する謝罪の意識もあったが、フィアはただ唯一無二の友人の死が悲しかった。いつも一緒に遊んでいたはずなのに、友達でいてくれた感謝をミルシャに伝えたかったのに、生きている間には大切な言葉をなにも伝えられなかった。

この気持ちが届くことを願ってずっと花と祈りを捧げていた。だからこそグレンと結ばれた今、もう一度報告と感謝を伝えたいのだ。故郷に眠る、大切なミルシャとその両親に。

「そうだったのか……。ありがとう。俺が聖都を離れてから、俺の代わりに家族を守ってくれてたんだな」

「ごめんなさい……私、それぐらいしかできなくて」

「なにを言ってるんだ」

自分を卑下したつもりはなかったが、少し消極的な言葉を発するとグレンにむにっと頬を抓られた。だがグレンは本気で怒っているわけではなく、視線が絡まるとすぐに笑顔を見せてくれる。

「そうだな。一緒にノーザリアに戻って、ミルシャ達と……フィアのご両親や爺さまにも報告しよう」

「はい……！」

彼が再度「ありがとう」と告げる言葉に、フィアも素直に頷く。

結婚のこと、子どものこと、これまでのこと……二人の決意もちゃんと伝えたい。

二人で歩んでいくと決めたことを、お互いの家族にしっかりと報告したい。

「フィア。俺と、家族になってほしい」

そのまま沈黙が下りると思ったが、グレンはフィアを正面から抱きしめたまま改めて真剣な告白を重ねてきた。

「もう二度と離さない。大事なものは、俺がこの手で守るから」

「はい」

フィアの答えに迷いはなかった。

二度も大切な存在を失ったグレンは、喪失を恐れて大事な存在を作らないと心を閉ざした。その心を癒したい、彼にも人を愛し愛される喜びを知ってほしいと願ったフィアの気持ちは、グレンの固く結ばれた心を解きほぐした。

左肩の古傷はあえて治さない。けれど凍えて冷えていた心を温泉の熱と治癒の力で溶かしたフィアは、きっともう落ちこぼれじゃない。グレンの熱の中に愛し愛される喜びを知ったフィアもまた、彼の決意と誓いに応える覚悟を決めた。

「大事なものは、私がこの手で癒します。だからグレンさま……ずっと傍にいてくださいね」

フィアの笑顔にグレンが「ああ」と頷いてくれる。

広い背中に手を回してそっと重ねた口づけが、少しずつ深さを増していく。

秘湯の温度よりも高い二人の熱が、今夜もまた互いを癒すようにゆっくりと混ざり合っていった。

番外編　しあわせを運ぶ鳥

「グレン団長！」

組織新設に伴いブライアリー騎士団を解散し、これまで使用していた集会所から退去する日。デスクやイスやテーブル、書類を収めていた棚まできれいに撤去されなにもなくなった広い空間にぼんやり立ち尽くしていると、背後から大きな声で名前を呼ばれた。

わざとグレンを驚かすような声量にハッと我に返って振り向くと、いつの間にかアルバートが入室してきてグレンの傍に立っていた。

「あ、ああ……悪い。どうした？」

「あれ、どうします？」

アルバートが右手の親指を立てて手首をくいっと捻《ひね》り、換気のために開けていた窓の外を見るよう促《うなが》してくる。彼に示されたものを確認するため窓辺に近付いたグレンは、二階の窓から訓練場全体を見渡し、やがて小さく息を呑んだ。

（エスメラルダの止まり木……）

階下に広がる風景をぐるりと見渡すと、集会所の中庭と訓練場の砂場の境界線上に猛禽類用の止まり木が立っているのが目に入った。森から拾い集めた材料でグレンが手作りしたそれは、大型鳥類の大きな鉤爪《かぎづめ》に適した太さや固さに調節してある。訓練場の端に設置したため大木の日陰になる環境を気に入ったのか、数年前までグレンが可愛がっていたメスのタカ〝エスメラルダ〟は、グレンが騎士団の集会所にいる時間帯は常にその場所に止まって休んでいた。

(懐かしいな)

ブライアリー騎士団は本日で名目上解散し、明日から名称と拠点を新たに『新帝国騎士団』となる。帝国の現皇帝であるレイモンド＝ルミリアスの名のもとに新たな組織として生まれ変わり、民間の騎士団から公的機関としての騎士団へ躍進するのだ。

そのためブライアリー騎士団のメンバーは、今朝から新拠点となる新帝国騎士団屯所への荷物の運び出し、および空になった集会所の修繕と掃除に追われている。

だが訓練に使う練習用の武器や道具の撤去を終えれば、訓練場にはもうなにも残らないと思っていた。つまりエスメラルダが使っていた止まり木のことはすっかり忘れていた。――否、彼女が病死してから今日に至るまで、あの止まり木を撤去することを無意識に避けていた。

美しい相棒を亡くしたことへの心の整理はつけていたし、今はもう悲しみに打ちひしがれているわけではない。必要以上に自分を責めることもしなくなった。

ただグレンだけではなく騎士団の仲間、集会所の周辺に住む人々、ブライアリー邸でグレンの身の回りを世話してくれる使用人にも愛されてきたエスメラルダと過ごした証を、なんとなく片付けられずにいた。本当はとうの昔に撤去すべきだったのに、ずっと目を背《そむ》けて、後回しにして、意味もなく今日まで残し続けてしまっていた。

「……グレン団長」

アルバートに心配そうな声で名を呼ばれたので、ハッと我に返って苦笑いを浮かべる。

大丈夫だ。別に悲しくなったわけでも、辛くなったわけでもない。エスメラルダのために作ったあの止まり木に執着しているわけでもない。ただほんの少し……気高く美しく、利口で狩りも得意、選《え》り好みが激しいせいで餌の調達に手がかかって、悪戯が好きで、自分が創った騎士団のシンボルとして傍に居続けてくれた相棒のことを思い出してしまっただけ。

けれど長年借りていた集会所も退去の際は元の状態に戻して返すのが原則なので、あの止まり木をこのまま放置していくわけにはいかない。かといって使う鳥がいるわけでもないのに、わざわざ新屯所に持って行くこともない。それならば。

「供養の代わりにきっちり処分しよう。他にも焼却予定のものがあったな。中庭に火を熾《おこ》してくれ」

「了解です」

アルバートに短い声で命じると、彼が恭《うやうや》しく頭を垂れる。

それで用件が済むのだろうと考えていたグレンだったが、さすがに付き合いの長いアルバートには、グレンの感情の変化などお見通しのようだ。

「どうしたの？　今日、随分そわそわしてない？」

アルバートが訊ねてきたのは、エスメラルダの止まり木の処分に感傷的になっていることではなく、その前からグレンが上の空でぼーっとしていたことについてだ。おそらく今日の作業開始前にタイムテーブルや手順の確認、役割分担を決めている段階から落ち着きがなかったことに、彼は気づいていたのだろう。

他者の目や耳がある範囲では上官と部下として接するアルバートだが、がらんとしたなにもない室内に自分たちしかいないことと、廊下を忙《せわ》しなく行き来する他の騎士や魔法使いたちがこちらの様子を気にしていないことから、いつもの態度に戻しても問題ないと判断したらしい。軽い口調で尋ねられたので、グレンも短く息を吐いて窓枠に背中を預けた。

「実は、フィアが今朝から産気づいて」

「あ、そうなんだ。それはたいへ……はぁっ!?」

グレンの報告に同調しかけたアルバートだったが、相槌の途中で急ブレーキがかかる。不可解そうな声を上げたアルバートは、信じられないものを見るような目つきでグレンの顔を凝視してきた。

「え、待って。グレン、こんなとこでなにしてんの？　フィアちゃんについててあげなよ」

アルバートが訝《いぶか》しげな表情と口調でグレンを窘《たしな》めるので、思わずうっと声が漏れる。

内心その通りだと思いつつ言い訳をしようとグレンが口を開いたちょうどそのとき、開け放たれた部屋の扉をコンコンとノックする音が聞こえた。音に反応して顔を上げると、取っ手のついた大きめの木箱を抱えたイザベラが入室してきたところだった。

「グレン団長。この箱の中身、団旗なんですけど、どうします？　新屯所に持って行きますか？」

アルバートと同じく人の目がある場所ではかしこまった言葉を使うイザベラに、そういえば彼女には倉庫の整理と掃除を任せていたことを思い出す。

「ああ……皇妃殿下が新しい団旗を贈ってくださる予定だが、騎士団の紋章自体はこれまでのものを継承していくからな。それも一応、持って行こうか」

「わかりました」

皇帝であるレイモンドの妃、すなわち皇妃が、新帝国騎士団の創設記念として自分も祝いの品を贈りたいと申し出てくれた。レイモンドと話し合いの末、皇妃からの祝いの品は、騎士団の新屯所に掲げる騎士団旗を一流の職人に織《お》らせる方向で話がついた。

だが遠征に行く際に毎回旗を降ろして外すのは忍びないし、毎回立派な旗を持ち運ぶのも大変なので、元々使っていた旗も必要に応じて利用するつもりだ。よってイザベラが確認したがった騎士団旗は、すべて新屯所へ運ぶことにする。

グレンの命令を受けて床に下ろした木箱を再度持ち上げかけたイザベラだったが、その彼女の動きをアルバートの質問が制止した。

「イザベラ。出産のときって、旦那に傍についててほしい派？」

「え？　なに、突然」

アルバートに話しかけられたイザベラが、木箱を抱えようとする手を止めて不思議そうに顔を傾《かし》げる。

「いや、今朝からフィアちゃんの陣痛が始まったっていうから」

「ああ、なるほど……って、は!?　ちょっと待って、グレン。こんなとこでなにしてんの。フィアについててあげなよ」

「すごい同調率だな、お前たち」

別の人物からほぼ同じ指摘を受けたグレンが感心したように頷く。

だがグレンの反応は二人が求めていたものではなかったようで、アルバートとイザベラから同時にジト目で睨まれた。

「いや、言いたいことはわかるぞ。けどここはブライアリーの名で借りた集会所だろう。最後に俺が同意してサインをしないと、引き渡しが完了しない。――と事前に説明していたせいだろうな。フィアに、私は大丈夫ですから行ってきてください、と言われてしまったんだ」

「いやいや、退去するのが今日だからって、別に建物の引き渡しは今日じゃなくてもいいじゃん。同じ帝都にいるんだし」

「退去の期限も今月中だったでしょ？　そういう柔軟性皆無よね、グレンって」

「フィアちゃん、きっとすごく不安で寂しいと思うよー？」

「……む」

友人二人から集中砲火を浴びせられ、グレンの眉根に皺が寄る。

確かに二人の言う通り、拠点の移動に指示を出す者は必要だが、それは創設メンバーでありブライアリー騎士団のすべてを知り尽くしているアルバートやイザベラが代わりを務めることもできる。最後はグレンが締めなければならないが、それ自体はどうしても今日でなければいけないわけではない。

懇々と説教されているうちに、初めての出産で不安だらけのはずのフィアを一人残してきたことを猛烈に後悔し始める。確かに仕事も大事だが、こちらは替えがきくのに対し、フィアの夫は自分しかいない。産まれてくる子の父親も、自分しかいないのだ。

「ちなみに僕の話だけど、プリシアは僕を追い出すようになったよ」

二人の意見を聞いて余計にそわそわし始めたグレンに、アルバートがふと『自分の場合』を教えてくれる。

「一人目のときはずっと傍についていた。でも僕が『頑張れ』とか『もう少し』とか声をかけるのがうるさくて、産むのに集中できないって言われちゃって。二人目のときは部屋の外で待ってるように言われた。三人目からは廊下をそわそわ歩く足音がうるさいって言われて、家の中にすら入れてもらえなくなった」

「アルバート、もしかして産まれるまでずっと部屋の前を歩いて往復してるの……？」

「愛する妻と子が心配で、じっとしていられないだけだよ」

イザベラの指摘にアルバートが肩を竦《すく》める。

遊び慣れているように見えて案外一途で子煩悩なアルバートは、実は四児の父である。妻の出産を四度も経験しているという意味ではグレンの大先輩になるが、それでもいざというときは心配と不安に襲われて落ち着きがなくなるらしい。そのせいか最近はそのときが訪れると、早々に家から追い出されてしまうようだ。

「私は旦那が相当のんびりした性格だからね。かなりの難産で陣痛が始まってから産むまで丸一日かかったせいもあるけど、私の手を握ったまま隣で気持ち良さそうに寝るもんだから」

「……叩き出したんだ？」

「外で待っててもらっただけよ」

イザベラは自身に一人娘の出産経験があるが、聞けば彼女の夫も、結局は出産の場から追い出されたらしい。魔法を駆使して庭師として生計を立てるイザベラの夫にも何度か会ったことがあるが、確かに穏やかな性格の持ち主だった。だがまさか、妻が苦しみながら子を産もうとしている隣で爆睡できるとは。グレンにはむしろ肝が据わっているように思えてならない。

「でもやっぱり、最初は傍にいてほしいんじゃない？　痛いし、怖いし、不安だし。フィアは帝都出身の私やプリシアさんと違って、他の家族が傍にいないわけだしね」

「……」

イザベラの指摘に、改めてその通りだと思う。

フィアの傍にいて、必ず守ると約束して、産まれてくる子を大切にすると誓ったのに、グレンは最初の一歩から間違えている。

出産を専門とした医師やその助手もついているし、人生経験豊富な使用人のベアトリスもついている。だからなんの知識も経験もない男の自分が傍にいたところで、出来ることは少ないだろう。ならば自分の役目を完璧に全うすることが、フィアがいちばん安心出来るだろう――なんて思っていた。フィアが強がりで言った台詞を本心だと信じ込んでいた。

けれどそうじゃない。フィアは今、初めての出産に不安と戸惑いでいっぱいのはず。ならばなにもできなくても、グレンはフィアの傍にいてあげるべきだったのだ。

否、今からでもまだ間に合う。フィアが無事に出産したら、あるいはフィアや子になにかがあったら、真っ先にグレンのもとへ連絡が来る手筈になっている。もちろん後者はないほうがいいに決まっているが、それでもなんの連絡もないということはフィアは今も頑張っているということだ。

そんな大事なときに、自分が傍にいなくてどうする。

「アルバート、イザベラ。止まり木を火にくべたら、俺は邸に戻ろうと思う。悪いが、あとは任せていいか？」

「もちろん！　行ってあげて」

「こっちは大丈夫よ。アルバートの転移魔法、引っ越し向きだしね」

「え……？　僕が運ぶの……？」

グレンの決意を耳にした二人が、軽快なやりとりを繰り広げながら団旗の入った木箱を押し付け合っている。そんな二人にやれやれと苦笑いを零す。

結局団旗はイザベラが運ぶ方向に落ち着いたようで、しばし友人たちのやりとりを眺めていたグレンも、ようやく窓枠から背中を離して部屋を出て行く二人を追おうとした。

その瞬間ふと――開いていた窓から室内へ少し勢いのある風が流れ込んできた。

窓から入った風が部屋の入口のドアに向かってぶわっと流れ過ぎていく。

その風に乗ってやってきた気配に肩を押された感覚がする。

「……？」

いや、違う。肩を押されたわけじゃない。グレンが不意に感じた気配は、もう何年も前に失われてしまった気高くも美しい相棒の悪戯と同じ。

訓練場に誰もおらず、自分の視界から騎士団員の姿がなくなると、タカの相棒エスメラルダはいつも人の気配を求めてあの大きな窓からこっそりとこの部屋へ入り込んできた。頭のいい彼女はなにかを察していたのか、そういうときに限ってグレンはぼーっとしていることが多かった。

だからだろうか、エスメラルダはいつも仕事をするグレンの左肩に乗り、痛いと言っているのに団服の上から古傷の跡に鉤爪《かぎづめ》を食い込ませてきた。まるでこの傷に誓った決意を忘れるなと言わんばかりに……彼女はずっと、グレンを見守ってくれていたのだ。

「……エスメラルダ」

ああ、また彼女に叱られて、励まされた気がする。しっかりしなさい、愛しい人を守るんでしょう、と不甲斐ないグレンに喝を入れてくれた気がする。

振り返ってもそこには誰もいないし、なにもない。けれどやはり、死してなおグレンとブライアリー騎士団を見守り、ずっと近くにいてくれたエスメラルダとの本当の別れがやってきたように錯覚する。先延ばしにしてきた止まり木の供養を成してしまえば、エスメラルダは本当の意味でグレンのもとを去り、次の空へ旅立ってしまうのかもしれないと思う。

美しい相棒がいつも悪戯に止まっていた左肩を撫でてみる。そこに鉤爪《かぎづめ》の感触などなく、指先は黒く頑丈なブライアリー騎士団の団服に触れるだけ。わかってはいる、けれど。

「グレン？」

一抹の寂しさを感じていると、懐かしい気配がフッと消える瞬間を察知する。

「どうしたの？」

それと同時に、部屋の入り口からアルバートとイザベラに声をかけられる。

我に返ったグレンが振り返ってみると、二人が不思議そうに首を傾《かし》げていた。

「いや……なんでもない」

友人達に向かって静かに首を振ると、今度こそ部屋を出るために歩を速める。

グレンはもう振り返らなかったが、美しい相棒が窓枠から遠くの空へ羽ばたいていく音はしっかりと耳に届いた気がした。

＊　＊　＊

「フィア……！」

どうしてもグレン自身の手で済ませなければならない用事だけを終わらせて急いで邸宅へ戻ると、愛しい妻の名を呼びながらエントランスに入る。

フィアのはじめての出産に元々使用人が少ないブライアリー邸はさらに慌ただしい様子で、上階からパタパタと人が行き来する足音が聞こえてくる。主人の帰宅だというのに誰一人としてグレンを出迎えてくれなかったが、それは一切気にしていない。気にしてなどいられない。

エントランスの中央から上階に渦巻く螺旋階段の手すりに脱いだマントをかけ、一段飛ばしでそこを駆けあがる。廊下を疾走して角を二回曲がり、普段グレンとフィアが使っている寝室の前に辿り着くと、そこに中年の女性使用人と年配の男性使用人が呆然と立ち尽くしていた。

「フィアはどうなった？」

「えっ……？　グ、グレンさま……!?」

「おかえりなさいませ、グレンさま！」

グレンが声をかけると同時にこちらを見た二人に、同時に驚いた顔をされる。使用人たちはそこでようやく主人の出迎えをしなかった失態に気づいたようだが、今のグレンにはそんなことはどうでもよかった。

「フィア……フィアは？　子は産まれたのか!?」

とにもかくにも愛する妻と産まれてくる我が子の無事を願うグレンは、聞くより見るが早いとでもいうように扉を開けてくれた女性使用人の前を横切り、見慣れた自分の寝室へと足を踏み入れた。

ベッドの周りにはグレンより少し年上の女性医師、フィアと同じ年頃の女性助手、使用人のベアトリス、近所に住んでいる世話好きの中年婦人がずらりと並んでいた。しかし一番肝心な妻の姿が確認できない。

「フィア！」

焦ったグレンが愛しい名前を呼ぶと、四人の女性に一気に視線を向けられた。だがその中から一番最初に声を発したのは視線を向けてきた誰でもなく、またフィアでもなかった。

「ふぇっ……ふゃ、ぁ……ぁあっ……」

グレンの呼びかけに応えてくれたのは、元気な赤子の泣き声だった。その小さくか細い中にも生命の力強さを感じられる声を聞くと、ふふっと笑みを浮かべた女性医師が、

「あらまあ、元気な産声ねぇ」

と朗《ほが》らかに笑った。

女性医師と助手、見知った二人の女性が場所を開けてくれると、ネグリジェ姿でベッドに横たわり、脚を立てて拡《ひろ》げた状態でぐったりとしているフィアの姿が目に映った。全身に見たこともないほど大量の汗をかき荒い呼吸を繰り返す妻を見ると一気に不安が増したが、グレンがおそるおそるベッドに近づいていくと、気づいたフィアがうっすらと目を開いた。

「グレン、さま……？　お、かえりなさい……」

「あ、ああ……フィア……」

「えへへ……女の子、だそうです」

「！」

疲労困憊ではあるものの意識はしっかりしているフィアが嬉しそうに笑う。そんなフィアの姿を見た瞬間、子を産むという偉業を傍で見守って手の一つも握ってやれなかったことに、突然申し訳ない気持ちが湧き起こってきた。

「悪い、間に合わな……」

「よかった、グレンさまが間に合って」

ベッドの傍に膝をついてフィアの顔を覗き込む。一番肝心なときに支えになれなかったことを悔いるグレンだが、謝罪の言葉を告げようと思った瞬間、それに被せるようにフィアが安堵の息を零した。

「……え？」

「まだ、私も……顔を見てないんです。本当に、たった今……生まれたばかりで」

「そうか……そうなのか。よく頑張ったな……ありがとう、フィア」

「えへへ」

フィアはグレンの過ちをまったく気にしていないらしい。

聖母のようなフィアの笑顔の中に、これから初めて娘に会う喜びを——その瞬間を夫婦で味わうことが出来る幸せを見つけたグレンは、汗ばんだフィアの手をぎゅっと握りしめて、出産という奇跡を成し遂げてくれたことへの労いと感謝の気持ちを重ねた。

医師の女性がやわらかなレースに包まれた赤子を連れてきて、グレンの隣に跪《ひざまず》く。そのまま横たわるフィアの顔の隣にそっと子を置いてくれるが、この世に生を受けたばかりの娘は未だ啼泣をあげ続けている。ともすれば泣き声にも満たないような泣き声をふやふやとあげる我が子にしばし呆然としていたが、気がつけばグレンとフィアの表情は自然と綻《ほころ》んでいた。

「はじめまして、ですね」

「そう、だな……」

「かわいいですね」

「ああ、かわいい」

「髪、くろいですね……」

「ああ……なんかこう……俺ににてる」

「そうですね、頬のあたりが、とってもグレンさまです」

ずっと泣いているのに、ずっと可愛い。

あまりの尊さにお互い語彙力が低下している気がするが、それでもまったく構わない。

言葉が上手く出てこない。けれどこれほど幸福なことはそうそうないだろうと思える。

しばしベッドの隣に膝をついたまま生まれたばかりの我が子を観察していたが、幸福の時間は女性医師のかけ声で一旦打ち切られた。

「さあさあ、御子さまをちゃんときれいにいたしましょう。奥さまにはもう少し処置がありますから、旦那さまは部屋の外でお待ちくださいませ」

「あ……ああ」

赤子を取り上げられて一度寝室から締め出されると、中から女性たちがガヤガヤと話す楽しそうな声が聞こえてくる。

フィアも産まれた娘も元気な様子に安堵を覚えたグレンが別室で着替えを済ませ、心を落ち着けるために用意されたお茶を飲み終わる頃、処置を終えたフィアに会うことが許された。

改めて寝室に入ると、出産のために用意されていた道具や大量の布や湯が片付けられ、フィアは新しいネグリジェに身を包み、寝具もきれいに交換されていた。

やってきたグレンにそっと微笑んでくれたフィアだったが、彼女が半日にわたる大変な出産のあれこれよりも先に口にしたのは、思いもよらない意外なお願い事だった。

「グレンさま。あの花を、花瓶に生けてくださいませんか」

フィアが指し示した指先を追ってベッドから少し離れた窓辺を見遣ると、窓枠の中にいくつかの小さな花が落ちていることに気がついた。椅子から立ち上がって傍に寄ってみると、そこには名前も知らない紫色の花が一輪、青い花が一輪、四葉のクローバーが一つ、並んで落ちていた。

「？　これは……？」

「大きな鳥さんが、運んできてくれたんです」

グレンが首を傾《かし》げると、ふふっと笑顔を作ったフィアが嬉しそうに教えてくれる。

「グレンさまが来るまでの間、窓の傍でその鳥さんが私を励ましてくれていたのです」

「鳥が？　フィアを……？」

「はい。右側の羽の一部は白い色でしたが、それ以外の羽のまだら模様と黒い目が美しい、見事な鳥でした。不思議なことに、私以外の人には姿が見えていなかったようなのですが……」

「！」

フィアの説明を聞いたグレンが驚きに目を見開いたのも、無理はないだろう。

フィアにも森で保護したタカのエスメラルダをこのブライアリー邸で飼っていたことは話していた。だがエスメラルダの身体的特徴までは語っていない。怪我をしていたことは話したが、それが右羽の付け根であることも、塗り薬を使った影響で羽の表面の一部が白く変色してしまったことも、フィアには伝えていなかったはず。

なのにフィアがエスメラルダの特徴を事細かに知っているということは。フィアを励ますために花を運んできた鳥というのは。もしかして――……

「鳥さんが花を運んできてくれてからは、痛みが少し和《やわ》らいだ気がします。きっと魔法の花なのですね」

グレンが手にした花を見つめてふわりと微笑むフィアを見ているうちに、驚きの気持ちがなんとなく腑に落ちたような、すべてを理解して答えに辿り着いたような、不思議な気持ちに満たされた。

だからグレンはそれ以上の追及を止め、三つの植物がここにあるという事実を素直に受け入れ、フィアの望みを叶えることに心を決める。

「わかった。花瓶に生けて、ベッドの傍に飾ろう」

「ありがとうございます」

使用人を呼んで花瓶と水を用意するよう命じると、ベッドに横たわったまま楽しそうに笑うフィアの隣へ……ベッドの空いているスペースへと腰を下ろす。

笑顔のフィアに微笑みを返すと、彼女が、

「グレンさまと私は今きっと、同じことを考えていると思います」

と、グレンが言おうとしていた言葉に先回りしてきた。

くすくすと笑うフィアに、彼女が次に口にする言葉を想像しながら頷く。

「男の子の名前も、女の子の名前も、いくつか候補を挙げてありましたよね。でも私たちの子に一番似合う名前は、きっと別のものだと思います」

「ああ、俺もそう思う」

予想通りのフィアの言葉に同意するよう頷くと、その返答を待たずに彼女の頬に指先でそっと触れて、そのままゆっくりと包み込む。細身のフィアの顔はグレンの大きな手の中にすっぽりと収まってしまうほど小さくて可愛らしい。

そんなフィアとそっと唇を重ねてから静かに見つめ合うと、砂糖菓子のように甘い表情がまたくすくすとしあわせそうに微笑んだ。

濃蜜ラブファンタジー

ノーチェブックス

Noche BOOKS

身も心も愛されまくる初めての濃厚ラブ！

一夜の戯れと思っていたら、隣国の騎士団長に甘く孕まされました

樹史桜

イラスト：石田惠美

女系国家・ローゼンブルグ王国の騎士隊長ロミは、ある日隣国で出会ったジュリアンと熱い夜を過ごす。一夜限りの思い出のつもりが実は隣国イーグルトン帝国の騎士団長だった彼と宮廷で再会!?　そして周囲に二人の関係を秘密にする代わりに持ちかけられた期間限定の恋人ごっこで、身籠ったら騎士を辞めて結婚することになり……

詳しくは公式サイトにてご確認ください

https://noche.alphapolis.co.jp/

携帯サイトはこちらから!▶

濃蜜ラブファンタジー

ノーチェブックス

Noche BOOKS

身も心も
甘く蕩かされて……!?

婚約破棄されて メイドになったら イジワル公爵様の 溺愛が止まりません

Rila
イラスト：KRN

婚約破棄された挙げ句、家を追い出されてしまった伯爵令嬢のラウラ。自立して生きていくために見つけた仕事はいわくつきの公爵家のメイドだった。雇い主であるアルフォンス公爵は冷徹で気難しいと評判のため不安になるラウラ。しかし、アルフォンスはラウラと顔を合わせた途端、甘く囁きあの手この手で口説いてきて……!?

詳しくは公式サイトにてご確認ください
https://noche.alphapolis.co.jp/

携帯サイトはこちらから!▶

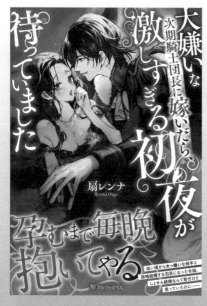

この作品に対する皆様のご意見・ご感想をお待ちしております。

おハガキ・お手紙は以下の宛先にお送りください。

【宛先】

〒150-6008 東京都渋谷区恵比寿 4-20-3 恵比寿ｶﾞｰﾃﾞﾝﾌﾟﾚｲｽﾀﾜｰ 8F
（株）アルファポリス　書籍感想係

メールフォームでのご意見・ご感想は右のＱＲコードから、
あるいは以下のワードで検索をかけてください。

アルファポリス　書籍の感想　検索

ご感想はこちらから

本書は、「アルファポリス」（https://www.alphapolis.co.jp/）に掲載されていたものを、
改題、改稿、加筆のうえ、書籍化したものです。

落《お》ちこぼれ治癒《ちゆ》聖女《せいじょ》は幼《おさな》なじみの騎士《き し》団長《だんちょう》に秘湯《ひとう》で溺愛《できあい》される

紺乃藍（こんのあい）

2023年 10月 31日初版発行

編集－本丸菜々
編集長－倉持真理
発行者－梶本雄介
発行所－株式会社アルファポリス
〒150-6008 東京都渋谷区恵比寿4-20-3 恵比寿ｶﾞｰﾃﾞﾝﾌﾟﾚｲｽﾀﾜｰ8F
TEL 03-6277-1601（営業） 03-6277-1602（編集）
URL https://www.alphapolis.co.jp/
発売元－株式会社星雲社（共同出版社・流通責任出版社）
〒112-0005 東京都文京区水道1-3-30
TEL 03-3868-3275
装丁イラスト－kuren
装丁デザイン－AFTERGLOW
（レーベルフォーマットデザイン—ansyyqdesign）
印刷－中央精版印刷株式会社

価格はカバーに表示されてあります。

落丁乱丁の場合はアルファポリスまでご連絡ください。

送料は小社負担でお取り替えします。


ISBN978-4-434-32800-8 C0093